SCIENCE FICTION

Herausgegeben
von Wolfgang Jeschke

Vom gleichen Autor erschienen außerdem
als Heyne-Taschenbücher in der
SAGA VON DRAY PRESCOT

DER DELIAN ZYKLUS

Transit nach Scorpio · Band 3459
Die Sonnen von Scorpio · Band 3476
Der Schwertkämpfer von Scorpio · Band 3488
Die Armada von Scorpio · Band 3496
Der Prinz von Scorpio · Band 3504

DER HAVILFAR ZYKLUS

Die Menschenjäger von Antares · Band 3512
In der Arena von Antares · Band 3534
Die Flieger von Antares · Band 3547
Die Waffenbrüder von Antares · Band 3567
Der Rächer von Antares · Band 3585
Die fliegenden Städte von Antares · Band 3607

DER KROZAIR ZYKLUS

Die Gezeiten von Kregen · Band 3634

ALAN BURT AKERS

DIE ABTRÜNNIGEN VON KREGEN

Band 13 der Abenteuer Dray Prescots

Fantasy-Roman

Deutsche Erstveröffentlichung

WILHELM HEYNE VERLAG
MÜNCHEN

HEYNE-BUCH Nr. 3661
im Wilhelm Heyne Verlag, München

Titel der amerikanischen Originalausgabe
RENEGADE OF KREGEN
Deutsche Übersetzung von Thomas Schlück

Die Karten auf den Seiten 5/6 zeichnete Erhard Ringer

Redaktion: F. Stanya

Printed in Germany 1979
Umschlagbild: Segrelles/Norma
Umschlaggestaltung: Atelier Heinrichs, München
Gesamtherstellung: Mohndruck Reinhard Mohn GmbH, Gütersloh

ISBN 3-453-30576-0

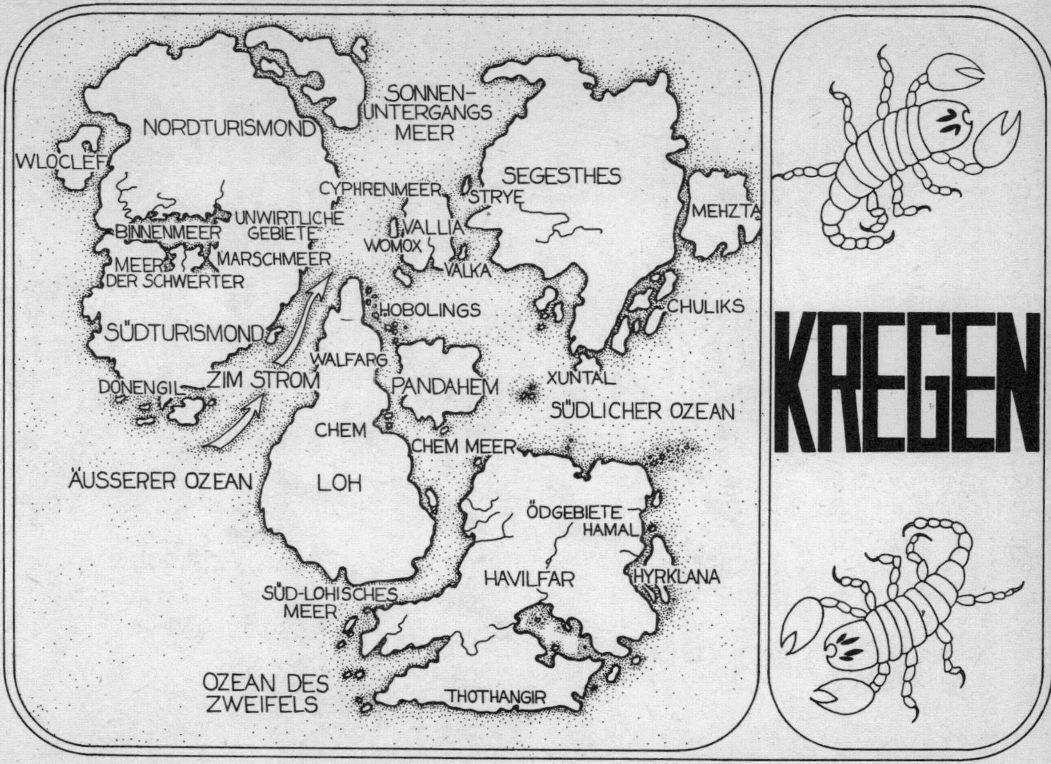
KREGEN
NORDTURISMOND
WLOCLEF
SONNEN-
UNTERGANGS
MEER
SEGESTHES
CYPHRENMEER
STRYE
MEHZTA
UNWIRTLICHE
GEBIETE
BINNENMEER
VALLIA
WOMOX
MARSCHMEER
MEER
DER SCHWERTER
VALKA
HOBOLINGS
CHULIKS
SÜDTURISMOND
WALFARG
XUNTAL
DONENGIL
ZIM STROM
PANDAHEM
SÜDLICHER OZEAN
CHEM
CHEM MEER
ÄUSSERER OZEAN
LOH
ÖDGEBIETE
HAMAL
HAVILFAR
HYRKLANA
SÜD-LOHISCHES
MEER
OZEAN DES
ZWEIFELS
THOTHANGIR

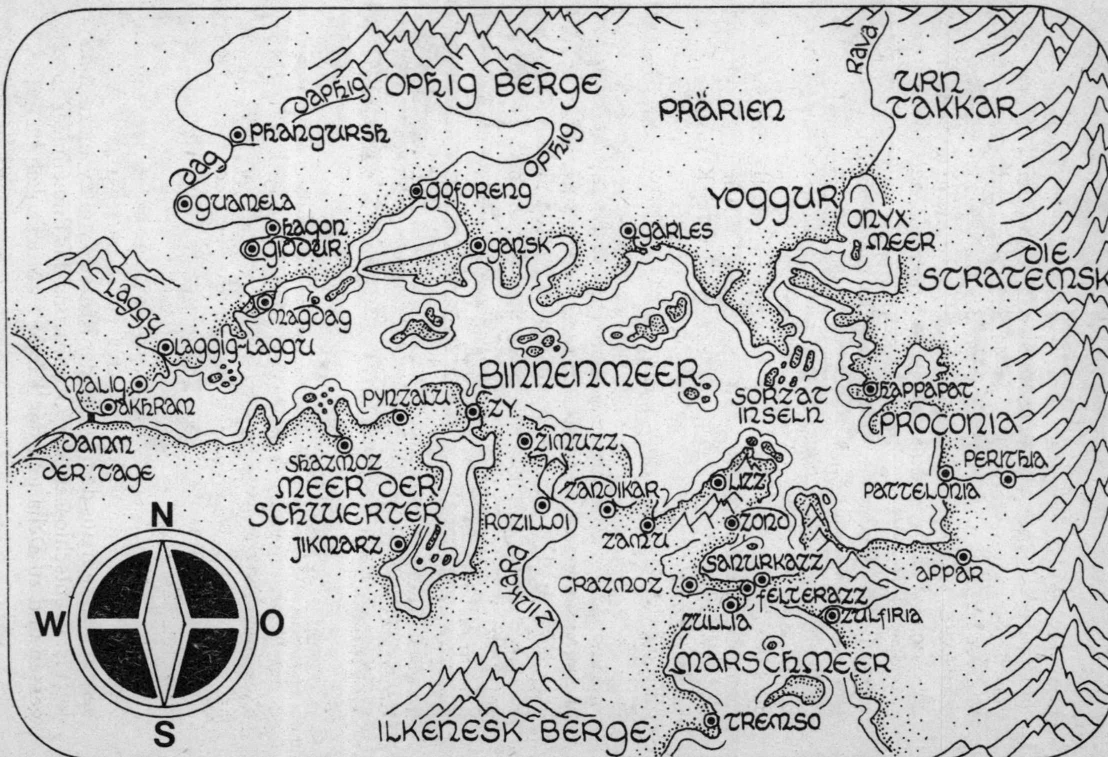
Ophig Berge
Ophig
Präärien
Rava
Urn Takkar
Phangursh
Dag
Guamela
Goforeng
Ophig
Yoggur
Onyx Meer
Die Stratemsk
Hagon
Gioour
Garsk
Garles
Laggy
Magdag
Laggig-Laggu
Binnenmeer
Malig
Akhram
Damm der Tage
Pynzalu
Zy
Sorzat Inseln
Zappapat
Proconia
Shazmoz
Meer der Schwerter
Zimuzz
Perithia
Pattelonia
Zandikar
Lizz
Rozilloi
Zamu
Zond
Jikmarz
Sanurkazz
Appar
Zinkara
Crazmoz
Felterazz
Zulfiria
Zullia
N
W
O
S
Marschmeer
Tremso
Ilkenesk Berge

ANMERKUNG ZU DRAY PRESCOT

Dray Prescot ist ein gut mittelgroßer Mann mit braunem Haar und braunen Augen, die einen offenen und zwingenden Blick haben. Er verfügt über immens breite Schultern und legt kompromißlose Ehrlichkeit und Mut an den Tag. Sein Schritt erinnert an die Bewegung einer riesigen Raubkatze, leise und gefährlich. 1775 geboren und durch die harte Schule der englischen Marine des späten achtzehnten Jahrhunderts gegangen, zeichnet er ein Bild von sich, das nicht an Rätselhaftigkeit verliert, obgleich wir immer mehr über ihn erfahren.

Die Machenschaften der Savanti nal Aphrasöe, sterblicher, doch übermenschlicher Wesen, die sich der Hilfe an den Rassen der Galaxis verschrieben haben, und der Herren der Sterne, der Everoinye, haben ihn oft nach Kregen geführt. Auf dieser wilden und exotischen Welt stieg er zum Zorcander der Klansleute von Segesthes auf, zum Lord von Strombor in Zenicce und wurde Mitglied des geheimnisvollen kriegerischen Ordens der Krozairs von Zy.

Gegen alle Erwartungen erreichte Prescot sein höchstes Ziel – nach dem unvergeßlichen Kampf bei den Drachenknochen erhob er Anspruch auf seine Delia, Delia von Delphond und von den Blauen Bergen. Und Delia erwählte ihn im Angesicht ihres Vaters, des gefürchteten Herrschers von Vallia. Inmitten der lauten Jubelschreie »Hai Jikai!« wurde Prescot zum Prinz Majister von Vallia erhoben und heiratete Delia, die Prinzessin Majestrix. Delia gebar zweimal Zwillinge, Drak und Lela, Segnik und Velia. Unter anderem wohnt das Paar in der Feste Esser Rarioch von Valkanium, der Hauptstadt der Insel Valka, deren Strom Prescot ist.

Auf dem Kontinent Havilfar kämpfte Prescot als Hyr-Kaidur in der Arena des Jikhorkdun von Huringa. Er wurde König von Djanduin, und seine kriegerischen vierarmigen Djang beteten ihn an. In der Schlacht von Jholaix wurden die Pläne der Herrscherin Thyllis von Hamal durchkreuzt; es folgte ein ungewisser Frieden zwischen den Reichen Hamal und Vallia.

Später wurde Prescot einundzwanzig schlimme Jahre lang auf die Erde verbannt. Als er endlich freudig nach Kregen zurückkehrte, wurde er aus dem Orden der Krozairs von Zy ausgestoßen. Jetzt ist er entschlossen, die Krozairs und das Binnenmeer zu vergessen und zu Delia und den Kindern zurückzukehren . . .

Alan Burt Akers

1

Wir ritten nach Magdag hinein, Duhrra der Tage und ich. Magdag, die Stadt der Megalithen, die Hauptstadt der Grodnim, jener ergebenen Anhänger Grodno des Grünen, widerte uns an, uns, die wir Gefolgsleute des wahren Glaubens von Zair waren.

»Eine üble Kloake«, sagte Duhrra verächtlich. »Sie sollte zerschmettert werden wie meine Hand und ausgebrannt wie mein Armstumpf.«

»Da stimme ich dir bei, Duhrra. Du weißt, daß ich hier an Bord eines Schiffes nach Vallia gehen will. Du bist herzlich eingeladen, mich zu begleiten. Willst du aber zuvor noch Magdag zerschmettern und niederbrennen, laß mich erst an Bord gehen und abreisen!«

Er starrte mich mit schwitzendem Mondgesicht an, den törichten Mund aufklaffend. »Ah – du bist ein harter Mann, Dak.«

»Aye – aber jetzt mach deine Klappe wieder zu. Da kommen magdagsche Teufel.«

Wir saßen lässig in unseren Sätteln, schlossen die Augen und senkten den Kopf, als wir an einer Abteilung magdagscher Sectrixreiter vorbeikamen, die in Richtung Westen ritt. Ich gönnte den Männern keinen Blick. Vor uns lag die Festungsstadt Magdag, ein Ort großer Macht, ein Ort des Bösen. Mein einziger Wunsch war, schleunigst an Bord einer Galleone aus Vallia zu gehen und mich von ihrem Kapitän nach Valka bringen zu lassen – nach Hause, wo Delia und die Zwillinge auf mich warteten.

Die staubige Straße führte geradewegs zum Westtor, einem eindrucksvollen und wehrhaften Bauwerk mit zahlreichen Schießscharten, Zinnen und Fallgattern. Die Straße selbst war sehr belebt, denn als große und blühende Stadt forderte Magdag die Geschäftigkeit vieler Menschen. Hier an der Nordküste des Binnenmeeres, wo die Grünen herrschten, wurde die Arbeit überwiegend von Sklaven geleistet.

Die Schatten des Tors umgaben uns, der Gestank wurde noch schlimmer. Ich wollte mit niemandem sprechen, sondern mich direkt zum Hafen begeben – dem nächsten der zahlreichen magdagschen Häfen – und mich nach dem erstbesten Schiff nach Vallia erkundigen; ja, das war mein Plan. Die Zwillingssonne von Scorpio ließ ihr vermischtes Licht auf die Mauern und Zinnen der Stadt fallen und verlieh dem bösen Ort eine düstere Pracht. Doch selbst das Licht und die Farben zweier Sonnen vermochten das Böse nicht zu verbergen. Davon war ich damals überzeugt und bin es, bei Zair, noch heute!

Die dummen Sectrixes mit ihren sechs Beinen und den flachen, sturen Köpfen ahnten das Ende ihrer Mühen und fielen in einen behäbigen Trott. Vielleicht waren sie gar nicht so dumm. So erreichten wir unter den harten Blicken der magdagschen Soldaten, zumeist Söldner, das eigentliche Stadtgebiet und bogen sofort nach rechts zum Hafen ab. Das ewige Lärmen und Treiben einer großen Stadt umgab uns, und ihr Gestank.

»Denk daran, Duhrra, hier trägst du die grüne Farbe. Denke wie ein Grodnim. Sieh aus wie ein Grodnim. Verhalte dich wie ein Grodnim!«

»Aye, Dak, mein Herr.« Duhrra schwenkte den rechten Armstumpf und stopfte seine Kleidung fester, unter der er den Haken versteckt hatte.

Unser Ziel war eine bestimmte Seemannstaverne, in der wir die gewünschten Informationen erhalten konnten. Die Schatten wurden länger.

Einige Tagesritte zurück lagen im Westen die Leichen von etwa sechs Teufeln aus Magdag. Die Gold- und Silberruder, die zuvor in ihren Börsen geklimpert hatten, ließen ihre Musik nun in unseren Beuteln erklingen. Geld schert sich nicht um seine Besitzer. Ich nahm eine Handvoll Kupfer-Obs zur Hand und warf sie Bettlern am Wegrand zu, die mir überschwenglich dankten.

Im Heiligen Sanurkazu, der Hauptstadt der Zairer an der Südküste des Binnenmeeres, war der Anblick verstümmelter und blinder Männer, die ihren Lebensunterhalt erbetteln mußten, praktisch unbekannt. Dafür sorgten schon die verschiedenen Orden Zairs. Es war eine ihrer wesentlichen Aufgaben – neben der Hauptfunktion, ihrer heiligen Pflicht, alle Grünen Elemente zu vernichten, alle Anhänger Grodnos am Auge der Welt. Der Gedanke daran bereitete mir Schmerzen. Eine lange Zeit war ich Krozair von Zy gewesen, Mitglied des hochangesehenen Krozairordens. Ich war in Schande aus dieser erlauchten Gruppe hinausgeworfen worden. Man hatte mich zum Apushniad erklärt und mein Langschwert zerbrochen. Von all den Titeln, die ich auf Kregen trug, hatte mir die Mitgliedschaft im Orden von Zy am meisten bedeutet. Jetzt mußte ich alle Gedanken an die Krzy von mir weisen. Ich befand mich auf dem Weg nach Hause, nach Vallia.

Aber auch in Djanduin hatte ich meine Wurzeln, in Strombor, Valka, ja, und in Felteraz, hier am Auge der Welt, wo ich Mayfwy, die Witwe meines Ruderkameraden Zorg, grausam behandelt hatte.

Plötzlich zog ich instinktiv die Zügel an. Die nervöse Sectrix ging langsamer. Duhrra zügelte sein Tier neben mir.

»Ich bin hier, um ein Schiff zu finden und weiterzufahren. An einem Kampf liegt mir nicht«, sagte ich leise. Meine rechte Hand bewegte sich vor dem Körper vorbei und legte sich um den Griff des Langschwerts an meiner Hüfte. »Aber wenn ein Cramph mir Ärger macht, soll er seinen Spaß haben!«

Duhrra atmete zischend aus. Sein breites Gesicht schimmerte im unsicheren Licht einer fernen Fackel. »Wußte ich's doch, daß es im üblen Magdag nur Scherereien geben würde. Bei Zair! Ich werde mich glücklich schätzen . . .«

»Du nimmst die Rasts auf der linken Seite, Duhrra!«

»Aye, Herr.«

Duhrra vermochte sein Langschwert mit der Linken zu führen.

Wir legten einige Meter zurück; ein hohes spitzes Tor erhob sich über uns, es stützte eine Querstraße oder ein Haus. Die Schatten verschluckten die Umrisse der wartenden Männer. Ich nahm nicht an, daß es sich um Stikitches – berufsmäßige Mörder – handelte, vermutlich waren es Verzweifelte, die um des Geldes willen töten wollten. Solche Männer finden sich überall, wo es große Menschenansammlungen gibt.

Ich wußte, daß die Männer mich sehen konnten, verzichtete aber darauf, mein Schwert zu ziehen.

Die Überraschung ist eine nützliche Waffe. Das gleiche gilt für ein Langschwert – selbst das Schwert, das ich bei mir hatte, die Klinge jenes Grodnim-Jiktar, der auf dem Damm der Tage verhindern wollte, daß ich die Schwimmkästen öffnete und auf diese Weise einen Konvoi feindlicher Schiffe vernichtete. Ich umfaßte den Griff, der beinahe wie der eines echten Krozair-Langschwerts geformt war. Auf der Klinge war ein Lairgodont eingraviert, ein äußerst wilder fleischfressender Risslaca, darüber eine Sonne mit vielen Strahlen. Es war das Zeichen einer Grünen Bruderschaft, die sich dem Dienst an Grodno verschrieben hatte. Das Schwert hatte mir während des Rittes vom Damm der Tage schon gute Dienste geleistet. Jetzt mochte es mir wieder beistehen.

Die Schatten gerieten in Bewegung. Die Räuber begingen den Fehler zu brüllen. Sicher wollten sie uns damit erschrecken. Sie griffen an und brüllten »Gashil! Gashil! Nach Sicce mit euch!«

Duhrra stieß einen einfallsreichen Fluch aus, sein Schwert zuckte auf und ab. Meine Klinge bohrte sich in den Hals des ersten Angreifers. Taumelnd wich er zurück, schwarzes Blut spritzte, er versuchte vergeblich zu schreien. Noch zweimal schlug ich zu, den Angriff zweier Gossen-Leems abwehrend. Der erste Bandit zuckte geblendet zusammen. Der andere, ein Rapa, vermochte meinen Hieb abzuwehren, so daß meine Klinge lediglich den Kamm über seinem grauen Geiergesicht traf. Er hörte auf, Gashil anzurufen, den legendären Schutzherrn der Räuber und Wegelagerer, und wechselte zu einer Kette von Rapaflüchen über. Dann griff er wieder an. Ich beugte mich vor, hob das Schwert und spaltete ihm den Schädel. Rapas sind gefährliche Gegner und haben sich den Titel Krieger wahrhaft verdient. Trotzdem ist es für einen Apim wie mich nicht einfach, sich an das Aussehen und den Geruch eines solchen Vogelwesens zu gewöhnen.

Duhrras Sectrix wich zurück und stieß gegen mein Tier. Ich blickte hastig zur Seite. Das Schwert des Einhändigen wirbelte in der Luft; in der Klinge spiegelte sich funkelnd das rosagoldene Mondlicht. Hinter Duhrras Sectrix setzte die schlanke geschmeidige Gestalt eines Numim zum Todesstoß an.

»Vorsicht!« brüllte ich und versuchte, mein Tier anzutreiben und in den Kampf einzugreifen. Aber es sah so aus, als würde ich zu spät kommen.

Der Numim, dessen goldenes Löwengesicht eine einzige Fratze wilden Vergnügens war, sprang mit erhobenem Langschwert auf Duhrra los. Mein Begleiter schien verloren. Ich drehte meine Klinge um, wollte sie werfen und . . .

Eine Stahlklinge blitzte im Mondlicht auf. Sie zuckte geradewegs auf den Numim zu. Der Sprung des Löwenmenschen endete mit einem gurgelnden Schrei. Das Wesen sackte zu Boden. Es versuchte, sich aufzurichten und zu fliehen, dann brach es zusammen und blieb stöhnend und fluchend liegen.

Duhrra wandte sein breites Gesicht in meine Richtung. Mehr denn je sah er wie ein Idiot aus.

»Rasts!« sagte er und hob den rechten Arm.

Wo er normalerweise seinen Haken trug, ein Instrument, das ihm die Ärzte des Akhram am Großen Kanal angepaßt hatten, schimmerte schwarzgolden eine Stahlklinge. Warum er seinen Armstumpf unter Tüchern versteckte, war mir klar; es sollte nicht bekannt werden, daß ein einhändiger Mann in der Stadt war. Doch in diesem Augenblick ging mir auf, daß er damit mehr als einen Haken versteckte.

Er schwenkte die Klinge vor meiner Nase hin und her; in Leder gebettet, eine Holzhalterung über dem Stumpf, und das dümmliche Gesicht zeigte Freude wie über ein neues Spielzeug.

»Damit haben sie nicht gerechnet, Dak. Und gefallen hat es ihnen auch nicht.«

Er hob ein Bein über den Sattel und sprang zu Boden. Ich starrte nervös in die Schatten ringsum, in die Winkel des spitzen Durchgangs, in dem der Überfall stattgefunden hatte. Weiter hinten war es vergleichsweise hell, da inzwischen die Frau der Schleier am Himmel stand. Man mochte uns beobachten; aber dagegen konnte ich nichts tun.

Der verwundete Numim lag keuchend am Boden. Er hatte sich

auf den Rücken gerollt und starrte zornig zu uns empor. Blut befleckte seine goldene Mähne.

»Du Rast«, sagte Duhrra der Tage, »erhältst nun deinen verdienten Lohn. Du darfst dich mit Gashil herumtreiben, du darfst im Glanz von Genodras zur Rechten Grodnos sitzen. Aber gerade das ist dein Verderben, Cramph, denn Grodno ist der Teufel.«

Und Duhrra stach zu. Dann richtete er sich auf und sah mich an. »Er hatte meinen Haken gesehen. Oder die Klinge. Er hätte darüber geredet. Und das wäre mir nicht recht gewesen, Dak, mein Herr.«

»Nein«, sagte ich. Mehr brachte ich nicht heraus.

Methodisch reinigte Duhrra die Klinge und den Haken, die am Stumpfschutz befestigt waren, während wir zügig weiterritten, denn wir hatten wenig Lust, in einer Straße voller Leichen angetroffen zu werden. Magdag verfügte über eine Söldnerstreitmacht, die auch gegen die eigene Bevölkerung eingesetzt wurde. Diese Streitmacht stellte eine Nachtwache, die sich einen Spaß daraus machte, Diebe und Nichtstuer zu fangen, gab es doch für jeden neuen Sklaven eine saftige Prämie zu kassieren.

Nachdem Duhrra seinen Armstumpf wieder in der Kleidung verborgen hatte, bemerkte er: »Du scheinst dieses Teufelsnest recht gut zu kennen, Herr.«

»Aye, ich habe hier eine Zeitlang gelebt – in guter und in schlechter Zeit. Und muß ich dir ewig sagen, daß du mich nicht Herr nennen sollst?«

»Nein, Herr.«

»Was ist denn das?«

Aus einer Schänke kam eine Gruppe von Leuten, Männer und Frauen verschiedener Rassen, ausnahmslos in schmutzige grüne Kleidung gehüllt; Sklaven mit Fackeln gingen voraus. Wie eine Flut strömten sie an unseren Sectrixes vorbei. Ich drehte mich in dem breiten Holzsattel um und starrte hinter ihnen her. Die Flammen der Fackeln ließen rote und orangerote Spiegelungen aufzukken. Die Schatten wurden dunkler, stumm und mit leise scharrenden Sandalen zogen die Menschen an uns vorbei.

»Sind das Gespenster?« Duhrras Gesicht zeigte kein Entsetzen, doch ich sah, daß sich der Stoff über seinem Armstumpf bewegte.

»Nein, du Fambly! Das sind Arbeiter, die ihren Abendtrunk beendet haben und jetzt in ihre primitiven Wohnungen zurückkehren. Sie gehen in Gruppen mit einer Fackel voran, weil . . .«

»Na, *eine* kleine Gruppe wird sie heute Nacht nicht stören, bei Za . . .«

»Onker!« brüllte ich.

Mehr brauchte ich nicht zu sagen. Aber Duhrra verstand sich ebenfalls auf dieses Spielchen.

»Bei Grodno dem Grünen!« sagte er laut. »Du hast mich Onker genannt, Herr.«

Ich starrte ihn aufgebracht an, ohne über meinen Fehler zu lächeln. Ich schüttelte meine Zügel, und wir ritten an der Schänke vorbei, deren Schild zerbrochen war – sicher hatten sich hier Kinder ausgetobt. Kurze Zeit später bogen wir in die Gasse der Gewichte ein, die uns zum Ausländerhafen führen würde. Die Gasse war nicht erleuchtet, doch vom Wasser klangen Gesang und Musik herüber, vermengt mit lautem Lachen und wildem Geschrei. Ich nahm nicht an, daß wir in unmittelbarer Nähe der zahlreichen Hafentavernen noch einmal überfallen werden würden; trotzdem hatten wir für alle Fälle die Klingen blankgezogen. Außerdem war am Hafen nicht soviel los, wie ich angenommen hatte – vielleicht war es dazu noch zu früh.

Die Frau der Schleier stand hoch über den Dächern, und als wir die Gasse der Gewichte verließen und vor uns das dunkle Wasser sahen, erstreckte sich darüber ein gezackter Streifen rosagoldenen Lichts, als wolle uns das Meer willkommen heißen. In den Tavernen und Bierhäusern brannte Licht; Seeleute sind berüchtigt wegen ihres Durstes. Trotzdem fand ich den Hafen nicht sonderlich belebt. Die Taverne, auf die ich zusteuerte, war dafür bekannt, daß sie von den vallianischen Seeleuten bevorzugt wurde, die den anstrengenden weiten Weg über die Äußeren Ozeane hinter sich hatten. Sie hieß *Das Netz und der Dreizack*. Ich wußte nur wenig darüber, da ich bei meinen früheren Besuchen in Magdag in den Sklavengehegen und später im Smaragdpalast gewohnt hatte.

Damals hatte ich mich mit dem Auge eines Krozairs von Zy in Magdag umgesehen, hatte mir die Schwächen der Verteidigung gemerkt für den Tag, da der Ruf erging und die Zairer gegen die verhaßten Grodno-Anhänger kämpften.

Nun, dieser Ruf war ertönt, der Azhurad, und ich war ihm nicht gefolgt und war daraufhin ausgestoßen worden, ich war kein Krzy mehr. Im entscheidenden Moment hatte ich mich auf der Erde aufgehalten, einundzwanzig qualvolle Jahre lang; doch wie sollte ich das einem Kreger erklären?

Einige Betrunkene taumelten an uns vorbei. Ich trieb meine Sectrix an, um das Tier daran zu erinnern, daß die Arbeit noch nicht getan war. Die dritte Sectrix mit unseren Vorräten folgte an einer Leine.

Im Hafen lagen verdammt wenige Schiffe. Ich sah einen Argenter, ein breites dickbauchiges Schiff, vermutlich aus Menaham; Flaggen waren nicht sichtbar. Dahinter lagen drei breite Schiffe des Binnenmeeres, die neben dem Argenter winzig wirkten. Beide Schiffstypen so dicht nebeneinander zu sehen, vermittelte mir einen Eindruck von der Größe der Schiffe der Äußeren Ozeane. Die kleinen Handelsschiffe des Auges der Welt hatten keine Chance gegen die tobenden Elemente außerhalb des Binnenmeeres.

Eine Galleone aus Vallia lag nicht im Hafen.

Ich sah mich aufmerksam um, während wir unsere Tiere vor dem *Netz und Dreizack* anbanden. Nein. Nein, ich hatte mich nicht getäuscht. Es war kein einziges vallianisches Schiff zu sehen.

Nun, das ärgerte mich. Es bedeutete, daß ich warten mußte, bis ein Schiff aus den Äußeren Ozeanen kam, bis es den Großen Kanal durchfahren und Magdag erreicht hatte. Ich mußte eben warten. Etwas anderes blieb mir gar nicht übrig.

Wir banden die Tiere an, betraten die Taverne und blieben einen Augenblick lang auf der Stelle stehen, um uns an Hitze, Licht und Lärm zu gewöhnen.

Der Schankraum war nicht sonderlich voll, und die Gäste waren vorwiegend Seeleute des Binnenmeeres, da und dort saß auch ein Söldner, und ein Tisch unter dem vorspringenden Obergeschoß war von Männern besetzt, die kleine Kaufleute sein mochten.

Serviermädchen bewegten sich zwischen den Tischen und Bänken. Wir traten vor und ließen die Tür hinter uns zufallen, meine rechte Hand griffbereit. Das Sägemehl auf dem Boden war alt und hätte längst erneuert werden müssen. Es roch nach altem und verbranntem Fett und saurem Wein.

Ich deutete mit einer Kopfbewegung auf einen Ecktisch, wo uns niemand von hinten angreifen konnte, und Duhrra folgte mir. Wir setzten uns und blickten in die Runde, zwei hungrige und durstige Reisende.

Ein Mädchen eilte zu uns und zwang sich dabei zu einem Lächeln. Sie war eine Apim und mit ihrem Los sichtlich unzufrieden. Sie schien bereits müde zu sein, obwohl der Abend kaum begonnen hatte.

Duhrra begann mit ihr über den Wein zu diskutieren und wagte sich ziemlich weit vor, als er fragte, ob es hier erbeuteten zairischen Wein zu trinken gebe. Doch sie warf müde den Kopf in den Nacken und antwortete, daß wir uns mit dem hiesigen Blut des Dag zufriedengeben müßten. Auf Duhrras Gesicht war kein Widerwillen zu erkennen, doch er machte schon wieder den Mund auf.

»Ausgezeichnet!« warf ich laut ein. »Und zwei Portionen Vosk mit ein paar Loloo-Eiern. Und danach Auflauf – am besten Malsidge, da wir eine lange Seereise vor uns haben.«

»Malsidge haben wir nicht mehr«, sagte das Mädchen und fuhr sich über den Mund. »Heute abend nur Huliper-Auflauf.«

»Na schön.« Ich legte meine Hand auf eine der Taschen meiner Robe unter dem Staubmantel. Ich hatte es mir zur Angewohnheit gemacht, mein Geld an mehreren Stellen zu tragen. Ich ließ es zwischen meinen Fingern silbern aufblitzen. Die braunen Augen des Mädchens richteten sich starr auf das Silber, so wie ein Ponsho einen angreifenden Risslaca fixieren mochte.

»Sag mir eins, Doma, wie steht es mit vallianischen Schiffen in Magdag?«

Ich zählte darauf, daß sie den ganzen Klatsch kannte. Ob es ihr gefiel oder nicht, ihr Leben spielte sich nun einmal bei den Männern des Binnenmeeres und ihren Schiffen ab. Sie mußte viele Gespräche mitbekommen.

»Vallia, Gernu?«

Seit sie die Münze gesehen hatte, war sie merklich munterer.

»Schiffe aus Vallia kommen in den Ausländerhafen. Wann trifft das nächste ein? Hat es schon Signal gegeben?«

Sie schüttelte den Kopf. Sie schien sich zu fürchten. Trotzdem nahm sie den Blick nicht von dem Silber.

»Nein, Gernu. Seit langer Zeit ist kein Schiff mehr gekommen. Schiffe aus Vallia kommen nicht mehr nach Magdag.«

2

Ich habe schon einmal gesagt, daß gegen die grüne Farbe grundsätzlich nichts zu sagen ist – sie ist angenehm und beruhigend. Die grüne Vegetation macht aus unserer Erde eine großartige Welt. Würde das Grün plötzlich aus dem Spektrum verschwinden, wäre es ein großer Verlust für uns alle. Doch als ich in jener schmutzigen Taverne im Ausländerhafen Magdags saß, überkam mich ein dermaßen starker, bitterer, zorniger Haß auf alles Grüne, daß ich die Augen zusammenkniff und den schlichten irdenen Krug kraftvoll umfaßte. Der Ton brach, und der widerliche grüne Wein ergoß sich über den Tisch.

Das Serviermädchen stieß einen leisen Schrei aus.

Da kam ich wieder zu mir. Natürlich meinte sie nicht, daß vallianische Schiffe überhaupt nicht mehr nach Magdag kamen. Das Binnenmeer liegt im westlichen Teil des Kontinents Turismond, ein wenig nach Westen versetzt. Es wird von Ost-Turismond durch einen gefährlichen Bodenspalt getrennt, aus dem übelriechende und Halluzinationen erzeugende Dämpfe aufsteigen, außerdem von den Stratemsk, einer gewaltigen Bergkette, von deren Gipfeln die Menschen annehmen, daß sie Zim und Genodras berühren, die rote und die grüne Sonne von Antares. Alle Kreger waren davon überzeugt, daß man die Stratemsk nicht zu Fuß überqueren konnte. Am Binnenmeer gab es außerdem keine Flugboote. So war schon ein Schiff aus den Äußeren Ozeanen erforderlich, um jene stürmischen Meere zu befahren, um den Damm der Tage im Westen hinter sich zu lassen und vorbei an Donengil und mit dem Zim-Strom nach Norden durch das Cyphren-Meer zu steuern, dann vorbei an der Nordspitze des Kontinents Loh und von dort endlich in östlicher Richtung nach Vallia.

Nein. Nein, das Mädchen konnte nicht meinen, daß die vallianischen Galleonen überhaupt nicht mehr nach Magdag kamen, sie wollte vielmehr sagen, daß die vallianischen Seeleute nicht mehr in ihre Taverne kamen, in das *Netz und Dreizack*.

Diesen Gedanken äußerte ich mit leiser Stimme, doch sie zuckte zurück.

»Nein, Gernu. Seit König Genod, sein Name sei gepriesen, den Hafen für vallianische Schiffe geschlossen hat, sind keine Galleonen mehr gekommen.«

»Er hat *was?*«

»Gernu . . .« Ihre Stimme klang sehr leise.

In diesem Augenblick wurde die Tür aufgestoßen. Ein Schwall frischer Luft drang herein, die leicht nach Fisch roch, Männer drängten sich in die Schänke, Apim und Diffs, setzten sich plaudernd und lachend an etliche Tische und verlangten Wein.

Das Mädchen warf einen letzten sehnsüchtigen Blick auf die Silbermünze in meiner Hand und ließ mich wie einen Dummkopf sitzen

Natürlich konnte ich mich auf einem Argenter einschiffen und nach Pandahem fahren. Aber – nein, eine andere Möglichkeit gab es nicht, so wenig mir das gefiel.

Pandahem, die große Insel südlich von Vallia, war seit jeher Vallias Rivale in Wirtschaft und Machtanspruch gewesen. Pandahem zerfiel in eine Anzahl von Nationen; in einem dieser Länder, Tomboram, hatte ich Freunde. Der neue üble magdagsche König Genod Gannius hatte sich mit meinen Feinden in der pandahemischen Nation Menaham verbündet. Er wollte Flugboote aus Hamal beziehen und diese durch die Menahemer nach Magdag transportieren lassen. Mit einer unbesiegbaren Luftstreitmacht hätte er die Zairer mühelos vernichten können. Ich hatte diesem Plan eine Riegel vorgeschoben, zumindest für die nächste

Zeit. Zweifellos würde er es wieder versuchen. Aber bis dahin hatte ich dem Auge der Welt den Rücken gekehrt und befand mich längst wieder auf Valka, meiner Insel vor der vallianischen Küste. Aber . . . wenn ich nach Hause wollte, mußte ich mich in einem Argenter aus Menaham einschiffen.

Bei Vox! Welch ein Triumph für die verdammten Menahemer, sollten sie herausfinden, daß sie den Prinz Majister von Vallia in ihrer Gewalt hatten!

Duhrra blickte mich stirnrunzelnd an. Sein kahler Schädel schimmerte im Lampenlicht; über seiner Schulter lag sein einziger Haarschmuck, der Zopf.

»Dein Gesicht verrät nichts, Dak. Doch will mir die Nachricht schlimm erscheinen.«

»Ja, sie ist schlimm.«

»Dann kannst du nicht nach Vallia zurückkehren. Du mußt mich begleiten – nach Sanurkazz oder nach Crazmoz, meine Heimat. Unterwegs werden wir schöne Abenteuer erleben.«

Ich konnte ihm nicht antworten.

Duhrra, den ich Duhrra der Tage getauft hatte, wußte bei weitem nicht alles über mich; nicht einmal, daß ich mir vor vielen Jahren als Ruderkapitän auf dem Binnenmeer einen Ruf erworben hatte. Die Cramphs von Magdag hatten gezittert, wenn sie meinen Namen nur hörten, Pur Dray, Krozair von Zy.

Duhrra nannte mich Dak, ein Name, den ich mir in Ehren erworben hatte, wenn ich auch annahm, daß er gehört hatte, wie ich mit meinem richtigen Namen angeredet wurde. Doch kam er nicht darauf zu sprechen. Die Krozairs sind eine exotische Sorte Männer, selbst für die eigenen Landsleute, die sich nicht der Ehre und dem Ruhm eines Krozairdaseins verschrieben haben.

Das Serviermädchen bediente die Neuankömmlinge. Es handelte sich um Söldner, die es nicht lassen konnten, mit ihren Heldentaten zu prahlen. Nach kurzer Zeit brachte sie uns Voskfleisch und Loloo-Eier und Huliper-Auflauf, außerdem einen neuen Krug mit dem scheußlichen grünen Blut des Dag.

Ich warf das Silberruder hoch. »Du hast dies vergessen.«

Sie knickste, fing die Münze auf und ließ sie in ihrem Ausschnitt verschwinden.

»Vielen Dank, Gernu. Möge Grodno dir lächeln.«

Ich hätte jetzt denken können: *Zair lächelt mir bestimmt nicht.* Doch ich beschäftigte mich damit, die Möglichkeiten, nach Vallia zurückzukehren, zu durchdenken.

»Iß«, sagte Duhrra. »Iß, mein Herr. Hinterher wirst du dich besser fühlen.«

Und damit hatte er natürlich recht. Ich aß. Es schmeckte

scheußlich. Ich nahm mir eine Handvoll Palines, kirschenähnliche Früchte von vorzüglichem Aroma, die mir schon manchesmal Sorgen und Kopfschmerzen vertrieben hatten und die es überall in Kregen zu geben schien.

Ich mußte mir eingestehen, daß ich ziemlich angeschlagen war. Schon oft in meinem Leben hatte ich schlimme Erfahrungen machen müssen. Dieses Gefühl des Gefangenseins aber lähmte mich. Einundzwanzig Jahre lang hatte ich mich in der Falle gefühlt, einundzwanzig lange Jahre, die ich nach dem Willen der Herren der Sterne auf der Erde verbringen mußte. Damals hatte ich nichts unternehmen können, um diesen Zustand zu beenden. Natürlich hatte ich es versucht. Ich war dabei auf eine seltsame Frau gestoßen, die sich auf der Erde Madame Iwanowna nannte und auf Kregen Zena Iztar. Doch nachdem ich nun wieder hier war und im Augenblick gegenüber den Herren der Sterne keine Pflichten hatte, trennten mich lediglich Zeit und Entfernung von meinen Liebsten – so dachte ich damals.

Als ich aufblickte, starrte ich in die Augen eines Söldners vom Nachbartisch. Ich faßte den Entschluß, auf kürzestem Weg zu Delia zurückzukehren, was immer kommen mochte.

Meine Gedanken beschäftigten sich mit dem verdammten menahemischen Argenter, als ich merkte, daß der Söldner am Nebentisch langsam aufstand.

Duhrra hielt den Atem an.

Der Söldner war ein Fristle. Der kräftige, menschlich wirkende Körper steckte in einem Kettenpanzer. Der katzengleiche Kopf mit dem gestreiften Fell, den Schlitzaugen und den weit gespreizten Schnurrbarthaaren richtete sich bösartig in meine Richtung. Er lockerte den Krummsäbel, den alle Fristles tragen, und kam an meinen Tisch.

»Du siehst mich an, Dom«, sagte der Fristle drohend. »Das gefällt mir nicht.«

Ich wußte sofort, was geschehen war. Gedankenverloren hatte ich meine innere Qual und meinen Zorn sichtbar werden lassen. Der Fristle hatte das gesehen und darin eine Beleidigung vermutet.

Ich seufzte. »Du irrrst dich, Dom«, begann ich. »Ich wollte nicht . . .«

Das war ein schwerer Fehler.

»Nennst du mich einen Lügner?«

»Aber überhaupt nicht!« Ich suchte nach Worten. Ich erlebte eine solche Situation nicht zum erstenmal. In meiner Rolle als Hamun ham Farthytu hatte ich in Ruathytu, der Hauptstadt Hamals, die Rolle eines Feiglings gespielt. Auch hier wollte ich jedem Ärger aus dem Wege gehen, schon wegen Duhrra. »Nein, Dom. Ich würde dich nie einen Lügner nennen, es sei denn, du wärst einer.«

»Cramph!« fauchte er und brachte es fertig, selbst dieses einfache Wort nach Art einer Katze herauszuzischen. »Rast!« fuhr er fort.

Ein Rast ist ein sechsbeiniges Nagetier, das sich vornehmlich von Abfall und Unrat ernährt. Auch ich hatte dieses Wort schon verschiedentlich gebraucht.

Ich stand auf, stand sehr langsam auf.

»Ich habe dich nicht absichtlich angesehen. In diesem Punkt lügst du. Du nennst mich einen Cramph, einen Rast, und das ist auch gelogen.« Langsam bewegte sich meine rechte Hand vor dem Körper vorbei auf den Schwertgriff zu. »Es will mir scheinen, Dom, daß du ein chronischer Lügner bist!«

»Bei Odifor, Apim!« Der Krummsäbel blitzte. »Ich muß dir beibringen, was sich schickt!«

Die Kameraden des Fristle lehnten sich bequem zurück. Spöttisch lachend rieten sie ihrem Freund, den sie Cryfon den Hitzkopf nannten, mich sanft zu behandeln, mir nur ein Auge auszustechen, mir die Klinge nicht mehr als zwei Fingerbreit unter die Haut zu stoßen und dergleichen mehr.

Er hatte keine Angst vor meinem Langschwert. In der Enge des Schankraums war das schnelle und gefährliche Krummschwert sicher von Vorteil. Das magdagsche Langschwert, das er zusätzlich trug und das zweifellos die Initialen G.G.M. trug, blieb unbeachtet.

Ich trat zur Seite, um Platz zu gewinnen, und zog das Langschwert. Die Lampen warfen ihr Licht auf die Klinge, die frisch gereinigt worden war.

Die Söldner am Tisch verstummten plötzlich.

Der Fristle, der noch eben sein Krummschwert schwungvoll bewegt hatte, erstarrte. Der Atem zischte ihm aus dem katzenhaften Mund.

»Beim Grünen!« sagte er.

Duhrra bewegte sich hinter mir und ich vermutete, daß er seinen Armstumpf wieder verhüllte.

»Gernu!« sagte der Fristlesöldner Cryfon der Hitzkopf. »Ich wußte ja nicht . . . Ich hatte keine Ahnung. Verzeih, Gernu, verzeih mir tausendmal.«

Nachdem er mich eben noch Rast und Cramph genannt hatte und anfänglich auch Dom, eine freundschaftliche Begrüßung, gab er sich nun größte Mühe mit Gernu, dem Grodno-Gruß gegenüber einem hochstehenden Herrn oder Lord.

»Ich habe dich nicht absichtlich angestarrt.«

»Nein, natürlich nicht, Gernu. In diesem Punkt habe ich gelogen, schlimm gelogen, Odifor sei mein Zeuge.«

Einer der Söldner, ein stämmiger Numim, dessen goldenes Fell im Schein der Samphronöllampen herrlich schimmerte, rief: »Du suchst dir doch immer wieder die Falschen aus, Cryfon!« Dann verneigte er sich vor mir. »Gernu – verzeih dem armen Onker. Trinkst du eine Schale Wein mit uns?«

Er war ein Deldar, Anführer und Sprecher der kleinen Gruppe. Ich wandte mich zu ihm um und merkte dabei, daß ich noch das erbeutete Grodnim-Langschwert in der Hand hielt. Ich machte eine grüßende Bewegung damit und steckte es fort. Dabei begriff ich, was hier geschah. Das Symbol auf der Klinge! Der Lairgodont und die Strahlensonne! Als ich die Waffe auf dem Damm der Tage erbeutet hatte, war mir durchaus bewußt, daß mich das Zeichen in Schwierigkeiten bringen konnte. So hatte ich die Smaragde herausgebrochen und das Symbol mit einem rauhen Stein überschliffen; trotzdem hatten die Männer Form und Beschaffenheit des Zeichens sofort gesehen und ihre Rückschlüsse daraus gezogen. Aus welchem anderen Grunde sollte ein Grüner Bruder eine einfache Taverna wie das *Netz und Dreizack* besuchen?

Doch ein Grüner Bruder, ein Ghittawrer Grodnos, war ein Mann, den man nicht verärgerte, mochte er auch noch so heruntergekommen sein. Das lag nicht nur an dem Langschwert, von dem die Männer überzeugt waren, daß es Cryfon den Hitzkopf getötet hätte. In dem schockierten Verhalten der Söldner lag zugleich die Unterwerfung vor der Macht mystischer Disziplinen, vor der Kraft der Religion, vor der Aura der Unbesiegbarkeit.

Ähnliche, wenn auch nicht ganz so heftige Reaktionen hatte ich in Sanurkazz beobachtet, wenn gedankenlose Prahler sich plötzlich einem Krozairbruder gegenübersahen. Die Zairer sind allerdings von Natur aus ungebärdig und neigen zu rauhen Scherzen, selbst wenn es um die mystischen Orden geht – allerdings überzeugen sie sich vorher, daß kein Krozairbruder in Hörweite ist. Die Grodnim sahen das Ganze entsprechend ihrer religiösen Einstellung viel enger. Ihr Glaube war fanatischer. Sie rückten weniger vom Wege ab. Ihnen bedeutete das Grün eben alles.

War dies ein Grund, warum im Augenblick das Grün die Oberhand über das Rot gewann?

»Ich danke dir, Deldar«, sagte ich förmlich im Tonfall eines Ghittawrerbruders. Ähnlich hätte sich auch ein Krozair geäußert. »Ihr seid sehr freundlich. Doch ich habe zu tun.«

Er nickte hastig. »Das verstehe ich, Gernu. Möge dich das gesegnete Licht Grodnos begleiten.«

»Und dich ebenfalls.«

Also, wenn er es ehrlich meinte, dann ich auch!

Wir warfen Münzen auf den Tisch, um für Essen und Wein zu bezahlen, und verließen das Lokal. Vor dem Haus atmete Duhrra einmal tief ein.

»Elende Grodnim!« sagte er.

Diese Situation hatten wir ohne Schaden überstanden. Trotzdem war ich entschlossen, das gefährliche Symbol loszuwerden. Allerdings wollte ich die Waffe selbst behalten, denn eine bessere würde ich so schnell nicht finden.

Die Söldner stammten von Galeeren aus dem benachbarten Hafen. Zweifellos fanden sie das *Netz und Dreizack* seit dem Ausbleiben vallianischer Schiffe viel attraktiver. Es gab dort Platz und bessere Bedienung und sicher auch einen Preisnachlaß. Es waren harte, tapfere Männer, wie ich sie auf dem Auge der Welt oft bekämpft hatte. Wie lange würden sie brauchen, um die Wahrheit zu ahnen? Daß der freche Apim das Ghittawrer-Schwert lediglich gefunden oder womöglich gestohlen hatte!

Wir stiegen auf. Ich hatte keinen Plan, was ich jetzt tun wollte, waren doch alle meine Pläne von einer vallianischen Galleone abhängig gewesen, einem Schiff, das es hier nicht geben würde.

Wir ritten an dem Argenter vorbei.

»Es will mir scheinen«, sagte ich, »daß wir unsere Passage hier buchen müssen.«

»Ich werde dich trotzdem begleiten, Dak.«

»Aye.« Als wir uns begegneten, hatte Duhrra sein Geld als Ringer verdient. Ich hatte das vage Gefühl, daß er nicht zum erstenmal zur See fahren würde. »Möglich, daß ich für die Passage bezahlen muß.«

»Wäre doch nur gerecht. Nimm das Geld, das du dem vallianischen Kapitän gegeben hättest.«

Schweigend ritt ich auf meiner Sectrix weiter, dann sagte ich: »Für ein pandahemisches Schiff dürfte das nicht genügen.« Ich konnte ihm nicht sagen, daß ich als Prinz Majister von Vallia auf einem vallianischen Schiff nichts hätte bezahlen müssen.

»Suchen wir uns eine Herberge und legen wir uns schlafen«, fuhr ich fort. »Wir sprechen morgen früh mit dem Argenterkapitän.«

»Dann müssen wir ein paar Leuten die Kehlen durchschneiden und ihnen das Gold wegnehmen.«

»Wir wollen zuerst mit dem Kapitän sprechen und seinen Preis erfragen.«

Ich zügelte mein Tier, und Duhrras Sectrix wich schnaubend zur Seite aus. Die Tiere waren unruhig, weil sie noch nicht gefüttert und getränkt worden waren.

»Hör gut zu, Duhrra der Tage. Du mußt hier den Grodnim spielen – den Grund dafür verstehst du.«

»Aye. Man würde uns die Gedärme aus dem Leib . . .«

»Wenn wir den Argenter aus Menaham betreten, mußt du das Wort Vallia überhaupt vergessen. Höchstens darfst du ein paarmal tüchtig darauf fluchen. Menaham und Vallia kommen nicht besonders gut miteinander aus.«

Die Augen mit den schweren Lidern musterten mich im Fackelschein einer nahen Dopa-Taverne.

»Ich verstehe. Jetzt sehe ich das Problem schon klarer.«

»Denk daran – es geht auch um deinen Hals.«

Die Nacht verbrachten wir im Gasthaus *Zum Missalbaum*, ein kleines Stück vom Hafen entfernt. Für den Wirt waren wir zwei einfache Reisende, die ein Bett brauchten. Die Sectrixes wurden von einem lahmen Relt versorgt, einer Diff-Rasse, die mit den Rapas verwandt ist, deren Wildheit aber völlig vermissen läßt.

Der Argenterkapitän stellte am nächsten Tag keine Fragen, er zeigte sich nicht daran interessiert, warum wir das Auge der Welt verlassen wollten, und dafür war ich dankbar, denn ich hatte mir den Kopf nach einem vernünftigen Grund zermartert. Der Mann fuhr sich mit der Hand durch den breiten schwarzen Bart und musterte uns nüchtern abschätzend. Er trug einen Goldring in jedem Ohr, eine Angewohnheit, die mir zuwider war. Trotzdem war er ein harter Mann, wie er es in seiner Position sein mußte, und erwies sich bei den Verhandlungen als äußerst zäh.

Als wir dann durch das Treiben an Bord und an der Kaimauer entlanggingen, warf mir Duhrra einen vielsagenden Blick zu.

Wir strebten einer Taverne zu, die drei Häuser vom *Netz und Dreizack* entfernt war, und Duhrra sagte: »Eine große Summe, Dak.«

»Wir beschaffen sie uns.«

»Oh, aye, das habe ich nicht bezweifelt.«

Und wir beschafften uns das Geld; in der Folge erwachten einige Oberherren Magdags mit Brummschädeln und einer lükkenhaften Erinnerung an einen Überfall in der Nacht. Ich hatte sie nicht getötet, wußte ich doch, welche Aufregung sich daraus ergeben würde. Mit ihrem Gold kauften wir uns auf dem Schiff ein.

Ein steifer Nordostwind wehte uns vor sich her, nachdem die Schlepper die Leinen losgemacht hatten. Wir setzten volles Segel – Argenter haben nur ein Segel – und machten gute Fahrt, nur wenig nach Steuerbord geneigt. Unsere Kabine hätte nicht besser sein können. Nach allem, was ich bisher so erlebt hatte, war die Unterkunft geradezu luxuriös. Die Zwillingssonne leuchtete, der

Himmel wölbte sich blau über uns, Möwen und andere Vögel blieben zurück, und vor uns lagen der Große Kanal, der Damm der Tage und dann die lange Fahrt nach Süden und Osten und Norden – nach Pandahem. Von dort würde ich mich schon irgendwie bis Vallia durchschlagen.

Als die ersten schwarzen Wolken am südlichen Horizont auftauchten, schien sich eine Faust um mein Herz zu krampfen. Bei meinem ersten Aufenthalt im Binnenmeer hatten mir die Herren der Sterne bei jedem Versuch, nach Sanurkazz und Felteraz zu segeln, fürchterliche Rashoons geschickt. Rashoons, die wilden Stürme des Binnenmeeres, gehörten hier zum täglichen Leben. Die Herren der Sterne brachten aber größere und gefährliche Kräfte ins Spiel, riesige wirbelnde schwarze Wolken, Winde, die Segel zerfetzten, die ein Schiff aus dem Wasser heben und zum Kentern bringen konnten.

Sofort refften die Männer das Segel, unsere Fahrt verlangsamte sich. Ich mußte an die Frau denken, die in rotgoldener Kleidung auf einem weißen Zhyan saß, die Frau, die Zena Iztar genannt wurde und die mir gesagt hatte, ich würde das Auge der Welt noch nicht verlassen. Als ich sie fragte, ob die Herren der Sterne mich daran hindern würden, hatte sie mit einem Nein geantwortet. Ich starrte auf die düsteren Wolken und begann zu fluchen.

Kapitän Andapon schien sich keine Sorgen zu machen. Geringschätzig reckte er den Bart.

»Nur ein Rashoon. Eine Kleinigkeit für einen Seemann, der die Äußeren Ozeane kennt.«

Er hatte recht – wenn es sich wirklich nur um einen Rashoon handelte, eine örtlich begrenzte Störung.

»Keine Sorge, das zieht vorüber.«

Er hatte recht. Die schwarzen Wolken hoben sich eine Handbreit über den Horizont. Darüber erschien ein seltsames Licht. Ich blickte hinein. Die Wolken schrumpften, dünnten aus, wichen zurück. Ich kniff die Augen zusammen. Ein weißer Fleck erschien, sich dem Argenter im Sturzflug nähernd. Das Schiff schwankte auf der Stelle. Kapitän Andapon rief einen Befehl, und seine Männer eilten an Deck, um das Segel wieder zu setzen. Ein bedrückender, warmer Geruch lag in der Luft, der Wind ließ nach. Der weiße Fleck kam näher. Außer mir schien niemand an Bord ihn bemerkt zu haben.

Die Sonnen beschienen den fliegenden Punkt. Ich erkannte die weiße Taube der Savanti. Lange hatte ich diese weiße Taube nicht mehr gesehen, Bote und Spion der Savanti, so wie die Herren der Sterne ihren Raubvogel schickten. Ich umfaßte die Reling. Ich konnte den Blick nicht abwenden.

Die weiße Taube verharrte über mir. Ich wußte, daß die Savanti, die sterblichen, doch übermenschlichen Bewohner der Schwingenden Stadt Aphrasöe, sich wieder für mich interessierten. Ihnen hatte ich meine allererste Reise nach Kregen zu verdanken. Sie hatten einen Savapim aus mir machen wollen, einen Mann, der auf die Humanisierung der Welt hinarbeiten sollte. Indem ich Delia, die einheimische Prinzessin, von ihrem Gebrechen heilte, hatte ich in ihren Augen versagt; die Taufe im Heiligen Taufbrunnen des Zelph-Flusses in Aprasöe heilte nicht nur ihr verkrüppeltes Bein, sondern verschaffte ihr wie mir ein tausendjähriges Leben.

Was mochten die Savanti jetzt von mir wollen? Warum hielten sich die Herren der Sterne fern? Hatte Zena Itzar dies gemeint?

Der Argenter *Chavonth von Mem* dümpelte in der ruhigen See. Der Himmel klarte auf. Die Sonnen strahlten hell. Absolute Windstille.

»Das kann nicht lange dauern«, meinte Kapitän Andapon. Ich bewunderte seine Gelassenheit, obwohl er aus dem Land kam, welches bei uns allgemein das verdammte Menaham genannt wurde und das sich mit Hamal gegen Vallia verbündet hatte.

Die Wachen wurden gewechselt, die Glocken läuteten, und der Ausguck meldete sich vom Hauptmast. »Segel!«

»Die bringen Wind, Pandrite sei gepriesen.«

Wir starrten nutzlos zum Ausguck empor, der nach Süden deutete. »Ruderer!« tönte seine Stimme herab.

»Der miese Armipand soll sie verschlingen!« fluchte Andapon.

Ruderer waren vom Wind unabhängig. Wir lagen nach wie vor in der Flaute fest.

Die Männer aus Menaham hatten keine Angst vor dem erbitterten Kampf zwischen den Roten und den Grünen, denn sie waren neutral. Vor Ruderern, die rote oder grüne Flaggen gehißt hatten, brauchten sie sich nicht zu fürchten.

Nach kurzer Zeit kamen die Schiffe über dem Horizont in Sicht. Bald wurde klar, daß sie uns gesehen hatten und sich das einsame Schiff näher ansehen wollten. Das war nur vernünftig. Kapitän Andapon brüllte einen Befehl, und am Hauptmast und am Bug und Heck stieg die menahemische Flagge auf: vier blaue Diagonalstreifen und vier grüne Diagonalstreifen, getrennt durch dünne weiße Linien.

Diese Flagge, gegen die ich früher gekämpft hatte, sollte mich nun vor den Roten und Grünen schützen – denn für die Grünen war ich ein verhaßter feindlicher Krozair und für die Roten ein Apushniad, ein verstoßener Krozair.

Wieder meldete sich der Ausguck.

Kapitän Andapon zeigte eine bemerkenswerte Wendigkeit für seine Größe – er sprang in die Wanten an Steuerbord und erstieg einige Schlaufen. Dann legte er die Hand über die Augen und starrte auf die Ruderer. Ehe er an Deck zurückkehrte, blickte er auf uns herab. Seine Stimme klang etwas entmutigt, aber nicht schwach.

»Weder rot noch grün. Kleine Boote, weniger als zehn Ruder pro Seite. Ihr wißt, was das bedeutet.« Seine Stimme grollte über uns dahin. »Alarm! Alles zu den Waffen! Ohne Gegenwehr sollen sie uns nicht bekommen!«

Da wußte ich ebenfalls Bescheid.

Räuber, Piraten, Seewölfe des Auges der Welt. Sie bekämpften und beraubten Zairer wie Grodnim; ihnen war es einerlei. Dieses schöne, vollbeladene Schiff aus Menaham, in der Flaute gefangen, wurde ihnen wie eine Ponsho auf dem Teller dargereicht!

3

Wenn die Herren der Sterne die Hand nicht im Spiel hatten, so steckten die Savanti hinter dieser Entwicklung. Eine solche Tat lag im Bereich ihrer Möglichkeiten, besaßen sie doch Kräfte, an die ich bisher keinen großen Gedanken verschwendet hatte, was vielleicht ein Fehler gewesen war. Wenn die Herren der Sterne, deren Kräfte ich sonst kaum kannte, mich wie ein Yoyo von der Erde und zurück befördern und Gewitter über ein Schiff bringen konnten, mußte es den Savanti doch möglich sein, eine Horde von Meerespiraten zu einem bestimmten Schiff zu dirigieren. Dazu bedurfte es keines großen Könnens. Oder war es doch nur ein dummer Zufall?

Die vier offenen Ruderboote der Räuber kamen näher; sie waren viel kleiner als reguläre Kampfruderer, die Ruderbäume bewegten sich in geschlossenen Dollen aus Tau und Stiften, und Rammsporne oder Bugkanten waren nicht sichtbar.

»Du siehst wie ein Kämpfer aus«, sagte Kapitän Andapon zu mir. »Aber dein Freund . . .«

»Ich kämpfe einarmig«, sagte Duhrra der Tage.

Der Schiffsführer nickte kurz und machte sich daran, seine Mannschaft auf den Kampf vorzubereiten. Die verdammten Menahemer sind das Kämpfen gewöhnt. Wenn ich diesen Satz so überdenke, muß ich hinzufügen, daß die meisten kregischen Nationen im Kriegführen geübt sind, aber natürlich nimmt nicht jeder einzelne an solchen Kämpfen teil. Vielleicht sollte man sagen, daß der Anteil der Krieger in der kregischen Bevölkerung größer ist als auf der Erde der Neuzeit.

Ein blutiger Kampf stand uns bevor. Hätte sich Kapitän Andapon kampflos ergeben, hätten uns die Piraten vermutlich bis zum letzten Mann abgeschlachtet. Andererseits beurteilte ich unsere Siegchancen sehr schlecht, denn die Angreifer waren uns zahlenmäßig weit überlegen.

Die Männer unterhielten sich, und ich hörte, wie sie den Großen Armipand anflehten, er möge die Piratenrasts mit Krankheiten schlagen oder anderweitig vernichten. Seltsam, daß man dermaßen mit Menschen fühlen kann, die eigentlich Todfeinde sind. Ich mochte die Menahemer nicht, doch in diesen Minuten vor dem Kampf vermittelten sie mir ein seltsames Hochgefühl. Wenn wir getötet wurden, würden wir alle gemeinsam zu den Eisgletschern Sicces eingehen, als Klingenkameraden.

Die vier Boote kamen näher und trennten sich außerhalb der Varter-Schußweite, um uns von zwei Seiten anzugreifen. Die Vartermannschaften fetteten ihre Waffen ein, spannten sie, richteten sie aus, wählten die kantigsten Felsbrocken, die geradesten Pfeile aus. Die Varter ist eine Art Schleuder; mit großer Durchschlagskraft verschießt sie Eisenbolzen oder Felssteine in flacher Wurfbahn. Über Katapulte verfügte die *Chavonth von Mem* nicht. Allerdings ragte sie höher aus dem Wasser, so daß ihre Varters früher schießen konnten als die der angreifenden Boote. Mit einem schrillen Klirren wurde die erste Varter betätigt. Der Felsbrocken fiel neben dem vordersten Boot ins Meer, eine weiße Fontäne stieg hoch. Die anderen drei Varter folgten, und die Steine flogen davon. Gleich darauf begannen die Varters aus den Booten zu schießen. Ein Felsbrocken stürzte auf unser Deck und zerschmetterte zwei Männer und einen Schiffsjungen. Das weckte in mir böse Erinnerungen an die Royal Navy auf der guten alten Erde.

Es gab zwar keinen dröhnenden Kanonendonner, kein Grollen der zurückstoßenden Waffen auf dem Holz, keine dichten Pulverdampfwolken. Doch in allem anderen wurden die Erinnerungen wach. O ja, ich hatte lange genug unter Nelson gekämpft!

Eines der vier Boote scherte aus, seine Steuerbordruder waren von einem Felsbrocken zerschmettert worden, die Bordwand war aufgerissen, Männer sprangen ins Wasser und schwammen hektisch auf das nächste Boot zu. Unsere Takelage wurde zerschossen, Flanschen und Rahstücke fielen klappernd herab. Ein Bogenschütze stürzte kreischend vom Hauptmast. Es begann nach Blut zu riechen, das sich hellrot über die Decksplanken ergoß.

»Fertigmachen zum Abwehren der Enterer!« brüllte Andapon. Er eilte zu seiner Poopleiter, kletterte hinauf und drängte sich durch die Heckwache nach Steuerbord. Zu seinem Brustpanzer trug er einen riesigen Helm mit einem Buschen blauer und grüner Federn. Er schwang sein Rapier. Ich folgte ihm, denn das erste Boot hatte uns fast erreicht.

Meine Gedanken waren so sehr mit den Savanti und den Herren der Sterne beschäftigt, daß ich das Offensichtliche übersah. Ich hatte die bevorstehende Zusammenkunft als gewöhnlichen Kampf angesehen, ohne weiter darüber nachzudenken. Als Andapon nun einen zornig-verblüfften Schrei ausstieß und die Männer, die bei ihm waren, ebenfalls zu brüllen begannen, wachte ich auf.

Und schon rannte ich auf dem Poopdeck nach vorn, sprang die Leiter hinab, eilte zum Absatz des Achterdecks und brüllte und schwenkte das verdammte Ghittawrer-Langschwert über meinem Kopf. Ich kam beinahe zu spät. Vorn brüllten zahlreiche Männer durcheinander, und die auf dem Vorderdeck postierten Menahemer taumelten angeschlagen zurück. Da es keine Plankenverbindung gab, lief ich über das Deck und sprang auf die Luken und von dort zur Steuerbordseite hinüber. Noch mehr Männer drängten über das Vorschiff herbei. Wenn ich die Piraten richtig beurteilte, würden sie durch die Vorderpforten in das Vorschiff eindringen.

Männer folgten mir. Wir stürmten vor und stellten uns den Piraten im direkten Kampf. Es waren wilde, langhaarige Gestalten, in alle möglichen Rüstungsteile gekleidet. Gold und Silber glitzerte an ihren Körpern. Breite Schals und Federn umwehten sie. In ihrer Mitte befanden sich auch Frauen. Der Kampf weitete sich aus, als wir, getragen von unserem Tempo, weiter vorstürmten. Hinter uns ertönte Geschrei; Kapitän Andapon hatte offenbar erkannt, daß er sich durch das langsam angreifende Boot am Heck beinahe hätte täuschen lassen. Wir zerschlugen die Gruppe der Angreifer und trieben sie über den Bug ins Meer zurück.

Ein Mann kroch auf den Fuß des Bugspriets und wich entsetzt zurück. Sechs Pfeile trafen ihn gleichzeitig, und mit jämmerlichem Schrei stürzte er in sein feuchtes Grab.

»Nach unten!« brüllte ich.

Als ich waffenschwingend Anstalten machte, einen Angriff durch die vordere Luke nach unten zu führen, erkannte ich, daß Duhrra nicht mehr bei mir war. Bis jetzt war er mir überallhin gefolgt und hatte mir mit seinem heißen Atem stets dicht im Nacken gesessen. Im Nahkampf waren wir voneinander getrennt worden. Bei Vox! Wenn die elenden Räuber Duhrra der Tage umgebracht hatten, sollte es ihnen leid tun!

Andapon sammelte eine Gruppe seiner Männer um sich. Er erkannte, daß ich bereit war, mich im Unterdeck umzutun. Sein Erster Offizier lebte nicht mehr. In diesem Augenblick raste ein Felsbrocken über das Deck, ohne jemanden zu treffen. Folglich setzte eines der angreifenden Boote den Beschuß fort. Andapon würde sich um die Leute kümmern, die am Heck zu entern versuchten. Ein weiteres Boot war versenkt. Damit blieb ein Schiff übrig.

»Wo ist das verfluchte Boot hin?« brüllte ich. Die Menahemer zuckten zusammen. Einer meldete sich von der Schiffsmitte. Ich glaubte nicht, daß die Piraten von dort entern würden, doch der Mann deutete zur Backbordseite. Im nächsten Augenblick traf ihn ein Pfeil in den Hals und ließ ihn stumm zurücktaumeln.

»Los, Jungs!« brüllte ich wie in alten Zeiten und stürmte unter Deck.

In dem Halbdämmer, durchstochen von Sonnenlicht aus den Ruderpforten und aus einem von Felsbrocken geschlagenen Loch, erschienen die Umrisse von Männern.

»Chavonths!« brüllte ich und griff an.

In diesem Augenblick drang ein Sonnenstrahl durch eine Öffnung, aus der ein Mann herabsprang. Das Licht spiegelte sich auf einem schweißfeuchten kahlen Schädel, von dem eine schwarze Locke herabhing.

»Duhrra!«

»Du kommst gerade richtig. Sie stürmen wie die Leems«, sagte er.

Die Besatzung des letzten Bootes strömte herein, um ihren Freunden zu helfen, die bereits eingedrungen waren, während wir den Angriff auf dem Vorschiff zurückschlugen. Jetzt standen wir uns im Dämmerlicht gegenüber. Bei Krun, ihre Zahl war enorm!

Im engen Vorschiff kam es zum erbitterten Nahkampf. Gegen kaum erkennbare Gegner mußten wir antreten. Es war ein vages Hauen und Stechen, ein unterdrücktes Keuchen und Ächzen vor Anstrengung, dann und wann durch schrille Schreie unterbrochen, wenn der Stahl seine Opfer forderte. Das gestohlene Ghittawrer-Schwert in meiner Hand forderte seinen roten Tribut.

Rings um mich fielen die Männer, aber die Seewölfe drangen unerbittlich vor. Duhrra und ich blieben dicht beieinander und kämpften schließlich Rücken an Rücken. Schritt um Schritt wurden wir zurückgedrängt, auf die niedrige Holztür zu, die aus dem Vorschiff auf das Mitteldeck führte. Ich drängte Duhrra herum, bis ich den Piraten gegenüberstand.

»Dak!« rief er entrüstet.

»Raus mit dir! Den ersten Cramph, der mir folgt, nimmst du dir vor!«

Wortlos verschwand er.

Ich hieb links, rechts, links, dann machte ich kehrt und raste zur Tür. Als ich ins Freie schoß, verdeckte Duhrras mächtiger Körper die Sonne.

Im nächsten Augenblick zuckte sein Langschwert herab und schlug dem ersten unvorsichtigen Räuber den Kopf ab.

Die Tür ließ sich nicht verschließen. Die Räuber stürmten waffenschwingend und mit Triumphgebrüll ins Freie.

Duhrra und etliche Söldner des Schiffes, Rapas, Brokelsh und Womoxes – traten zum Angriff an und vermochten die Flut der Piraten eine Weile einzudämmen. Der Wind rührte sich nicht, die Sonnen brannten herab. Das Deck war glitschig von vergossenem Blut. Und immer wieder zuckten unsere Klingen vor.

»Achtung! Pfeile!« brüllte da eine Stimme.

Ich nahm die Fäuste am Griff der Ghittawrer-Klinge auseinander, bereit, die Geschosse abzuwehren. Drei vermochte ich zur Seite zu schlagen, ehe mich neues Geschrei hinter uns veranlaßte, einen hastigen Blick über die Schulter zu werfen.

Kapitän Andapon und der Rest seiner Mannschaft wurden nach vorn gedrängt. Die Piraten waren auch am Heck durchgebrochen. So befand sich die Argentermannschaft nun zwischen den beiden Piratengruppen. Es war abzusehen, wann unsere Gegenwehr erlahmen würde.

»Beim Schwarzen Chunkrah!« sagte ich. »Wenn wir schon untergehen müssen, wollen wir wenigstens eine große Mannschaft von denen mit auf die Reise zu den Eisgletschern Sicces nehmen!«

Wir waren eingekreist.

Die Piraten hörten auf, mit Pfeilen zu schießen, damit sie keine eigenen Leute trafen. Ich musterte die Männer vor mir und suchte mir einen geeignet erscheinenden Kataki aus, der einen stahlbewehrten Schwanz in den Kampf führen konnte.

»Hai Jikai!« brüllte ich.

Er hob die Klinge, und ich trat zur Seite, fing den gefährlichen Hieb seines Schwanzes mit der linken Hand ab und zerrte daran. Er geriet ins Taumeln. Ich nahm mir die Zeit, mit der Rechten auf einen Burschen einzuhauen, der mich von der Seite niederschlagen wollte, dann ließ ich das Langschwert herumzucken und hieb die Klinge in die Stelle zwischen Hals und Schulter. Der Kataki stürzte zu Boden. Ich ließ seinen Schwanz los, hieb kräftig nach links und rechts und sprang in die Reihe der Menahemer zurück.

Wenn ich schon die Reise zu den Eisgletschern Sicces antreten sollte, dann mit einem richtigen Jikai.

Die Piraten zögerten, wußten nicht, wie sie vorgehen sollten.

Die Männer, von meiner spektakulären Einzelaktion angetan oder deprimiert, machten Anstalten, kämpfend unterzugehen. Die Piraten begannen zu brüllen und griffen an.

Die nächsten Minuten sind mir als eine Folge verwischter Eindrücke in Erinnerung – zuschlagen und hacken, zustoßen, ducken. Ich teilte kraftvolle Schwerthiebe aus, wie sie gegen eine gute Rüstung erforderlich sind. Plötzlich wurde ich auch aus Richtungen bedrängt, wo eigentlich Kameraden hätten stehen müssen. Es schienen immer mehr Piraten zu werden, anstatt weniger. Ich spürte einen Stoß an meiner linken Hüfte, doch ehe der Brokelsh seine Klinge zurückziehen konnte, hatte ich ihm den Arm abgeschlagen. Einen Augenblick später mußte ich einen Riesensatz zur Seite machen, um vor einem Rapa zurückzuweichen, der darauf bestand, mit seinem Hals durch meine Klinge zu kommen. Er stürzte auf das Deck. Ein anderer erschien an seiner Stelle.

Kapitän Andapon lag am Boden, noch immer brüllend, und versuchte mit schwachen Bewegungen, zwei Angreifer abzuwehren, die ihm den Kopf abgeschlagen hätten, wären Duhrra und ich nicht dazwischengegangen.

Nur noch wenige Menahemer waren auf den Beinen.

Ein rauher Schrei gellte. Die kämpfenden Piraten wichen zurück, obwohl sie gar nicht wußten, was es mit dem Ruf auf sich hatte. Dann hob eine der Piratenfrauen den Arm. Einen Augenblick lang war der Kampf unterbrochen.

Von grünen Flaggen eingehüllt, kam ein Ruderer auf den Argenter zu. Bewaffnete drängten sich auf dem schmalen Deck hinter dem stolz gereckten Bug, und der Enterbaum war angehoben, bereit, herabgelassen und ausgefahren zu werden. Die drei Reihen Ruder hoben sich im Gleichtakt wie die Flügel eines riesigen Raubvogels.

»Ruderer!« brüllte ein Pirat. »Aus Magdag!«

Danach war uns der erbauliche Anblick einer Piratenarmee vergönnt, die den sinkenden Argenter verließ. Hastig kehrten die Männer in ihre drei kleinen Boote zurück und stießen verzweifelt ab. Sie begannen heftig zu rudern, vermochten sich aber nicht einig zu werden, in welchem Rhythmus gezogen werden sollte.

»Gerettet!« sagte Duhrra. »Und ausgerechnet durch Magdag!«

»Dank sei Pandrite, daß das Schiff im rechten Augenblick kam«, sagte Kapitän Andapon und hielt sich die verwundete Seite.

Die nun folgenden Ereignisse waren sogar noch lehrreicher als die Flucht der Piraten. Der unbekannte Kommandant des Ruderers verstand sein Handwerk.

Weißes Wasser schäumte unter dem langen Rammsporn aus Bronze, vor dem sich jedes Schiff in acht nehmen mußte. Der magdagsche Rudererkapitän zog sein Boot herum, als liefe es auf Schienen, und nahm das erste Boot der Piraten aufs Korn. Die Ramme traf, zerschmetterte das kleine Fahrzeug und schleuderte zahlreiche Gestalten ins Wasser.

Der Ruderer verlangsamte die Fahrt nicht. Eine Ruderbank schaltete in tadellosem Rhythmus auf Rückwärtsbewegung, die andere Seite zog weiter nach vorn. So drehte der Ruderer auf der Stelle. Wie ein riesiger Leem stürzte sich das Schiff auf das zweite Piratenboot. Das dritte wußte, daß es nicht mehr fliehen konnte. Seine Ruder kamen völlig verwirrt zum Stillstand. Männer stellten sich auf und schwenkten Lumpen. Doch der Ruderer schonte sie nicht.

Wir hörten die Kommandos und dann das seltsame doppelte Dröhnen der Trommel. Pfeifen schrillten, die Ruder kamen im Wasser zum Stillstand und bremsten den Ruderer in unglaublich kurzer Zeit ab. Ein Boot wurde mittschiffs zu Wasser gelassen, gefolgt von einem zweiten. Das erste machte sich daran, die halb ertrunkenen Piraten aus dem Wasser zu ziehen, das andere kam auf den sinkenden Argenter zu.

Die wenigen Männer, die von der Argentermannschaft noch am Leben waren, sprachen in hysterischer Erleichterung durcheinander. Einige liefen unter Deck, um ihre Besitztümer heraufzuholen. Kapitän Andapon sah sich bekümmert auf seinem Schiff um.

»Meine schöne *Chavonth von Mem!* Die Rasts haben sie versenkt!«

»Aber du hast dein Leben noch, Kapitän!«

»Mein Leben! Und was ist mit der Fracht? Mit dem Gewinn dieser Fahrt? Ach, warum hat Opaz mich verlassen?«

Nun, ich konnte seine Reaktion verstehen. Nun saß er ebenfalls am Binnenmeer fest.

Das Boot vom Ruderer machte fest, und Männer kamen an Bord, harte, kampferfahrene Gestalten, Oberherren Magdags.

Sie blieben einen Augenblick lang stehen und überschauten die Szene: das Deck voller Leichen, blutbefleckt, der Kapitän um sein schönes Schiff und das verlorene Vermögen trauernd, die Überlebenden, die verzweifelt ihren Besitz einsammelten, und dazwischen zwei energisch wirkende, blutbesudelte Gestalten, die dort standen, wo der Kampf am heftigsten getobt hatte.

Der Hikdar, der eine grüne Robe, einen schimmernden Helm und ein Kettenhemd trug, ging vorsichtig zwischen den Leichen hindurch und vermied es, in Blutlachen zu treten.

»Dein Schiff sinkt, Kapitän«, sagte er zu Andapon. »Du nimmst die Gastfreundschaft unseres Ruderers in Anspruch.«

Dann blickte er mich an. »Du trägst das Grün, Dom. Stammst du aus Magdag?«

»Nein«, antwortete ich und legte mir hastig eine Geschichte zurecht. »Aus Goforeng.« Es handelte sich um eine Grodnim-Stadt, über die ich einiges wußte. Ich hatte schon verschiedene Angriffe auf den Hafen durchgeführt – viele Jahre war das jetzt her –, und sie lag ein gutes Stück im Osten.

»Anscheinend weiß man in Goforeng gute Krieger zu schulen.«

»Das ist freundlich. Aber wir müssen dir danken für unsere Rettung. Wir waren so gut wie verloren.«

»Das ist offensichtlich. Am besten kommt ihr sofort an Bord.«

Und er geleitete mich und den widerstrebenden Kapitän über die Bordwand ins wartende Boot.

Duhrra hatte inzwischen unsere Sachen geholt; seine Rechte steckte wieder vorn in dem Umhang. Ich half ihm. Der Hikdar hob die schwarzen Augenbrauen. Er war ziemlich hochmütig.

Das Boot brachte uns zum Ruderer hinüber. Kapitän Andapon vermochte den Blick nicht von seinem Schiff zu nehmen. Der Argenter, die *Chavont von Mem*, ging schäumend unter, als wir das Achterdeck des Ruderers erklommen.

Oh, welche Erinnerungen wurden in mir wach, der ich auf einem magdagschen Ruderer als Sklave geschuftet und später als Kapitän einen zairischen Ruderer befehligt hatte, als gefürchtetster Korsar des Binnenmeeres!

Wir wurden unter Deck zur Kabine des Kapitäns geführt. Unsere Männer sollten auf dem Oberdeck unterkommen, sorgfältig von den Rudersklaven getrennt. Kapitän Andapon und ich traten in die luxuriöse Achterkabine, in eine Welt einzigartiger Pracht und Macht, eine Welt, in der Arroganz und Reichtum verschwenderisch zur Schau gestellt wurden.

Wir wurden zu bequemen Polsterstühlen geführt, man reichte uns Gläser mit Wein.

»Lahal, Gernus«, sagte der Kapitän beim Eintreten. »Ihr habt Wein? Gut. Jetzt berichtet mir das Wesentliche.«

Kapitän Andapon war nicht nur ein erfahrender Seebär, sondern kannte sich auch mit den Oberherren Magdags gut aus. Er machte keine Umschweife.

»Lahal, Gernu. Wir saßen in einer Flaute fest. Wir kämpften. Sie hätten uns vernichtet, wärst du nicht rechtzeitig eingetroffen, und dafür danke ich dir aus tiefstem . . .«

»Sehr gut.« Der Kapitän brachte Andapon mit einer Handbewegung zum Schweigen und blickte mich an. »Mein Schiffs-Hikdar berichtet, du hast gut gekämpft. Er meldet, du seist aus Goforeng. Ich warne dich – ich rieche eine Unwahrheit auf viele Dwaburs. Ich möchte die Wahrheit hören!«

Wie typisch für die Oberherren Magdags! Und wie erfrischend zugleich! Ich war in letzter Zeit doch etwas verweichlicht.

Ich blieb beim Sprechen sitzen.

»Lahal, Kapitän. Wenn du mir nicht glauben willst, daß ich aus Goforeng komme, ist das deine Sache.«

Die Adjutanten und Ordonnanzen des mächtigen Mannes hielten entsetzt den Atem an. Andapon neigte sich in seinem Sitz ein wenig von mir fort, als wolle er mit diesem undankbaren und selbstmörderisch veranlagten Verrückten nichts mehr zu tun haben.

Noch ehe jemand etwas sagen konnte, bemerkte ich in einem Tonfall, den ich für ganz normal hielt: »Du hast uns deinen Namen noch nicht genannt.«

Wieder japsten die Anwesenden verblüfft. Der Schiffs-Hikdar, der sich ziemlich wichtig zu nehmen schien, zog sein Schwert. Ich blickte ihn an. »Warum ziehst du dein Schwert, Dom? Möchtest du sterben?«

Das Gesicht des Hikdars rötete sich. »Gernu!« flehte er seinen Kapitän an. »Willst du das dulden? Gibst du mir die Erlaubnis, diesen widerlichen . . .«

»Bleib ruhig, Nath. Hier steckt mehr, als wir vermutet haben.« Der Kapitän des Ruderers musterte mich mit kritischem Blick. Sein schwarzgelocktes Haar war geölt und auf dem Kopf zusammengerafft. Die lange grüne Robe wurde an der Hüfte durch einen Gürtel zusammengehalten, und an der rechten Seite trug er ein Kurzschwert. Er hatte das Gesicht eines Raubvogels, mutig und arrogant, zwei hellblaue Augen und ein Kinn wie ein Rudererbug – ja, das waren Äußerlichkeiten. Doch in dem Gesicht lag nicht nur das Bewußtsein großer Macht, sondern echte Macht.

»Ich finde«, sagte er, »daß du mir deinen Namen sagen solltest, ehe ich mich vorstelle. Das würde mir höflich erscheinen.«

»Dak«, antwortete ich und zögerte nur einen Sekundenbruchteil lang. Ich mußte mir auf der Stelle einen überzeugenden Nachnamen einfallen lassen. »Dak ti Foreng«, fuhr ich fort und hob den Blick. »Und du?«

Der Hikdar trat einige Schritte vor, entrüstet über mein Verhalten und doch nicht willens, das Pappattu entgleisen zu lassen.

»Du hast die Ehre, vor Gafard zu stehen, Rog von Guamelga, Kämpfer des Königs, Prinz des Zentralen Meeres, Besieger Zairs, Meeres-Zhantil, Ghittawrer von Genod . . .«

Während Hikdar Nath diese Titelaufzählung noch eine gute Weile fortsetzte, musterte mich Gafard mit einem dünnen, ironischen Lächeln. Damit schien er die Torheit des äußerlichen Pomps zu bestätigen. Doch ich hakte an einer Tatsache fest, an einem einzigen wichtigen Umstand in der langen eindrucksvollen Liste. Er führte keinen Nachnamen. Kein Mann in seinem Rang und mit seiner Macht wäre freiwillig ohne Nachnamen durch die Welt gegangen. Hier lag der Schlüssel zu seinem Wesen.

Die Angst und Bitterkeit, die ich verspürte, waren eigentlich überflüssig, war ich doch entschlossen, das Binnenmeer zu verlassen. Warum zerbrach ich mir also den Kopf über die hier bestehenden Intrigen, Täuschungen und verräterischen Wechselfälle?

Als der Hikdar fertig war und energisch an seinen Platz zurückkehrte, streifte mich Gafard mit einem Blick und sagte: »Jetzt weißt du es.«

»Aye«, sagte ich.

Dieser Mann war kein echter magdagscher Oberherr. Hätte ich zu einem Oberherrn so herausfordernd gesprochen wie zu ihm, wäre mein Leben sofort verwirkt gewesen.

»Ich möchte mit diesem wilden Leem unter vier Augen sprechen. Räumt die Kabine. Nath, halte dich vor der Tür mit einem Wächter bereit. Wenn ich rufe, kommt ihr so schnell wie möglich herein.«

»Wie du befiehlst, so gehorche ich, Gernu!« bellte der Hikdar und bedeutete den anderen Männern, ihm aus der Kabine zu folgen.

Als wir allein waren, blieb Gafard eine Weile an dem langen schimmernden Tisch vor dem Heckfenster sitzen. Dann sagte er: »Du lebst gefährlich, Dom.«

»Das halte ich für richtig.«

Ich hatte mir überlegt, wie ich vorgehen wollte. Es war ein Risiko, doch ich bildete mir ein, daß Gafard etwas brauchte, was ich zu bieten hatte – oder zu bieten schien.

»Wenn ich nun den Befehl gäbe, daß du zu den Sklaven geworfen wirst?«

»Du kannst es ja versuchen«, antwortete ich.

Ihm stockte der Atem. »Ich brauche Männer wie dich«, sagte er schließlich.

Ich ahnte, daß die banalen Worte eine tiefere Bedeutung verbargen, daß ich bereits im Vorteil war. »Du sagst, du weißt, wer ich bin«, fuhr er fort. »Nun denn, ich bekenne mich stolz dazu. Der Name Gafards, des Meeres-Zhantil, ist überall am Auge der Welt bekannt. Ich bin reich, ich kämpfe für König Genod. Ich bin ein Ghittawrer in seiner Bruderschaft. All diese Dinge bin ich, doch in Zairia war ich nichts! Nichts! Es gab kein Z in meinem Namen. Gewiß, ich kämpfte für die Roten. Kämpfte sogar sehr gut, doch ich erhielt keinen Lohn. Man versagte mir den Zutritt zu den Krozairs, zu jeder anderen Roten Bruderschaft.«

»Und daraufhin bist du zum Abtrünnigen geworden?«

»Aye! Und ich bin stolz darauf. Jetzt nehme ich mir, was mir ohnehin rechtmäßig gehört!«

Seine Haltung wirkte angespannt, als rechne er damit, daß ich zu meinem Schwert greifen würde.

»Es scheint dir gutzugehen«, sagte ich. »Meinen Glückwunsch zu deiner gekonnten Navigation!«

Er spürte die Arroganz in meinen Worten. Trotzdem lächelte er.

»Du weißt, daß ich nicht von Geburt ein Oberherr Magdags bin. Doch ich habe mir diesen Titel rechtmäßig erworben. Jeder andere Grodnim-Gernu hätte dich längst an eine Ruderbank ketten lassen.«

»Ja.«

»Aber du trägst das Grün. Du führst ein Ghittawrer-Langschwert mit ausgelöschtem Symbol. Du kämpfst gut – so berichtet man mir wenigstens. Hast du dich nicht gefragt, warum du nicht sofort an die Ruder geschickt wurdest?«

Ich hob den Blick. »Warum?«

Sein Lächeln war spöttisch. »Ich bin ein Renegat, gewiß, ein abtrünniger Zairer, der jetzt Grodno dient. Aber für dich gilt dasselbe – auch du warst früher ein Anhänger Zairs!«

4

Der enge Hof des Jadepalasts hallte wider vom Kampfeslärm, von den schnellen Atemzügen der Kämpfenden, ihrem angestrengten Keuchen. Das zweifarbige Licht der Antares-Sonnen erleuchtete eine gelbe Steinmauer und die Ranken, die sich in herrlichen Farben an ihr emporwanden.

Ich riß das Kurzschwert hoch und spürte, wie Gafards Waffenspitze unmittelbar unter meinem Brustbein auftraf. Wir beide waren bis zur Hüfte nackt. Gafards muskulöser Körper schimmerte feucht.

»Schon wieder, du Fambly!« brüllte er. »Du hast keine lange Stahlstange in der Hand, sondern ein Kurzschwert, einen Genodder, nach dem persönlichen Entwurf des großen Königs Genod geschmiedet!« Er stampfte mit dem rechten Fuß auf und stürzte sich erneut auf mich. Ich schlug das Holzschwert zur Seite und vermochte die Attacke diesmal abzuwehren. Dabei mußte ich mich zurückhalten, um nicht meinem natürlichen Drang nachzugeben und meinen Gegner umzubringen.

Er hieb nach meinem Kopf, und ich duckte mich, er trat zur Seite, und ich ließ es zu, daß er mir das Holzschwert gegen die Rippen stieß. Es tat sehr weh.

Gafard wich zurück und bedachte mich mit einem ironischen Salut.

Sklaven nahmen ihm das Schwert ab, wuschen ihn mit duftendem Rosenwasser, drückten ihm ein Glas Parclear in die Hand und fächelten ihm Luft zu.

»Ich ziehe ja selbst das Langschwert vor«, sagte er und trank seinen Wein. Auch ich bekam einen Kelch gereicht, den ich dankbar leerte. Gafard warf das Glas achtlos über die Schulter. Ein wendiges Numim-Mädchen fing es auf, ehe es den Boden berührte. Ich fragte mich, was der Sklavenherr getan hätte, würde sie daneben gegriffen haben. Gafard, der Mann mit den vielen Titeln – der Überläufer – sah mich an und wiederholte: »Ich ziehe ja selbst das Langschwert vor. Doch ich erkenne die Kraft, die im Kurzschwert steckt. Der Genodder ist eine schreckliche Waffe.«

»Aye, Gernu«, sagte ich und rieb meinen schwitzenden Körper mit einem Handtuch ab.

Erst vor wenigen Tagen waren wir von Gafard und seinem Ruderer *Volgodonts Klauen* vor den Piraten gerettet worden. In dieser kurzen Zeit war viel geschehen, doch all das Treiben lief letzlich nur auf einen wichtigen Umstand hinaus. Duhrra und ich, die ehemaligen Anhänger der Roten, waren nun Gefolgsleute eines Oberherrn der Grünen.

Duhrra der Tage und ich, Dak, waren ebenfalls Abtrünnige geworden.

Es hatte mich viel Mühe gekostet, Duhrra von den Vorteilen dieser Handlungweise zu überzeugen. Er wäre am liebsten kämpfend untergegangen. Doch unser jetziges Verhalten mochte uns nicht nur vor der Galeere bewahren und uns das Leben retten, sondern konnte uns auch eine Chance zur Flucht bieten.

So war ich denn nun ein Gast in Gafards Jadepalast und erwartete die Erlaubnis vom König, uns Asyl zu gewähren. Genod hieß alle Überläufer mit offenen Armen willkommen. Dies war ihm eine besondere Freude, die ich sogar verständlich fand.

Wir gingen ins Haus, und Gafard lud mich ein, ihm in seine Gemächer zu folgen, während er sich für eine spätere Verabredung umzog. Er wollte mit mir sprechen.

Ich folgte ihm.

Die Zimmer waren mit einem solchen Prunk und Luxus eingerichtet, daß die Kosten bei der Einrichtung sichtlich keine Rolle gespielt hatten. Alle Dinge waren von erlesenster Qualität. Ich folgte dem Mann nicht in den Schlafraum, sondern setzte mich davor in einen vergoldeten Polstersessel, während Gafard sich ankleidete. Seidenstoffe, Samt, Goldspitze, kunstvoll geraffte Bahnen aus Grün und Gold – sorgfältig legte er sein Gewand an. Ich bemerkte, daß er unter der grüngoldenen Tunika ein Kettenhemd trug. Ein solches Gewebe war nicht am Binnenmeer gefertigt worden, sondern mußte aus einem der uralten Länder an den Ufern des Nebelmeers in Süd-Havilfar stammen. Er bemerkte mein Interesse und setzte sein feines herablassendes Lächeln auf, das mir viel über ihn verriet.

»Jawohl, Dak von Zullia. Nur vom besten.«

Mein Anspruch, ein Grodnim aus Goforeng, Dak ti Foreng zu sein, hatte nicht lange gewährt. Ich hatte mir den Namen eines anderen bekannten Ortes zugelegt, eines kleinen Ponsho-Bauerndorfes südlich von Sanurkazz, aus dem mein alter Ruderkamerad Nath stammte. Nath, Zolta und ich hatten dort einmal einen Besuch gemacht, so daß ich mir zutraute, einen Sohn dieses Ortes zu spielen. Sollte Gafard jemals durch das Dorf gekommen sein und sollte er sich, was noch unahrscheinlicher war, daran erinnern, so hatte ich die richtigen Antworten parat.

Eine lange weiße Robe wurde angehoben und so ausgerichtet, daß die Schultern auf kleinen Flügeln zur Seite gespreizt waren. Edelsteinbesetzte Goldketten lagen auf seiner Brust. Sklaven legten ihm ein breites Gebinde aus Gold und Smaragden um die Hüfte, ein schimmerndes Gebilde, an dem die juwelenbesetzte Scheide eines funkelnden Genodder hing. Der Griff des Langschwerts bewegte sich über seiner rechten Schulter, die edelsteinstrahlende Scheide über der linken Schulter. Dann noch zwei Dinge: der eiserne Helm, in grünen Samt und grüne Seide gehüllt, mit wehendem grünen und weißen Federbusch, und einige letzte Tropfen Duftwasser. Gafard, der Kämpfer des Königs, war zur Audienz bereit. Er würde sich in einer Preysany-Palankeen zum Palast tragen lassen, begleitet von Lampensklaven und Leibsklaven und einer starken Garde in seiner persönlichen Livree. Sein Hauszeichen war der goldene Zhantil. Ich seufzte.

»Der Meeres-Zhantil«, sagte ich.

»Aye. Ein stolzer Titel. Ihn mag ich von allen am liebsten. Es gab einmal am Auge der Welt einen Mann, der diesen Titel trug. Ein großer Korsar des Binnenmeeres. Ein Krozair – ein Krozair von Zy. Er war Lord von Strombor.«

»Ich habe von ihm gehört«, antwortete ich. Das Herz schlug mir bis in den Hals.

Wie den meisten Kregern war Gafard sein wahres Alter nicht anzusehen; er mochte dreißig oder hundertundfünfzig Jahre alt sein. Ich schätzte ihn auf weit unter hundert.

»Ja«, sagte er. »Er verschwand vom Binnenmeer, ehe du geboren wurdest, möchte ich meine. Ein großartiger Mann. Der größte Krozair seiner Zeit, dieser Dray Prescot, Lord von Strombor.«

»Davon hat man mir berichtet.«

Ich fügte nicht hinzu, daß ich den Titel »Meeres-Zhantil«, den mir König Zo von Sanurkazz verliehen hatte, praktisch niemals benutzte. Ich glaube, ich habe ihn auf den bisherigen Tonbändern nicht einmal erwähnt. Nun, wie dem auch sei, kein Titel konnte mir neben der einfachen, unsterblichen Bezeichnung Krozair von Zy wahrhaft etwas bedeuten.

»Du, ein Anhänger Grodnos, liebst also den Titel eines Krozairs von Zy?«

Er warf mir einen Seitenblick zu. Ich fragte mich, was ich tun würde, sollte er zu dem Schluß kommen, daß ich zu weit gegangen war. Doch er lachte dröhnend, umfaßte den schimmernden Langschwertgriff und schritt zur Tür.

»Den Zairern ein Titel verloren, den Grodnim einer gewonnen! Mir gefällt das. Und aus einem anderen Grund, einem viel zu wichtigen Grund . . . Ich komme zu spät. Setze das Genoddertraining mit Galti fort. Er reagiert schnell und ist kräftig und wird dich gut auf die Probe stellen.«

»Wie du befiehlst, so gehorche ich, Gernu!« bellte ich, wie es in magdagschen Diensten üblich war. Wenn ich wollte, lernte ich schnell.

Er begab sich zu seinem Gespräch mit König Genod, während ich meine Waffenübungen mit Galti fortsetzte.

Der Mann war schnell und beweglich und vermochte sein Kurzschwert intelligent einzusetzen. Sein untersetzter Körper war für den schnellen Nahkampf wie geschaffen. Das Gesicht mit der zerbrochenen Nase und der Narbe über dem linken Auge tanzte vor mir, während ich parierte, die Stellung wechselte, zuschlug und mich zurückzog. Mir wurde klar, daß ich mit meiner verächtlichen Ablehnung des herausfordernden Titels Meeres-Zhantil meine alten Gefühle über die Krozairs von Zy hatte durchbrechen lassen. Die Krozairs von Zy hatten mich verstoßen und zum Apushniad erklärt. Gafard schien dies noch nicht zu wissen. Warum sollte ich ihn also verachten, nur weil er den Titel übernommen hatte, wenn er mir nichts bedeutete, wenn mir die Krozairs von Zy nichts mehr bedeuteten?

Durch solche Gedanken abgelenkt, merkte ich plötzlich, wie eine Holzklinge auf meinen Bauch zuzuckte. Ich reagierte ganz automatisch. Die Holzstäbe klapperten gegeneinander, mein Handgelenk drehte und versteifte sich, mein Arm wurde ausgestreckt, und Galti stolperte nach einem dumpfen Schlag aufschreiend zurück. Die abgerundete Spitze hatte ihn in den Unterleib getroffen.

»Bei Iangle, Herr! Das war ein raffinierter Schlag!«

Ich half ihm nicht hoch, wie ich es normalerweise getan hätte. Ich mußte wie ein Oberherr Magdags denken und handeln, wenn ich in die Reihen der Grünen aufgenommen werden wollte.

»Ich bin sicher ausgerutscht, Galti. Für heute ist es genug.«

»Jawohl, Gernu. Möge Grodno über dich wachen.«

»Und der Allgnädige ebenfalls.«

Er bedachte mich mit einem letzten zweifelnden Blick, rieb sich den Magen und ging. Es war ein ziemlich kräftiger Schlag gewesen.

Nun blieb mir nichts anderes übrig, als ein Bad zu nehmen und zu Duhrra zu gehen, damit der Kerl nicht etwa zu viel trank und zuviel ausplauderte; im Suff saß ihm die Zairerzunge locker.

Mein Entschluß stand fest. Ich wollte mit dem Auge der Welt und der verwirrten Politik zwischen den Roten und Grünen nichts zu tun haben. Ich mußte einen Weg nach Valka finden. Schon war mir ein Dutzend nicht zu verwirklichender Pläne durch den Kopf gegangen. Ein Schiff des Binnenmeeres hätte die lange Seereise nach Haus niemals überstanden. Außerdem gab es hier keine Flugboote. Vermutlich würde der verrückte König Genod neue Flugboote aus Hamal importieren. Ich wollte mir eins davon stehlen; diesmal sollte mein Kopf die Oberhand über mein Herz behalten. Zair, die Roten, die Krozairs, das alles bedeutete mir nichts mehr.

Warum widerte er mich an, dieser Gafard, der sich freundlich gab und Duhrra und mir half, warum mißtraute ich seiner offensichtlichen Macht und Zielstrebigkeit, der erkennbaren Freundlichkeit unter der grimmigen Fassade der Autorität, die seine Position erforderte?

Er war nun mal ein Abtrünniger. Er hatte jede Glaubwürdigkeit verloren. Einst ein Anhänger der Roten, war er nun ein sich windender Gefolgsmann der Grünen Macht.

Ich fand Duhrra in unserem Zimmer vor einer geöffneten Flasche Chremson sitzen. Ich ließ mich in einen Stuhl fallen und streckte die Hand aus. Duhrra drückte mir die Flasche hinein. Der Chremson war kein Grodnim Wein, sondern stammte von einem erbeuteten Schiff. Trotz aller Glaubensbekenntnisse trank Gafard am liebsten den guten zairischen Wein.

»Gutes Zeug, Dak.«

»Trink lieber nicht soviel, Duhrra«, sagte ich und blickte ihn mürrisch an. »Dein Haken macht mir noch immer Sorgen. Wenn es von Akhram durchsickert, daß dort ein Mann mit einem Haken und einer Schnappklinge versorgt wurde, und wenn diese Information mit dem Bericht des jungen Todalpheme vom Damm der Tage in Verbindung gebracht wird . . .«

»Dann hängt man uns Ketten um den Hals und zieht uns die Eingeweide aus dem Leib! Aye! Aber dann hätten wir vielleicht auch die Chance, es dem magdagschen Cramphs endlich einmal zu zeigen!«

»Dein weinseliger Mund redet zuviel.«

»Aye, Herr, du hast recht. Ich werde ein guter Grodnim sein.«

Ich lachte nicht, mußte in diesem Augenblick aber an den Ausspruch der Zairer denken, wonach der einzige gute Grodnim ein toter Grodnim ist. Dieser Spruch war auf Kregen wie auch auf der Erde bekannt.

Später rief mich ein Sklave in Gafards Gemächer.

»Ich verbringe die Nacht im Turm der Wahren Zufriedenheit«, sagte er und ließ sich von einem Sklaven entkleiden. »Zuvor wollte ich dir jedoch eine gute Nachricht übermitteln. Der König akzeptiert dich. Morgen früh bekommst du eine Audienz. Man wird dich mit Freuden aufnehmen.«

Ich nickte, ohne etwas zu sagen. Gafard nahm dies als Zeichen meiner inneren Beweglichkeit.

»Dir wird es so gehen wie mir. Früher ging ich als Fard von Nirgendwo durchs Leben. Jetzt bin ich Gafard, ein großer Ghittawrer, ein Rog, ein Prinz des Zentralen Meeres. Du wirst den Namen Gadak annehmen. Und als Gadak trittst du in die Reihen der Grünen ein, in den Dienst an Grodno!«

5

Im späten achtzehnten Jahrhundert hatte ich in der englischen Marine gedient, in Nelsons Flotte, und eine härtere Erziehung gibt es nicht. Als Sklave war ich darüber hinaus ausgepeitscht und verprügelt worden und hatte bis an den Rand der Erschöpfung arbeiten müssen. Außerdem war ich ein Prinz gewesen, der sich ein Leben in Luxus leisten konnte, und zuletzt König. Und ein Spion, der sich bemüht hatte, einer verfeindeten Nation wichtige Geheimnisse zu entreißen.

Während mich Gafard kritisch musterte und meine Kleidung und mein Auftreten festlegte und mich mit weisen Worten über mein Verhalten während der Audienz unterwies, sagte ich mir mehrmals, daß meine Erfahrungen eigentlich ausreichen müßten, um die bevorstehenden Ereignisse mühelos zu überstehen.

Doch trotz aller inneren Versicherungen, trotz aller neuen Erkenntnisse, trotz meiner Sorge, daß ich das alte innere Auge verloren haben könnte, spürte ich Gefahren auf meinem Weg. Ich konnte mit dem lauten Schrei »Zair! Zair!« aus der Reihe ausbrechen und um mich hauen, bis ich niedergeschlagen und an den Fersen aus dem Saal gezogen wurde. Das war eine Möglichkeit.

Doch es stand zuviel auf dem Spiel, als daß ich mir diesen Luxus gönnen konnte.

Meinem Inselstromnat Valka, das zum vallianischen Reich gehörte, standen garantiert neue blutige Kämpfe gegen das gefährliche hamalische Reich bevor. Meine Pflicht lag bei diesem Land, und bei meiner Frau Delia. Und nicht zu vergessen die anderen Pflichten, um die ich mich nur selten kümmerte – mein Königreich Djanduin hatte seinen Herrscher seit langer Zeit nicht mehr gesehen, ebenso mochten sich das edle Haus Strombor und meine Klansleute von Felschraung und Longuelm vernachlässigt fühlen.

Nein, ich mußte mich zurückhalten, mußte mich diesem Wahnsinnigen ergeben, diesem Genod Gannius.

Er würde nie erfahren, daß ich nur deswegen auf der Welt war, weil ich an jenem ersten Tag am Großen Kanal dem Gebot der Herren der Sterne gefolgt war und das Leben seiner Eltern gerettet hatte. Ohne mich hätte es ihn nie gegeben. Mit dieser Tat hatte ich ganz Zairia in Leid und Kummer gestürzt, ohne es zu wissen, lediglich von egoistischen Zielen erfüllt, denn ich wollte unbedingt erreichen, daß ich auf Kregen bleiben durfte . . .

Riesig und ehrfurchtgebietend ist die Stadt Magdag. Mächtige Mauern umschließen die zahlreichen Hafenanlagen. Am Wasser steigen die teuren Bauwerke in zahllosen Stufen empor. Zahllose funkelnde Tempel erheben sich zur Ehre Grodnos, und überall herrscht Gedränge und lebhaftes Treiben.

Magdags Besonderheit, das Kennzeichen, das sie über die meisten anderen Städte erhebt, ist das unglaublich große Areal mit den Megalithen. Über unzählige Dwaburs erstrecken sich kolossale Bauwerke, entstanden aus einem unstillbaren Hunger ständiger Erweiterung heraus. Tausende von Sklaven und Arbeitern sind hier ständig am Werk, errichten ewig neue Säle und Höfe und Pavillons, ziehen neue Türme und Kuppelbauten empor, alle zur Ehre und zum Ruhm Grodnos des Grünen. In Magdag wird ständig gebaut. Als Sklave, als Schreiber hatte ich dort mitgewirkt, ich war auch in die Geheimnisse um die Gründe für diese Baubesessenheit verwickelt worden.

Gafard wurde in seiner Preysany-Sänfte getragen, ich ritt auf einer Sectrix hinter ihm – so bewegten wir uns durchs Gewimmel der Straßen. Die Megalithen, die mächtigen Blöcke, zerrissen den Horizont. Alles überragend, eindrucksvoll, düster, schienen sie Magdag eher zu belasten.

König Genods Empfang lief nach dem erwarteten Schema ab. Es herrschte ein blendender Prunk, zahlreiche komplizierte Rituale mußten beachtet werden, unverständliche Regeln waren einzuhalten. Durch zahlreiche Höfe wurden wir geleitet, Marmortreppen hinauf, und durch mächtige Torbögen, die nach oben hin etwas spitz zuliefen, wie es bei den Grodnim üblich war. Überall standen reglose Wächter; sie bewegten nur die Augen und musterten jeden prüfend. Sie waren in eine Vielfalt prachtvoller Uniformen gehüllt, und ich prägte mir alle Einzelheiten von Rüstungen und Bewaffnung ein. Vielleicht würde mir das bald von Nutzen sein.

Kammerherren in grünen Heroldsröcken und mit goldenen Stäben schritten voraus. Fanfaren schmetterten, was meiner Ansicht nach dazu bestimmt war, die Besucher bei Hof vor Schreck zusammenfahren zu lassen. Immer weiter ging unsere Wanderung, bis wir schließlich das Vorzimmer des Audienzgemachs erreichten. Wie viele kregische Paläste, die ich kannte, war der Palast Grodnos des Allwissenden ein Labyrinth von Zimmern und Kammern und Geheimgängen. Ich bewahrte Haltung und sah mich ungezwungen um, wie es sicher von mir erwartet wurde; doch zugleich hatte ich das Langschwert in der Scheide gelockert, und meine rechte Hand hielt sich bereit.

Endlich marschierten Gafard und ich in die grelle Pracht des Audienzgemachs.

Licht, Farben, funkelnder Tand. Fächer wurden hin und her geschwenkt, bloße Schultern waren zu sehen, Seidenstoffe und Pelze, Rüstungen aus Eisen und Stahl, und überall die grüne Farbe in verschiedensten Schattierungen und Materialien.

Die Ausstattung, die den Besucher beeindrucken sollte, bedrückte mich eher. Was hatte ich, der ich ein Anhänger Zairs gewesen war, hier zu suchen, auch wenn die Krozairs von Zy mich verstoßen hatten?

Das Lairgodont war an vielen Stellen abgebildet. Wachen mit Speeren und Schwertern und in schimmernden Rüstungen standen an den Wänden entlang. Auf ihren polierten Helmen erhoben sich Silberskulpturen von Lairgodonts. Dem Künstler, der die Darstellung geschaffen hatte, war es gelungen, die gewalttätige und heimtückische Art des Tiers einzufangen. In dem weit aufklaffenden Maul zeigten sich gefährliche Hauer. Die Körperschuppen waren bis ins letzte Detail dargestellt. Der Schwanz mit den Widerhaken war drohend erhoben, die gefährlichen kraftvollen Klauen verhießen den Tod.

Wir marschierten über den weiten Marmorfußboden zum anderen Ende des Saals. Drei Sitzgelegenheiten erhoben sich dort; auf dem mittleren, dem höchsten Thron saß König Genod.

Die Eisenbeschläge unserer Sandalen hallten durch den Saal.

Gafard gab das Musterbild eines Kriegers ab, beladen mit Ehre und Reichtum, rücksichtslos und grausam im Bewußtsein seiner überlegenen Kraft.

Ich, Gadaks Gefolgsmann, marschierte einen halben Schritt links hinter ihm. Ich trug einen weißen Umhang mit grünen Mustern über dem Kettenhemd, darüber eine grüne ärmellose Weste, die mit Silber bestickt war. Den Genodder trug ich an der rechten Schulter, das Langschwert an einem Wehrgehänge zu meiner Linken. So marschierten wir an den Reihen der Wächter vorbei, an den Gruppen der Höflinge und Beamten und hohen Offiziere, an den herausgeputzten Frauen, von denen jede die langen grünen Federn anders trug. Das von oben hereindringende Licht erzeugte ein geradezu blendendes Funkeln in dieser Szene, in der das verhaßte Grün vorherrschte.

Wir machten an einer goldenen Linie im Marmor halt. Ich hob den Blick und betrachtete zuerst die beiden niedrigeren Thronsitze.

Rechts saß ein kleiner eingeschrumpfter Mann, dessen Alter ich auf weit über zweihundert schätzte. Ich vermutete in ihm den weisen Ratgeber des Hofes, vielleicht auch einen Zauberer, und das eingefallene Gesicht und die beweglichen dunklen Augen, die mich an die Augen einer Echse erinnerten, bestätigten mir, daß er eine wache Intelligenz besaß.

Auf dem linken Thron saß – der Atem stockte mir in der Kehle, und ich mußte mich gewaltsam beherrschen. In meinem häßlichen Gesicht durfte sich kein Muskel rühren.

O ja, *diese* Frau kannte ich!

Seit unserem letzten Zusammentreffen hatte sie sich verändert. Sie war rundlicher geworden, die Konturen der Schönheit in ihrem Gesicht wirkten weicher, ließen sie unzufriedener erscheinen denn je. Trotzdem war ihre einzigartige Schönheit noch zu erkennen. Das dunkle Haar hatte sie sich nach der allgemeinen Mode grün färben lassen. Die dunklen Augen blickten mich an, und ich setzte einen starren Ausdruck auf. Es war lange her, seit wir uns in Magdag gegenübergestanden hatten, damals gingen meine

Voskschädel dem sicheren Sieg entgegen, ein Sieg, der ihnen auf grausame Weise doch noch entrissen worden war. Unser letztes Gespräch war von Zorn und unerfüllten Sehnsüchten bestimmt gewesen. Sie hatte meinen alten Voskschädel als lächerlich bezeichnet und hatte mit der Reitpeitsche nach mir geschlagen, doch ich hatte mich noch rechtzeitig ducken können.

Prinzessin Susheeng. O ja, ich kannte sie.

Würde sie mich ihrerseits erkennen?

Wie entsetzt war sie gewesen, als sie erfuhr, daß ich Krozair von Zy war, Lord von Strombor!

Ich stand starr vor den Thronsitzen und wagte es schließlich doch, den Blick zum Glanz des Königs zu erheben.

Er war ein stattlicher Mann, dieser König Genod. Auf den ersten Blick bemerkte ich das Feuer in ihm, die ungezügelte Energie, das Lodern des Genies, das andere Menschen führen und inspirieren konnte. Zugleich sah ich in den tiefliegenden schwarzen Augen die Grausamkeit eines Leems. In der scharfen Nase, dem arrogant geschnittenen Gesicht, in den dünnen Lippen sah ich Symbole, die, sosehr man es auch bestreiten will, einen Mann kennzeichneten, der sich selbst und seine Ziele stets an allererster Stelle sieht. Stirnrunzelnd blickte er auf uns herab, und der bunte Glanz seiner Kleidung und seiner Edelsteine verblaßte neben der düsteren Macht dieses Gesichts.

»Lahal, Gafard.«

»Lahal, Majister.«

Mehr sagten die beiden nicht zueinander; trotzdem glaubte ich plötzlich ein wenig mehr von der Bindung zwischen ihnen zu verstehen. Herr und Bediensteter, Gehirn und Werkzeug, so ergänzten sie sich. Diese beiden waren in der Lage, das Binnenmeer zu unterwerfen!

Prinzessin Susheeng, die einmal flehend vor mir auf den Knien gelegen hatte, nackt bis auf den grauen Sklavenschurz, rührte sich nicht. Ich warf ihr einen kurzen Blick zu und bemerkte keine äußere Veränderung in ihrem Gesichtsausdruck. Es war lange her; außerdem galt der berüchtigte Krozair, der Lord von Strombor, als tot. Und vielleicht hatte ich mich in all den Jahren auch etwas verändert. Außerdem stand ich im Schatten Gafards, der mir das Licht von den hohen Fenstern versperrte.

Gafard hatte mich darauf vorbereitet, daß diese Audienz zugleich die öffentliche Aufnahme in die Gemeinschaft der Grünen bedeuten würde. Nach dieser Zeremonie würde ich ein Grodnim sein. Später würde der König mich unter vier Augen empfangen zu einem Gespräch, das mir mehr Aufschluß geben mochte über die Dinge, die von mir erwartet wurden.

Ich machte mir klar, daß Prinzessin Susheeng einen Großteil ihres Ehrgeizes hatte befriedigen können. Sie und ihr teuflischer Bruder, Prinz Glycas, hatten in Magdag vorankommen wollen. Inzwischen war Genod Gannius auf der Szene erschienen, hatte seine Armeen im Triumph nach Magdag geführt und herrschte nun hier in der Stadt der Megalithen. Und er hatte Susheeng zu seiner Gefährtin gemacht. Wenn Glycas nicht tot war, mußte er irgendwo in der Stadt sein; der Gedanke gefiel mir ganz und gar nicht.

Die Kammerherren lösten mir den Genodder vom Schultergurt und trugen die Waffe zu einem Chuktar, einem prachtvoll gerüsteten Chulik. Nach etlichem Hin und Her sollte der Genodder durch die Priester gesegnet werden, die in grünen Roben bereitstanden. Dann würde der König die Klinge küssen, die mir anschließend zurückgegeben wurde. Zum Schluß mußte ich die Waffe ebenfalls küssen und bekam sie wieder umgehängt. Damit war die Aufnahme vollzogen.

So stand ich denn und wartete auf die nächste Etappe dieser Charade.

Niemand rührte sich.

Mein Blick fiel auf den König. Er hatte die rechte Hand halb erhoben, er wollte das Zeichen zum Anfangen geben. Doch die Hand bewegte sich nicht, zitterte nicht einmal. Der alte Gelehrte hatte den Mund halb geöffnet. Susheengs Hand lag über einer goldenen Brosche auf ihrer Brust.

Kein Ton war aus der Masse der Höflinge im hellen Audienzgemach zu vernehmen, kein Mensch rührte sich. Ich drehte mich zu der hohen Doppeltür um. Was geschah dort?

Im nächsten Augenblick erschien Zena Iztar in der offenen Doppeltür und ging an den versteinerten Gestalten vorbei auf mich zu. Wie immer war sie eine sehr eindrucksvolle Erscheinung. Sie trug ihre rotgoldenen Roben mit einem schmalen grünen Leibtuch, und die Edelsteine an ihrem Gewand brachten es fertig, König Genods Audienzsaal billig erscheinen zu lassen.

Sie blieb ein Stück vor mir stehen und schüttelte den Kopf. »Dray Prescot! Ich möchte wissen, was du hier tust!«

»Das liegt doch auf der Hand!«

»Für mich nicht – ebensowenig für die Herren der Sterne oder die Savanti.«

»Dann sind sie – und du – nicht gerade intelligent.«

Sie lächelte nicht. Vielmehr schüttelte sie noch einmal den Kopf. »Wenn wir unsere Intelligenz benutzen, wie du uns anheimstellst, könnten wir zu dem Schluß kommen, daß du hier etwas Böses tun willst.«

»Natürlich ist es etwas Schlechtes!«

Eine winzige Linie erschien zwischen den Augenbrauen.

»Madame Iwanowna, Zena Iztar, wir sind uns bisher dreimal begegnet: hast du dabei nicht mitbekommen, daß ich ein schlechter Mensch bin?«

»Und doch wurdest du von den Savanti erwählt und später auch von den Herren der Sterne?«

»Danach habe ich selbst nicht gestrebt.«

»Und doch fiel die Wahl auf dich.«

Ich war nicht so dumm, zu fragen, warum die Wahl wohl auf mich gefallen war. Die Savanti, die übermenschlichen Bewohner Aphrasöes, der Schwingenden Stadt, holten viele Menschen von der Erde, unterwarfen sie einem Test und bildeten sie als Savapim aus, als ihre Agenten, die auf Kregen zum Wohle der Apim, des Homo Sapiens, wirken sollten. Mein Verhalten hatte den Savanti nicht gefallen, und so hatte man mich aus dem Paradies verstoßen. So hatte ich dann auf Kregen gekämpft und mir ein eigenes Paradies geschaffen, mein Leben mit Delia. Die Herren der Sterne setzten mich nach Belieben für ihre Ziele ein. Dabei machte ich mir keine Illusionen, ich bildete mir nicht ein, etwas Besonderes zu sein, ein Mann, dem auf dieser weiten fremden Welt eine große Zukunft winkte: mein Leben hing vielmehr von den Auswirkungen der miteinander konkurrierenden Interessen anderer Wesen ab.

»Ich hatte dich gewarnt, Pur Dray«, sagte Zena Iztar. »Ich habe dir gesagt, man würde dir nicht gestatten, das Auge der Welt zu verlassen.«

»Ich bin nicht mehr Pur Dray.«

»Das mag stimmen. Aber du sollst dir diesen Titel zurückgewinnen, du sollst deine rechtmäßige Position als Mitglied der Krozairs von Zy wieder einnehmen.«

»Das alles liegt hinter mir.«

»Wenn du nicht tust, was ich dir sage, wirst du nicht vom Binnenmeer loskommen.«

In der Zeit, da ich noch prahlte und plante, da ich nach Magdag ritt und den Argenter bestieg, um nach Hause zu fahren – in der Zeit mußte ich tief in meinem Inneren gewußt haben – nein, ich *hatte* gewußt –, daß ich das Auge der Welt nicht verlassen konnte. Jene unvorstellbaren und unversöhnlichen Kräfte die außerhalb von Zeit und Raum wirkten, hielten mich fest. Solange das von ihnen Gewünschte nicht eintrat, mußte ich hierbleiben, ein freier Mann im Bereich des Binnenmeeres; dennoch hier festgehalten wie zuvor auf der Erde, meiner Heimat.

»Ich habe die Krozairs überwunden!« fuhr ich dennoch fort.

»Ich habe sie abgeworfen, so wie eine Schlang gibt auf Kregen andere Orte, die mir mehr am

»Wie eine Schlange, sagst du . . .«

»Na und? Ich bin schlecht, da paßt auch Symbol. Allerdings verabscheue ich diese Wes nur ihrer Natur folgen.«

»Trotzdem muß ich dir sagen, daß du nu hast, nach Valka zurückzukehren, wenn du wieder zum von Zy geworden bist.«

»Und Delia?«

Zena Iztar legte einen langen weißen Finger vor die Lippen. »Du kennst deine Frau. Du kennst ihre Entschlossenheit. Sie ist in Sicherheit und so zufrieden, wie sie es ohne dich sein kann – trotzdem wird sie alles riskieren, um dich wiederzufinden!«

»Und du willst sie zu diesem Schicksal verdammen?«

»Ich verdamme niemanden«, antwortete sie. »Seit die Welt besteht, leiden Männer und Frauen, und das wird sich bis zum Ende nicht ändern.«

»Du hast angedeutet, ich würde vor einer Entscheidung stehen, vor einer schweren Entscheidung.«

»Nicht diese elende Sache, so ernst sie auch sein mag«, tat sie meine Worte ab. »Die große Entscheidung kommt später. Außerdem habe ich gesagt, daß selbst Grodno daran schuld sein könnte, daß ganz seltsame Dinge geschehen sind.«

»Ich erinnere mich. Das war bei unserem ersten Gespräch in meinem Zimmer in London, vor der Séance.«

»Und als ich dich an den Ufern des Großen Kanals zum zweitenmal traf, warnte ich dich erneut. Du hast eine Rolle zu spielen. Ich wünschte, du würdest dich ihr mit ganzen Herzen widmen.«

»Solange ich von Delia getrennt bin, ist das unmöglich.«

»Das sehe und verstehe ich. Dazu muß ich folgendes sagen: Du mußt deinen Weg weitergehen, mit aller Konzentration, die du dafür aufbringen kannst. Ich weiß, wovon ich spreche. Ich grüße dich als Pur Dray.«

Ich deutete mit einer Kopfbewegung auf den Thron. »Und wenn Susheeng mich erkennt?«

»Ich glaube nicht, daß . . . Prinzessin Susheeng dich erkennt. Für sie kreist das Leben nur um den König. Außerdem wäre es ihr nicht recht, wenn der König wüßte, daß sie sich vor dir erniedrigen wollte und du sie verschmäht hast.«

»Aye, das hat ihr nicht gefallen.«

»Mehr habe ich dir im Augenblick nicht zu sagen.«

Gleich würde diese Frau verschwinden, all die stummen, erstarrten Gestalten ringsum würden zum Leben erwachen, die Ze-

…urde weitergehen. Der Chulik-Chuktar mit dem Kurz…hatte das rote Tuch bereits erhoben. Noch viele Fragen …en mir auf der Zunge – und eine ganz besonders: »Wenn …icht von den Herren der Sterne und auch nicht von den …vanti kommst, Zena Iztar, von wem dann?«

Ihr Blick war auf das rote Tuch in den Fingern des Chuktar gerichtet.

»Du sollst . . .?«

»Ja.«

»Und es wird keine Bedeutung haben?«

»Keine.«

»Denk an meine Worte. Der einzige Ausweg für dich. Denk daran.«

»Aber . . . sag mir, wer du bist, und warum . . .«

Doch sie entfernte sich bereits mit geschmeidigem Gang. Die Doppeltür schloß sich hinter ihr – eine antreibende Kraft dafür war nicht zu sehen.

Ich war allein.

Das Stück Seide in den Fingern des Chulik-Chuktars zuckte hervor, als er es nun völlig aus der Tasche zog. Er hielt es in die Höhe, bereit für das Signal des Königs.

Heller Fanfarenschall. Der hohe Saal füllte sich mit dem Seufzen und Murmeln der vielen hundert Menschen. Der König beendete das Signal.

Und so lief die Charade denn ab. Ich spuckte auf den roten Stoff, eine alte Rudererflagge, und trampelte darauf herum. Ich gab verschiedene Versprechen, die nichts bedeuteten, da sie im Namen Grodnos ausgesprochen wurden – und die ganze Zeit über hallten die unheimlichen Worte in meinem Voskschädel wider.

»Wenn du das Binnenmeer verlassen willst, mußt du wieder ein Krozair von Zy werden!«

6

»Der König hat ungeheure Pläne!« sagte Gafard aus dem Sattel seiner Sectrix. »Pläne, wie sie einem Gott zu Gesicht stehen!«

Ich war nicht so töricht, ihn darauf hinzuweisen, daß der König kein Gott war.

»Du kannst mir glauben, Gernu, daß ich alles tun werde, um dem König zu helfen«, sagte ich und musterte ihn im Reiten von der Seite; ein großer robuster Mann mit einem harten Profil, in dem vor allem Ehrgeiz zum Ausdruck kam. Ich beschloß, einen gewagten Vorstoß zu machen. »Ich werde alles tun, um dem König zu helfen, Gernu – aber nach dir.«

Da wandte er den Kopf in meine Richtung. Sein zairisches Gesicht wirkte düster. Dann brach seine gute Laune hervor. »Aye, Gadak, ich weiß, was du meinst, und freue mich darüber, denn hier liegt der Grund, warum ich dich gewählt habe. Doch um unserer Gesundheit willen solltest du das nie wieder sagen.«

Wir ritten auf die Nordgebirge zu. Wir hatten einen Kampfauftrag. Die Leemköpfe hatten sich mit den Barbaren des Nordens verbündet, und König Genod hatte in seinem fürchterlichen Zorn seinen Lieblingsgeneral entsandt, um den Aufstand zu unterdrükken, die Barbaren von magdagschem Land zu vertreiben und alle Leemköpfe, derer er habhaft werden konnte, zu hängen.

Wenigstens forderte dieser erste Einsatz nicht von mir, daß ich gegen Zairer kämpfen mußte.

Eine eindrucksvolle kleine Streitmacht waren wir, gut zehntausend Mann, geführt von magdagschen Oberherren. Und das Oberkommando hatte ein Renegat, Gafard, der Kämpfer des Königs. Ich fragte mich, wann der Augenblick kommen mochte, da ich ihn niederschlagen mußte. Das schien mir nämlich letztlich der einzige Ausweg zu sein.

Die Gründe, die ihn für mich eingenommen hatten, die ihn bewogen hatten, mir zu helfen, mich zum Grodnim zu machen, lagen auf der Hand. Er hatte viele Feinde. So mancher stolze Oberherr Magdags haßte und verachtete diesen emporgekommenen Überläufer. Das war unvermeidlich. Folglich suchte er Freunde, Männer, denen er vertrauen konnte. Und von allen seinen Freunden, die er mit Geld und hohen Ämtern und mit dem Ohr des Königs gewinnen konnte, war ihm keiner treuer ergeben als Männer wie er selbst. Überläufer von Zair und jetzt Grodnim, Verräter, Abtrünnige.

Eine sehr einfache und wirksame Methode, sich der Loyalität solcher Männer zu versichern, hatte mir Gafard persönlich offenbart.

»Alle Zairer hassen meinen Namen. Sie kennen mich nur zu gut. Du kannst darauf vertrauen, Gadak, daß auch dein Name dem König und den Edelleuten von Sanurkazz zu Ohren kommt, außerdem den Krozairs. Für uns gibt es kein Zurück. Wir gehören ein für allemal den Grünen an. Ich glaube nicht, daß du mich verraten willst, denn ich bin dein Freund und Herr; doch bedenke, was aus dir würde, solltest du jemals nach Zairia zurückkehren.«

Und genau das war das Problem. Trotzdem forderte Zena Iztar von mir, daß ich eben jenen Weg beschritt. Wie arrogant sie mir ihre Macht gezeigt hatte, mitten im prachtvollen Audienzsaal König Genods! Sie hatte den richtigen Augenblick gewählt. Wie sehr hatte sie mir meine Winzigkeit und die Unwichtigkeit aller Menschen verdeutlicht!

Aber die Namen der Überläufer wurden nicht nur den Roten mitgeteilt. Sie wurden auch anhand von Listen überprüft, in denen alle Zairer enthalten waren, die in den Kämpfen Grodnim verwundet hatten. Zum Glück hatte sich in diesen Unterlagen ein Dak von Zullia nicht gefunden, was Gafard mit Erleichterung zur Kenntnis nahm.

»Wärst du in den Rollen verzeichnet gewesen, Gadak, hättest du dich für dein Verbrechen gegenüber Grodno verantworten müssen, auch nachdem du Zair entsagt und das Grün angenommen hast. Die weltlichen und göttlichen Gesetze können manchmal eine unangenehme Klemme bilden, wie Tyr Nath und sein Hammer!«

Bei dieser Gelegenheit vertraute er mir auch mit seltsamem Tonfall an, daß auf der Verbrecherliste kein Name eine längere Aufzählung von Untaten aufwies als der von Pur Dray, Krozair von Zy, Lord von Strombor.

Gafards Verhalten verwirrte mich. Es wollte mir scheinen, als bewundere er diesen Pur Dray und versuche ihn von der Grünen Seite des Binnenmeeres her nachzuahmen. Mehr als einmal gebrauchte er Formulierungen, die ich nur als Neid auf Ruhm und Fähigkeiten jenes führenden Korsaren am Auge der Welt interpretieren konnte. »Aber er ist seit vielen Jahren tot«, fügte Gafard dann hinzu, als hätte ich Widerspruch angemeldet.

Wir ritten ziemlich weit vorn in der Armee. Kundschafterabteilungen waren vorausgeritten, außerdem hatten wir Flankenschutz durch etliche Abteilungen Sectrixreiter. Die grünen Banner wehten über uns, und immer wieder ertönten die Trompeten und übermittelten neue Befehle. Die Infanterie wälzte sich in einer langen Kolonne über die Straße, Männer aus zahlreichen Rassen. Dazwischen war die Varter-Artillerie verteilt, und die Nachhut bildeten die Calsanys, die so schwer beladen waren, daß es dem Auge scheinen wollte, als könnten sie sich gar nicht mehr bewegen. Wagen rumpelten, gezogen von stillen, zerzausten Krahniks, einer besonders kleinen Abart des Chunkrah, und ganz zum Schluß folgte der Troß.

Die Kavallerie ritt die vierbeinigen Hebra, ein Satteltier, erst vor kurzem von den Barbaren übernommen, gegen die wir jetzt zogen. Nicht so schwer und störrisch wie eine Sectrix, waren die Hebras schneller und mutiger. Die sechsbeinigen Reittiere Kregens, die auf die Silbe *trix* enden, lagen mir nicht besonders: die Sectrix des Binnenmeeres, die Nactrix der Unwirtlichen Gebiete, die Totrix

Vallias und Pandahems und Havilfars. Mir war die Zorca lieber, ein hervorragendes vierbeiniges Geschöpf, in dem sich Temperament und Mut mit einer unglaublichen Ausdauer paarten.

Trotzdem waren die Hebrareiter sehr wendig; sie galoppierten flott herum und erkundeten jede aufsteigende Rauch- oder Staubwolke und ließen keine Schlucht oder Senke an unserem Weg unerforscht.

Das Binnenmeer lag bereits weit hinter uns auf unserem Marsch nach Nordnordost. Den Dag-Fluß, der sich hier, von den Stratemsk kommend, in mächtigen Windungen durch die Landschaft zog, hatten wir bereits zweimal überquert. Der breite Fluß trennte auf sehr wirksame Weise das unmittelbare Hinterland im Norden des Binnenmeeres.

Unser Marsch sollte über eine Strecke von fast hundertundvierzig Dwaburs führen. Später wollten wir den Daphig-Fluß überqueren, der in südwestlicher Richtung von den Daphig-Bergen herabströmt und hundert Dwaburs entfernt, fast nördlich von Magdag, in den Dag mündet. An dieser Mündung befindet sich die wichtige Handelsstadt Phangursh. Je nach Schwierigkeit des Weges und nach der Ausdauer unserer Swods mochte das Unternehmen einen ganzen Monat der Jungfrau mit dem Vielfältigen Lächeln in Anspruch nehmen.

Der Troß hatte keinen Einfluß auf unsere Geschwindigkeit; wenn er nicht mithalten konnte, war das ein Problem.

An führender Stelle in der Gruppe dieses Gefolges bewegte sich eine riesige prunkvolle Palankeen, ein wahres Häuschen, das von zweiunddreißig Preysanys getragen wurde. Goldbestickte und grüne Seide verdeckte die Sicht auf das Innere; die Vorhänge wurden nie geöffnet. Schöne Apim- und Fristle-Sklavinnen versorgten die Insassin der Palankeen. Kein lüsternes Soldatenauge sollte jemals die Schönheit der Frau in der Sänfte schauen. Jeden Abend wurde an einer reservierten Stelle ein wunderschönes und verschwenderisch großes Zelt errichtet, bewacht von Gafards persönlicher Garde. Und jeden Abend nahm er ein Bad, zog frische Kleidung an, übersät von Edelsteinen, rieb sich mit Duftwässern ein und suchte das herrliche Zelt auf. Der Zelteingang wurde hinter ihm geschlossen, und bis zum Morgen sah ihn niemand mehr.

Unterwegs gewöhnte er es sich an, mich immer öfter an seiner Seite reiten zu lassen. Das erfüllte mich mit Unbehagen. Seine offen zur Schau gestellte Gunst mochte mir in der Gefolgschaft Schwierigkeiten bereiten. Duhrra war ständig bei mir, und abends schliefen wir in unserem kleinen Zweimannzelt, wenn wir nicht zum Wachdienst eingeteilt waren.

Gafard faßte es in einem Satz zusammen. »Ich brauche Männer wie mich selbst, Männer, denen ich vertrauen kann. In dir, Gadak, sehe ich einen Mann, der es weit bringen kann. Ich erbitte deine Loyalität.«

Ich gebrauchte die üblichen Worte der Zustimmung. Doch ich wußte, daß sich in seinem Gefolge andere Männer befanden, die mich rücksichtslos beseitigen würden, wollte ich seinen Zorn erregen. Ich wußte, wie absolute Macht auf einen Menschen wirken kann.

Es war mir womöglich gar nicht schlecht bekommen, daß meine eigenen Perioden absoluter Macht auf Kregen immer wieder durch Zeiten unterbrochen worden waren, da ich das Opfer solcher Macht war, auf die ich mit heftiger Ablehnung reagierte, wenn sie offensichtlich ungerecht ausgeübt wurde.

Endlich überquerten wir den Daphig, einen bräunlichen Strom mit vielen Schnellen und unebenen Ufern, und erreichten damit das umstrittene Gebiet. Die bebauten Ländereien lagen längst hinter uns, die gewaltigen Fabrikfarmen Magdags, die riesigen Weidegebiete, die endlosen Flächen fast mannshoch wachsenden Grases. Jetzt erreichten wir eine kargere Zone, in der Wasser kostbar war. Unser Ziel war ein Vorposten, von dem aus wir auf die Leemköpfe Jagd machen konnten, nachdem wir uns ausgeruht und neu formiert hatten.

An diesem Abend sagte Gafard zu mir: »Ich gehe morgen auf die Jagd, Gadak. Du begleitest mich.«

»Wie du befiehlst, so gehorche ich, Gernu.«

So ritten wir denn am nächsten Morgen aus. Fünf geschätzte Offiziere begleiteten ihn, außerdem zwei Frauen und ich, Gadak.

Die Treiber, einfache Swods, die sich ein paar Obs dazuverdienten, liefen voraus, um sich zu formieren, und wir ritten langsam hinterher, bewaffnet mit dem einfachen kurzen Bogen des Binnenmeeres. Mir war bereits aufgefallen, daß zu den Söldnern unserer Armee keine Bogenschützen aus Loh gehörten, die einen besonderen Ruf genossen. Und noch etwas hatte ich registriert – unsere Expedition bestand aus kommandierenden Oberherren und aus verschiedenen Söldner-Swods, die beritten oder zu Fuß waren. Doch von jener hervorragenden kampferprobten Armee, die Genod Gannius nach dem Vorbild der Sklavenphalanx von Magdag gebildet hatte, war nichts zu bemerken.

Mit schimmernden Rüstungen ritten wir durch das Licht der Sonnen von Scorpio. Ich hielt nach jagdbarem Wild Ausschau. Dabei kam ich in einer Felssenke etwas von der Hauptgruppe ab. Ein Ruf von hinten machte mich darauf aufmerksam.

Gafard ritt mir mit einer der Frauen nach; sie saß geschickt auf ihrer Sectrix, was mir anzeigte, daß sie sich aufs Reiten verstand. Ansonsten war nicht viel von ihr zu sehen; sie trug ein weites grünes Gewand und einen grünen Schleier, was in Turismond sehr ungewöhnlich war.

Ich vermutete in der Frau Gafards Geliebte, das Mädchen aus der kostbaren Palankeen. Er machte keine Anstalten, mich vorzustellen, winkte mich aber an seine linke Seite. Die Verschleierte ritt zu seiner Rechten, ein Privileg, das nur wenigen gewährt wird.

Obwohl wir auf der Jagd waren, konnte Gadak nicht zu reden aufhören. »Die Pläne des Königs, Gadak! Ich sage dir, mit unserer Armee können wir die Südküste von den Roten befreien! Wir könnten das ganze Binnenmeer Grün machen!«

»Wenn es Grodnos Wille ist, wird es geschehen!«

»Du hast die Armee des Königs noch nicht gesehen. Dies hier ist ein elender kleiner Haufen, eine Söldnerbande, die Leemköpfe und Barbaren niederwerfen soll. Aber unten an der Südküste finden die wahren Schlachten statt!«

Ich riskierte eine Frage. »Und Shazmoz?«

Shazmoz, eine der letzten Hafenfestungen Zairs, war belagert. Pur Zenkiren, ein Krozairbruder, jetzt aber durch Krankheit und Verzweiflung behindert, hielt die Stadt gegen eine erdrückende Übermacht.

Gafard machte eine gereizte Handbewegung. »Ist noch nicht gefallen!« Die Frau schwieg, doch ich wußte, daß sie unser Gespräch verfolgte. »Der alte Pur Zenkiren hält die Stadt. Seine Tage sind gezählt. Prinz Glycas führt die Armee in Richtung Osten, zur Festung Zy und zum Heiligen Sanurkazz.«

Dort steckte der Teufel Glycas also . . .

Ich verkniff mir die Frage, warum Gafard nicht jene großartige Armee im Süden führte, wenn er der Günstling des Königs war. Vielleicht zog es Genod vor, ihn in der Nähe zu haben.

Wir ließen die Sectrixes im Schritt gehen; rechts vor uns waren die Hornsignale und Rufe der Treiber zu hören. Im Augenblick waren wir allein.

»Der König«, fuhr Gafard fort, »hat eine Armee gebildet, wie es am Binnenmeer noch keine gegeben hat – abgesehen von einer lächerlichen Sklavenarmee, die Pur Dray zusammenstellte.« Vielleicht erhielt ich nun endlich eine Erklärung für seine Fixiertheit auf den Lord von Strombor. Gahan Gannius und Lady Valima, die ich am großen Kanal gerettet hatte und die den jetzigen König Genod zur Welt gebracht hatten, stammten aus Malig, einer mächtigen, aber kleinen Festungsstadt an der Nordküste.

Gahan war anscheinend in Magdag gewesen, als ich meine

Sklavenphalanx der Voskschädel gegen die Oberherren ins Feld führte. Er hatte sich die Szene genau eingeprägt. Der alte König war außerordentlich dankbar gewesen, daß der gefährliche Aufstand unterdrückt worden war. Er vertraute nach wie vor auf Männer in Rüstungen auf Sectrixes, bewaffnet mit dem Langschwert.

Gahan hatte später Versuche angestellt und eine eigene Truppe gebildet. Doch erst sein Sohn Genod hatte mit dem Feuer eines jugendlichen Genies aus jener Truppe die bisher mächtigste Kampfmaschine Kregens gemacht. Mit dieser Armee hatte er Laggig-Laggu erobert, die Söldnertruppen Magdags für sich gewonnen, die Oberherren besiegt und sich schließlich zum König erhoben, zum Allmächtigen, zum Verehrten, dem Besitzer der Herzen seiner Untertanen.

Jene Kampfmaschinen kannte ich. Die festen Kolonnen der Lanzenträger in Rüstungen, der Hellebardiere und Schwertkämpfer in den vordersten Reihen, die Keile der Armbrustschützen, die in Sechsergruppen schossen. Und die Phalanx mit den hier in Turismond verachteten Schilden; sie vermochten zumeist einen überraschenden Angriff vorzutragen, indem sie losmarschierten und die Kavalleristen mit ihren schweren Rüstungen einfach aus dem Sattel drängten.

»Pur Dray, der Lord von Strombor, stellte die erste Phalanx auf. Er wurde besiegt und getötet.«

»Aber wenn Dray Prescot nun nicht tot wäre?«

Er zügelte seine Sectrix. »Was soll das heißen?«

»Ich wollte nur fragen, Gernu, ob wirklich Gewißheit besteht, daß er tot ist.«

Er musterte mich und fuhr sich mit der Zunge über die Lippen. »Nein«, sagte er widerstrebend. »Nein, Gewißheit haben wir nicht.«

»Aber seither hat niemand von ihm gehört?«

Er setzte sein ironisches Lächeln auf. »Ich kann dir etwas weitergeben, das allgemein bekannt ist: es wird von zwei Krozairs von Zy berichtet, die behaupten, Dray Prescots Söhne zu sein.«

Mein Herz machte einen Sprung!

»Und ist das eine Lüge?«

Er spornte sein Reittier zum Weitergehen an. »Wer kann das wissen? Doch bei den Heiligen Knochen von Genodras, ich wünschte, es wäre wahr!«

»Aye«, sagte ich, »damit wir gegen den großen Krozair angehen und uns im Schwertkampf mit ihm messen können!«

»O nein, Gadak!« Seine Stimme klang überraschend heftig. Er bemerkte meinen Gesichtsausdruck, gab seiner Sectrix die Sporen und galoppierte davon. Die Frau ritt im gleichen Tempo hinter ihm her.

Ich war in diesem Augenblick sehr blind. Aber beim Großen und Herrlichen Djan-kadjiryon, wie hätte ich die Wahrheit sehen sollen?

Die Töne der Jagdhörner waren verstummt, die Rufe der Treiber hatten sich entfernt. Meine Sectrix trottete dahin. Plötzlich hörte ich einen Schrei. Ich galoppierte los und erreichte gleich darauf eine Szene, die mich erzürnte und mir, hätte ich mehr gewußt, kaltes Entsetzen eingeflößt hätte.

Gafard hatte einen guten Schuß plaziert und war abgestiegen, um seine Jagdbeute zu erledigen, einen kleinen sandfarbenen Ordel. Der Lairgodont hatte ihn dabei überrascht. Die Sectrix hatte sich losgerissen und war geflohen. Die Sectrix der Frau ließ sich von der Angst anstecken und wollte ebenfalls fliehen. Nach dem ersten Schrei des Mädchens, der ihr vermutlich beim Anblick des Lairgodonts entfahren war, bemühte sie sich nun stumm, das Tier zu beruhigen.

Gafard stand mit blankem Langschwert im Dreck. Staub wallte auf, als der Lairgodont angriff.

Der Lairgodont war weniger kräftig, als vielmehr heimtückisch und schnell und ausgesprochen schwierig zu töten. Mit Schuppen und Klauen versehen, wendig von Hals bis Schwanz, bewehrt mit gefährlichen Krallen und spitzen Reißzähnen im klaffenden Maul, bietet der Lairgodont einen abschreckenden Anblick.

Mit zurückgelegten Ohren und zischend rückte das Raubtier vor. Der lange gegabelte Schwanz zuckte hierhin und dorthin. Sobald sich der Schwanz in einer Linie versteifte . . .

Ich spielte mit dem Gedanken, Gafard, den Überläufer, seinem Schicksal zu überlassen.

Meine Sectrix ließ sich nicht näher heranbringen. Sie tänzelte hin und her, warf den Kopf hoch und schrie vor Angst. Ich sprang aus dem Sattel und wickelte die Zügel um eine Felsnase. Sollte ich bei der bevorstehenden Auseinandersetzung umkommen, würde das Tier dem Lairgodont eine hübsche zweite Mahlzeit bieten.

Der Bogen in meiner Hand schickte viermal seine Pfeile aus, so schnell ich die Sehne spannen konnte. Zwei Pfeile prallten von den Schuppen ab. Der dritte drang in ein weit geöffnetes Auge, der vierte traf den Lairgodont in den Bauch. Ich zog mein Langschwert und lief brüllend los.

»Hai! Lairgodont! Deine Mahlzeit steht hier!«

Das Tier fuhr herum, so daß sich Gafard auf seiner blinden Seite befand. Dann zuckte der gegabelte Schwanz zur Seite und hieb Gafard um. Von ihm konnte ich keine Hilfe mehr erwarten . . .

Was für ein Onker ich doch war! Ich hatte mich in diesen Kampf gestürzt, doch besser wäre es gewesen, weiterzureiten und der Natur ihren Lauf zu lassen.

»Den Ardel sollst du nicht bekommen, mein Freund«, sagte ich und stürmte vorwärts.

7

Mein Langschwert fuhr dem Ungeheuer über das rechte Vorderbein und trennte es beinahe ab. Geschickt sprang ich zurück, und der Schwanz zischte mir dicht über den Kopf hinweg. Wieder griff ich an, und als der scheußliche Kopf vorstieß, ging ich zu Boden, rollte ab, zuckte hoch und stieß dem Wesen die Schwertspitze in das andere Auge. Im selben Augenblick erhielt ich einen Hieb in die Seite, der mich Opaz danken ließ, daß ich an dem Tag ein Kettenhemd trug, obwohl wir nur auf die Jagd gegangen waren.

Ich wirbelte durch die Luft und landete in einer großen Staubwolke. Ich hörte aus weiter Ferne Gafards Schrei.

Irgendwie brachte ich es fertig, das Schwert zu heben und damit zuzustechen, und der Lairgodont wich fauchend zurück. Blut bedeckte sein Maul. Ich atmete tief ein, stand auf und hob die Klinge. Dann griff ich erneut an.

Das Geräusch löste einen blindwütigen Prankenhieb aus. Das andere Bein des Tiers, von meiner Klinge getroffen, vermochte das Gewicht nicht mehr zu halten. Ich hob das Schwert, spreizte die Beine und führte einen Schlag mit voller Kraft . . .

Der Lairgodont stieß ein Zischen aus. Aus der klaffenden Wunde an seinem beweglichen Hals spritzte Blut. Ich fand es unglaublich, doch das Wesen versuchte sich weiter zu wehren, so zäh sind Lairgodonts. Wieder hieb ich zu. Das Ungeheuer rollte zur Seite und erschlaffte.

Gafard stand hinter mir. Er sah fürchterlich aus.

»Mein Liebstes!« Er blickte hinter der Sectrix her, die in Riesensätzen sein Mädchen davontrug. »Die Perle meiner Tage! Sie ist des Todes!«

Ich erkannte, daß der Lairgodont ein Weibchen gehabt hatte. Zischend und kreischend machte das Weibchen Jagd auf die Frau.

Wortlos sprang ich auf den Rücken meiner Sectrix, riß die Zügel frei, spornte das Tier energisch an und galoppierte hinter dem Mädchen her.

Im Vorbeireiten hörte ich Gafard unverständliche Worte schreien, vermutlich nannte er die Frau aus dem Zelt bei ihren Kosenamen. Er schien sie innig zu lieben, und so war mir klar, daß ich nie in das Gefolge Gafards zurückkehren konnte, sollte es mir nicht gelingen, sie vor einem schlimmen Schicksal zu bewahren.

Ich trieb meine mutige Sectrix mit der Breitseite des Schwertes an. Wir flogen förmlich über den Boden.

Langsam holte ich den Risslaca ein, der seinerseits den Abstand zum Mädchen verkürzte. Immer wieder schlug ich die arme Sectrix. Ein spitzer Schrei des Mädchens, der erste seit ihrem anfänglichen Erschrecken, zeigte mir den Zusammenbruch ihrer Sectrix an. In einem Gewirr aus sechs Beinen ging das Tier zu Boden, Staub wirbelte auf, das Mädchen flog durch die Luft und prallte gegen einige Felsen. Ich fluchte, richtete mich in den Steigbügeln auf und schwang das Langschwert über dem Kopf. Ich konnte vermutlich nur einmal zuschlagen. So galoppierten wir auf den Lairgodont zu, der nur noch ein halbes Dutzend Schritte von der reglosen Gestalt des Mädchens entfernt war. Dann befanden wir uns Seite an Seite, und im nächsten Moment senkte ich das Langschwert mit aller Kraft, die ich aufbringen konnte.

Ich hatte mir das Ziel klug ausgesucht, unmittelbar hinter dem Kopf am beweglichen Hals.

Der schrille Schrei des Lairgodont ließ die Berge erzittern.

Mit kraftvoller Bewegung zog ich die Waffe zurück, bereit, von neuem zuzuschlagen. Dann erkannte ich, daß das nicht mehr nötig war.

Das Ungeheuer brach im Laufen zur Seite aus, sank in sich zusammen, überschlug sich mit schlaff pendelndem Kopf und zog eine lange Schleifspur in den Staub, bis es mit ausgebreiteten Beinen tot zum Stillstand kam.

Ich zügelte die Sectrix, sprang aus dem Sattel, behielt die Zügel in der Hand, rammte mein blutiges Langschwert in den Boden und kniete neben dem Mädchen nieder.

Im Vorbeirutschen hatte der Risslaca das Mädchen mit Blut bespritzt und ihr den purpurnen Schleier vom Gesicht gerissen.

So sah ich die Schönheit ihrer Gestalt unter dem grünen Reitgewand. Ich sah auch die Schönheit ihres Gesichts, eine makellose Schönheit, eine Vollkommenheit der Züge, wie sie selten zu sehen ist – aber ich durfte nicht schwärmen. Sie öffnete die Augen, während ich sie noch anstarrte, und versuchte zu lächeln.

Sie fuhr sich mit der Zunge über die Lippen, die weichen, süßen, vollkommenen Lippen.

»Das Ungeheuer . . .«

»Der Lairgodont ist tot. Du hast nichts mehr zu befürchten.«

»Du hast also . . .« Und sie richtete sich auf, wandte den Kopf und erblickte den Lairgodont. Ihr Haar war tiefschwarz, frisiert nach der Mode des Binnenmeeres. Ein Schatten ging über ihr Gesicht, und eine kleine, feste weiße Hand legte sich um meinen Arm.

»Mein Lord Gafard? Er ist . . . er ist . . .?«

»Ihm ist nichts geschehen«, sagte ich. Ich fühlte mich ungewöhnlich zu dem Mädchen hingezogen.

Sie bedachte mich mit einem langen, zerstreuten Blick. »Ja. Ja – ich habe dich im Lager gesehen. Ich glaube, ich kann dir vertrauen. Du bist Gadak, von dem er mir erzählt hat?«

»Ich heiße Gadak.«

»Und du bist . . . wie er . . .?«

»Jawohl, meine Dame. Wir sind beide Abtrünnige. Aber darauf kommt es jetzt nicht an – du bist gerettet.«

Ich hob sie hoch und spürte sie fest und warm in meinen Armen. So trug ich sie zu meiner Sectrix. Sie war von hoher Geburt, das ahnte ich. Um so schlimmer für sie, wenn sie Gafard wirklich liebte. Ich kannte ihre Vergangenheit nicht, doch wenn sie eine geborene Grodnim war, dann mochte die Liebe zu einem Renegaten sie in den Augen ihrer Familie herabsetzen. War sie dagegen Zairerin und gefangen und vielleicht versklavt worden, mußte es noch viel schmerzlicher für sie sein, Reichtum und Ansehen und Liebe von einem Mann zu empfangen, der sich von Zair abgewendet hatte.

Ich schob das blutige Langschwert durch eine Schlinge am Sattel und ließ es herabhängen. Ohne es zu säubern, wollte ich es nicht in die Scheide zurückstecken, und wenn es der Sectrix beim Trab ein wenig gegen die Flanke schlug, um so besser. Das Tier hatte sich jedenfalls gut gehalten; vielleicht mußte ich meine Meinung über Sectrixes noch revidieren. Das Tier hieß Blaue Wolke und war ein teures Geschenk Gafards.

Mit dem Mädchen im Arm stieg ich in den Sattel, ein Trick, den ich aus der Zeit meines Zusammenseins mit Delia kannte. Ich drückte das Mädchen an meine Brust und stützte sie, und sie legte mir die shlanken Arme um den Nacken. So ritten wir zu Gafard zurück.

Unterwegs sprachen wir nur wenig – über unwichtige Dinge, denn sie war eine große Dame, die noch unter dem Schock des Ereignisses litt. Während wir durch den Staub ritten und das tote Ungeheuer hinter uns zurückließen, dachte ich an die vielen Frauen, denen ich auf Kregen begegnet war. Von ihnen allen – selbst Mayfwy und ein paar andere gehörten dazu – wäre mir keine gefährlich geworden, hätte ich Delia nicht gekannt. Bei diesem Mädchen jedoch war das etwas anderes . . . Wäre ich Delia nicht begegnet, hätte dieses Mädchen vielleicht ihren Platz einnehmen können. Als ich die Zügel anzog, wies ich diese Gedanken entschieden von mir.

Gafard war rufend hinter uns hergeeilt. Er hatte den größten Teil der Ereignisse mitbekommen. Als Krieger hatte er sein Schwert nicht zurückgelassen. Er zitterte. Unter der Bronzebräune war sein Gesicht grau.

»Mein Liebling! Mein Liebling!« Verzweifelt humpelte er herbei.

Ich stellte das Mädchen auf dem Boden ab, und sie taumelte.

»Mein Geliebter!« rief sie.

Gafard ließ sein Langschwert fallen. Die schimmernde Klinge, der juwelenverkrustete Griff versanken im Staub. Er umarmte das Mädchen. Er preßte es an sich. Ich wandte mich ab.

Ja, dachte ich, die beiden empfanden wahre Liebe.

Ich, ein grimmiger alter Kämpfer, verstehe die Liebe.

Als ich mich schließlich wieder umdrehte, hatte Gafard dem Mädchen den Rest des grünen Schleiers wieder umgehängt. Er nannte sie seine Perle, sein Herz, die Geliebte seines Lebens. Ihren Namen sprach er dabei nicht aus.

Als uns nach einiger Zeit das Gefolge einholte, verwandelte er sich sofort in den rücksichtslosen Befehlshaber. Tobend beschwor er den Zorn Grotals des Töters auf die Treiber herauf. Leidenschaftlich brüllend forderte er seine Wächter auf, die führenden Treiber zu bestrafen. Sie sollten leiden dafür, daß sie seine göttliche Geliebte in Gefahr gebracht hatten. Vielleicht hätte er sie sogar töten lassen, wenn das Mädchen sich nicht für sie eingesetzt hätte. So blieb es beim Auspeitschen, bei der Jikhaiderstrafe, bei der die Schläge überkreuz gesetzt werden und somit besonders schmerzhaft sind.

Als wir jedoch am nächsten Morgen uns zum Weiterritt rüsteten, sagte ich mir, daß ich an Gafards Stelle vermutlich genauso gehandelt hätte. Zu groß war die Gefahr gewesen für seine Liebste, die er Frau der Sterne nannte.

In wenigen Tagen würden wir das Gebiet erreichen, in dem unser Feldzug durchgeführt werden sollte. Dann trat das Kriegerhandwerk wieder in den Vordergrund. Die Hebrareiter paßten auf ihren Kundschafterritten nun noch mehr auf, den die wilden Barbaren waren für ihre Schlauheit und ihre heimtückischen Hinterhalte bekannt. Weiter im Norden erstreckte sich das Land der großen Wälder bis in die Unendlichkeit, bis zum Land der ewigen Weiße. Ich verspürte nicht den geringsten Wunsch, mich dorthin zu begeben.

Mein Ausflug in diese Gegend gehörte vielmehr zu dem Plan, den ich verfolgte. Duhrra hatte mich noch nicht verlassen, denn ich hatte ihm versichert, daß ich wisse, was ich tue; dafür hatte er schon den einen oder anderen Beweis erhalten.

»Wir übernehmen eine Zeitlang die Rolle von Grodnim, Duhrra der Tage. Wir kämpfen hier nicht gegen Zairer . . .«

»Nein! Das möge die Gesegnete Mutter Zinzu verhüten!«

»Doch wenn wir ans Auge der Welt zurückkehren, haben wir uns als wahre Anhänger des Grünen erwiesen. Dann können wir fliehen.«

»Ja – aber vorher wollen wir noch ein paar Leute ordentlich mit den Schädeln zusammenschlagen, Dak!«

»Ich heiße jetzt Gadak.«

»Aye, mich nennen sie Guhrra, möge Zair ihre . . .«

»Leise, leise, das Lager hat viele Ohren!«

Duhrra hatte sich im Lager umgetan und einige Gerüchte aufgeschnappt, wie sie unter Soldaten unweigerlich die Runde machten. Ich wollte mehr wissen über das Mädchen, über die Frau der Sterne. Aber es war kaum etwas zu erfahren. Natürlich machten sich die Männer Gedanken über das geheimnisvolle Mädchen in der Palankeen und äußerten sich in der wenig respektvollen Art von Kriegern. Am hartnäckigsten hielt sich das Gerücht, daß sie eine Zairerin aus Sanurkazz sei und an Bord eines Ruderers gefangengenommen worden war. Gafard, der Anführer der Angreifer, habe sie in der prunkvollen Achterkabine gefunden, und seither habe kein anderer Mann mehr ihr Gesicht schauen dürfen.

»In einem Ruderer?« fragte ich. »Seltsam, daß sich eine Frau an Bord eines Ruderers aufhält, der in den Kampf zieht.«

»Ab und zu geschieht das schon.«

»Aye. Und das wäre alles?«

»Niemand kennt ihren Namen, niemand kennt ihr Gesicht. Vier Männer – enge Vertraute Gafards, sind ausgepeitscht worden, weil sie versucht haben, ihr Gesicht zu schauen.«

Schließlich kam der Augenblick, auf den ich gewartet hatte; vorsorglich hatte ich Blaue Wolke in bester Verfassung gehalten, hatte stets einen Beutel mit Vorräten am Sattel befestigt gehabt und nur ganz wenig geschlafen. Außerdem hatte ich darauf geachtet, daß meine Waffen stets geschärft und griffbereit waren.

Der Ruf erreichte mich in der Person eines Adjutanten von Gafard. Ich begleitete ihn zu dem Kommandozelt, in dem Gafard seine Befehle diktierte und seine militärischen Entscheidungen traf. Erst wenn er seinen Pflichten genügt hatte, kleidete er sich um und suchte das große Zelt auf, in dem die Frau der Sterne ihn erwartete.

In seinem Gefolge hatte ich mir bisher noch keinen Feind geschaffen, außer seinem Stellvertreter. Dieser Mann hieß Grogor und war ebenfalls ein Überläufer. Die Situation war klar. Grogor fürchtete, daß ich, der neue Freund Gafards, ihn aus seiner Position verdrängen könnte. Dabei hatte ich mir große Mühe gegeben, ihm klarzumachen, daß ich solche Pläne nicht verfolgte. Er hatte mir nicht geglaubt.

Grogor, ein stämmiger Mann, der ständig schwitzte, aber gut kämpfte, führte mich in das Kommandozelt. Gafard saß hinter einem Klapptisch und brachte unter Befehlen und Meldungen sein Siegel an. Er blickte auf und bedeutete mir, an der Seite zu warten.

Sein Schreiber, der schreiben und lesen konnte und daher Privilegien genoß, war wie allgemein üblich ein Relt. Der Relt raffte nun die Papiere und ihre Leinenumschläge zusammen, verneigte sich und verließ rückwärts gehend das Zelt. Die Zeltplane fiel herab. Gafard hob den Kopf und blickte mich an. Seit dem Zwischenfall mit dem Lairgodont hatte er mich nicht wieder an seiner Seite reiten lassen.

»Du hast dich gefragt, warum ich dich in den letzten Tagen so sehr vernachlässigt habe, Gadak?«

Man mußte keine Intelligenzbestie sein, um den Grund zu erkenne. »Jawohl, Gernu«, antwortete ich.

Er legte die Hände zusammen und musterte sie, während er weitersprach.

»Ich bin dir Dankbarkeit schuldig. Ich glaube nicht, daß ich ohne die Geliebte an meiner Seite noch hätte weiterleben wollen.«

»Das verstehe ich.«

Sein Kopf ruckte hoch wie der scheußliche Kopf eines angreifenden Lairgodont.

»Ah! Du bist also wie alle anderen . . .«

Jetzt half nur noch Kühnheit.

»Ich habe das Gesicht der Frau der Sterne gesehen. Ja, es stimmt. Du hast Männer wegen geringerer Vergehen auspeitschen lassen. Aber wenn ein Lairgodont zuschlägt, bietet grüner Stoff keinen Widerstand – da bleibt einem keine andere Wahl.«

Er starrte mich unverwandt an. Langsam fragte er: »Hast du jemals eine Frau gesehen, die schöner ist als sie?«

Wie Sie wissen, ist mir diese Frage schon oft gestellt worden, zumeist von eitlen Frauen, die mich irgendwie in ihre Gewalt bekommen wollten. Und jedesmal hatte ich, ohne zu zögern und ganz automatisch, geantwortet. Auf zwei Welten gibt es keine Frau, die so vollkommen ist wie meine Delia, meine Delia aus Delphond. Aber jetzt . .

Ich zögerte.

Er dachte vielleicht, daß ich Angst hätte, die Wahrheit auszusprechen, daß ich aus einem ganz anderen Grunde verstummt war.

Obwohl meine eigenen Gefühle klar waren, hatte ich mich zuweilen gezwungen gesehen, diplomatisch zu antworten. Doch mein jetziges Zögern war in keiner Weise berechnend.

»Die Frau ist schöner als alle Frauen«, sagte ich. »Vielleicht mit einer Ausnahme.«

»Vielleicht?« fragte er.

»Aye. Aber Schönheit ist nicht alles. Ich weiß nichts von der Vollkommenheit der Dame – doch ich kenne eine Frau, deren Vollkommenheit unerreicht ist, in Schönheit, Geist, in ihrer Liebe zum Leben, in ihrem Mut, ihrer Weisheit, ihrer Kameradschaft, ihrer Liebe . . .«

Gafard lehnte sich zurück. Auf seinen Lippen erschien ein ironisches Lächeln und verschwand wieder.

Ich glaube nicht, daß du lügst! Dafür sprichst du zu sehr mit deinem Herzen.«

Ich brauchte nicht weiterzusprechen. Er würde entscheiden, was er mit mir tun wollte. Fiel sein Urteil gegen mich aus, mußte ich entscheiden, ob ich ihn sofort töten sollte oder ob ich es riskieren konnte, ihn lediglich zu gefesselt und geknebelt zurückzulassen.

Vielleicht zeigte sich eine Spur dieser wilden Leemgedanken auf meinem Gesicht, obwohl ich mir das eigentlich nicht vorstellen konnte. Vielleicht ahnte er mehr, als ich im Augenblick für möglich hielt.

»Du weißt wenig über meine Herkunft, Gadak.«

»Ja, ich weiß wenig, Gernu. Ich hörte, du seist einmal Jikaidast gewesen. Wenn das stimmt, ist es kein Wunder, daß du immer siegst.«

Sein Lächeln wurde breiter, gewann an Wärme. »Hätte ich nicht soviel zu tun, würde ich sofort ein Spielbrett kommen lassen. Ja, ich war in Sanurkazz als Jikaidast bekannt.«

Jikaidasten sind ein seltsamer Haufen, seltsam in den Augen normaler Männer, die das Jikaidaspiel mögen und es bei jeder Gelegenheit spielen. Ein Jikaidast dagegen lebt nur für das Spiel. Als Berufsspieler verdient er sein Geld damit. Solche Männer finden sich in allen Schichten der Bevölkerung überall auf Kregen. Die größten Spieler streben sogar nach dem Titel San, der nur großen Gelehrten, Weisen und Zauberern verliehen wird.

Über das Jikaida und die Jikaidasten gibt es viel zu berichten, wie Sie noch hören werden.

Gafard, der Kämpfer des Königs, sagte: »Ich war als ein Jikaidast bekannt, der noch gewinnen konnte, nachdem er seinen Pallan dem Ruf ›Reih die Deldars‹ geopfert hatte.«

Ich wiederstand der gefährlichen Versuchung, über das Jikaida zu fachsimpeln. Auf diesem Wege kann so manche Bur aus dem Leben eines Mannes verlorengehen.

»Du warst ein Hyr-San, Gernu. Doch von anderen Dingen weiß ich wenig.«

Seine Freude war offenkundig. Zum erstenmal seit jenen traumatischen Augenblicken, da er das vor dem Lairgodont gerettete Mädchen an sich preßte, sah ich ihn als Mensch.

»Als Zairer gibt es wenig zu berichten. Mein Zuhause war zu klein, das Volk war zu klein, meine Chancen waren zu gering. Wenn ich für Zair kämpfte, lächelten die Männer. Ich wurde von den Grodnim gefangen. Ich tat, was du auch getan hast. Ich glaube, die Entscheidung hat mich härter gemacht, hat einen anderen aus mir gemacht. Ich bin nun ein Kämpfer unter Kämpfern, als Kämpfer des Königs erhalte ich mir das Vertrauen meines Herrschers.«

»Und Meeres-Zhantil«, sagte ich.

Diesen kleinen Stich konnte ich nicht zurückhalten. Er nickte. »Aye. Das bedeutet mir etwas, und das weißt du auch. Der Titel wurde von einem Mann getragen, der . . .« Plötzlich warf er mir einen scharfen Blick zu, und ich spürte, daß er sich selbst überrascht hatte.

»Du bist geholt worden, damit du mir zuhörst, Gadak. Ich erzähle dir das alles, weil ich Zuneigung zu dir gefaßt habe. Doch Verrat wird mit einem Messer in den Rücken belohnt, unmittelbar unter den Rippen.«

»Aye. Vielleicht ist ein Verrat auch nicht mehr wert.«

Wieder der kritische Blick. Wenn ich ihn ernst nehmen wollte – immerhin war er ein mächtiger Mann in seiner gewohnten Umgebung –, hätte ich mir sagen müssen, daß ihn mein Benehmen verwirrte. Er schien sich klarzumachen, daß er hier mit einem Mann sprach, der ihm nützlicher werden konnte, als er es sich bisher vorgestellt hatte.

»Das ist so.« Er griff nach einem Dolch, dessen Edelsteine blitzten. Wenn in dieser Geste eine Bedeutung lag, so war sie etwas zu kraß demonstriert. »Ich bin der Kämpfer des Königs. König Genod ist ein wunderbarer Mann, ein Genie im Kampf, allgegenwärtig, mächtig – er hat das Yrium. Ich vergesse das nicht. Aber . . .« Wieder unterbrach er sich und warf den Dolch zu Boden. Die scharfe Klinge blieb stecken, und der Juwelengriff vibrierte eben stark genug, um das Zelt mit zuckenden Farben zu erfüllen. »Aber er verlangt Frauen. Er nimmt Frauen, gebraucht sie und wirft sie fort. Es ist seine einzige Schwäche – und für einen Mann wie ihn ist es keine Schwäche.«

»Das verstehe ich. Aber was ist mit Prinzessin Susheeng?«

»Sie spielt eine wichtige Rolle bei König Genods Kampf gegen die Oberherren Magdags, der zu seiner Thronbesteigung führte. Sie unterstützte ihn und wurde zum Lohn seine offizielle Königin – obwohl, nun ja, man kann das sehen, wie man will. Ich kann dir eins sagen, Gadak . . .« Wieder unterbrach er sich, stand auf und marschierte nachdenklich im Zelt herum. »Wahrscheinlich ist es längst überall bekannt. Susheeng hat ihre eigenen Kräfte. Sie muß Genods Kapriolen dulden . . . Daß du mir das nicht weiterträgst, sonst könntest du eines Morgens ohne Kopf aufwachen.«

»Ich glaube, ich verstehe, was du meinst. Der Schleier, damit kein Mann ihr Gesicht sieht – ja, ich verstehe das.«

»Und wenn du das verstehst, solltest du dafür sorgen, daß du niemandem davon erzählst.«

Ich fand, es war an der Zeit, daß er sich aus seiner verkrampften Erregung löste. Außerdem konnten solche Vertraulichkeiten gefährlich werden.

»Wie du befiehlst, so will ich gehorchen, Gernu!« brüllte ich, um ihn abzulenken.

Er drehte sich um, sah mich strammstehen, nahm sich zusammen und senkte die Hand.

»Ja, ja, du hast ja recht, Gernu. So muß es sein. Die Vorschriften. Denk daran. Ich lasse dich weiterleben, obwohl du das Gesicht der Frau der Sterne gesehen hast.«

»Ich werde dich nicht enttäuschen.«

»Das nehme ich auch nicht an. Sonst hätte ich dich sofort getötet, das weißt du. Und das hätte mir leid getan.«

Als ich das Zelt verließ, sagte ich leise vor mich hin: »Aber viel mehr hätte es mir leid getan, Dom!«

8

Es folgte ein kurzer Feldzug, der zwar verbissen und blutig ausgetragen wurde, der aber nichts Interessantes brachte, bis auf eine Demonstration der Methoden. mit denen die Oberherren in ihren Gebieten Ordnung wahrten und mit denen sie Grenzverletzern Einhalt geboten.

Die Menschen, die jenseits des Flusses lebten, führten zumeist ein Nomadendasein. Unabhängig daovn lagen jedoch an günstigen Stellen größere Siedlungen. Das riesige Gebiet im Norden

Turismonds war eigentlich ziemlich unbekannt, und wir waren erst weniger als zweihundert Dwaburs in einen Bereich eingedrungen, der sich nach Schätzungen der Todalpheme sechshundert Dwaburs weit bis zum Pol erstreckte.

Die Nomaden dieser Gegend hatten wenig mit meinen Klansleuten gemein.

Gewiß, sie besaßen große Chunkrahherden und wohnten in großartigen Zelten, und wenn sie auf Wanderschaft waren, vibrierte der Boden. Sie hatten ihre Sitten und Gebräuche, die mich damals faszinierten. Sie nannten sich Ugas und zerfielen in zahlreiche Stämme und zahlreiche Diffrassen, welche die Stämme und Nationen bildeten. Allerdings hatten sie keine Zorcas zum Reiten, und ihre Bewaffnung bestand aus primitiven Langbögen, kleinen Langschwertern und Kurzbögen. Dafür ritten sie die schon erwähnten Hebra und ließen sich von einer Hunderasse bewachen, die Ugafaril genannt wurde, auf die die Grodnim aber gar nicht gut zu sprechen waren, denn die wachsamen Tiere vereitelten mehr als einen gut geplanten Überfall.

An den Aktionen nahm ich teil, so gut ich konnte, während Duhrra mir unwillig folgte.

Ich möchte Sie nicht mit den Einzelheiten des Feldzuges langweilen. Wir fingen Leemköpfe, die wirklich Scheußliches begangen hatte, so daß ich keine Skrupel verspürte, ihnen Gerechtigkeit widerfahren zu lassen. Die Ugas standen auf einem anderen Blatt, aber sie waren erfahrene Kämpfer, und nachdem sie eine Abteilung Grodnim umgebracht hatten, entspannte sich die Atmosphäre. Überhaupt wurde ich kaum in direkte Kämpfe verwickelt, denn Gafard setzte mich vornehmlich als Adjutanten und Boten ein.

Eines Tages überraschten wir einen Kriegstrupp der Ugas, und Duhrra und ich erlebten den mutigen Angriff der Fremden aus erster Hand. Hebras gingen zu Boden, Schwerter wurden geschwungen, Staub stieg in dichten Wolken empor. Als alles vorüber war, inspizierte ich unsere Beute.

Es hatte sich um eine Sklavenkarawane gehandelt, und wir ließen etliche Grodnim frei, die vor uns aufs Gesicht fielen, den Arsch hochreckten und Grodno jammernd für ihre Rettung dankten.

In der Gruppe der Sklaven sah ich einige Männer und Frauen, die schlohweißes Haar hatten.

Logischerweise nahm ich zunächst an, daß es sich um Gons handelte, eine Rasse, die sich sorgfältig den Kopf schert.

»O nein, Gadak«, sagte der junge Nalgre, der Sohn eines magdagschen Oberherrn, der eines Tages selbst Oberherr sein würde

– und somit ein Kandidat für meine Klinge. »Das sind Meeres-Werstins. Am besten bringen wir sie gleich um und sparen uns den Ärger.«

»Sind sie denn so gefährlich?«

»Wie ahnungslos du doch bist, Renegat!« Es gefiel den jungen Schnöseln, uns immer wieder mit der Nase darauf zu stoßen, wenn Gafard nicht in der Nähe war. »Sie sind ein Seevolk und müßten zu den Eisgletschern Sicces geschickt werden, bei Goyt!« Er zog seinen Genodder zur Hälfte und starrte dabei stirnrunzelnd auf die Gruppe nackter weißhaariger Sklaven.

Später hatte ich Gelegenheit, mit den Meeres-Werstings zu sprechen. Ihre Sprache unterschied sich kaum von dem allgemein bekannten Kregisch. Ich suchte mir einen kräftigen Mann in der Blüte seiner Jahre aus, der mit gefesselten Händen und Füßen dicht neben einer Frau saß, die nicht im eigentlichen Sinne schön war, die aber einen festen Körper, ein angenehmes Gesicht und eine hübsch geschwungene Stirn hatte.

»Ihr habt Pech gehabt, Dom«, sagte ich, hockte mich neben ihn und bot ihm ein Stück Brot an, das ich zuvor in Suppe getaucht hatte.

»Danke, Herr. Gib es lieber meiner Frau.«

Das tat ich und reichte ihm ein zweites Stück. Ich achtete darauf, daß er mit seinen gefesselten Händen nicht an meine Waffen herankam.

»Ihr seid Meeres-Werstings?«

Er runzelte die Stirn. »Das ist der törichte Name, den uns die Barbaren und ihr unwissenden Grodnim gegeben habt.«

»Wie heißt ihr denn richtig, und woher kommt ihr?«

Während unseres Gesprächs teilte ich weitere Stücke durchtränktes Brot aus – auch an die anderen Gefangenen in der Nähe.

»Wir sind Kalveng. Wir befahren das Meer und haben überall an der Westküste Turismonds unsere Häfen. Wenn unsere Langboote durch die Gischt schießen und unsere Waffen über das dunkle Meer schimmern, erzittern alle Menschen.«

»Ich bin noch nie dort gewesen. Ist es sehr kalt?«

Er blickte mich an, als sei ich ein Idiot. »Nicht mehr, als ein Kreger mit Kettenhemd und einem Schwert in der Hand ertragen kann.«

Das Gespräch ging noch weiter. Ich hatte den Eindruck, als ließen sich diese Menschen nicht durch Ketten einschüchtern. Wäre ich ein König gewesen, dessen Land durch die Untaten dieser Wesen bedroht war, hätte ich mich vielleicht doch noch auf den Rat des jungen Nalgre eingelassen.

Der Kalveng vor mir, Tyvold ti Vruerdensmot, sichtlich ein

stolzer und störrischer Bursche, erzählte mir viel über die unbekannten Länder des nordwestlichen Turismond. Die Küste ist von zahlreichen Buchten und Fjorden durchstoßen. Im Hinterland gibt es viele Seen; ein weites Gebiet voller Leben und Menschen, Nomadenvölker und andere Völker, die in ihren Festungen und Städten blieben. So wie sich die Menschen des Binnenmeeres nach innen gewendet haben, zum Auge der Welt, so sehr halten sich die Nationen des Nordwesten von den anderen fern.

»Wie heißt du?« fragte Tyvold ti Vruerdensmot.

»Gadak.«

Er sah mich erstaunt an. »Und das ist alles?«

»Aye!«

»Du machst doch keine Scherze mit mir?«

»Nein. Du bist gefesselt, und ich bin frei. Darin liegt kein Scherz.«

»Ich habe dich aber gesehen, als die Sklaven flohen und die Fackeln wirbelten und das Feuer sein Ziel fand. Du bist ein Mann mit einem Geheimnis.«

Ich stand langsam auf. »Und wenn du heute nacht fliehen könntest . . . würdest du sofort nach Hause zurückkehren?«

Die Sehnsucht auf seinem Gesicht rührte mich.

»Ja!«

»Auf direktem Wege?«

Er verstand, was ich meinte. »Ja, Herr. Auf direktem Wege.«

Ich sagte nichts mehr, sondern wandte mich ab. Die leere Schale blieb zurück.

In derselben Nacht brach ein Dieb in ein Vorratszelt ein und stahl eine Menge Nahrung und Kleidung. Am nächsten Morgen wurde ein bewußtloser Rapawächter entdeckt, dem nichts fehlte außer den Meeres-Werstings, die er hatte bewachen sollen. Die Meeres-Werstings waren verschwunden, und die Suche verlief ergebnislos. Die Führung des Suchtrupps wurde dem Mit-Renegaten Gadak übertragen, und obwohl sich Gadak mit größter Sorgfalt im Norden umschaute, fand er keine Spur der geflohenen Sklaven. Damit, und mit etlichen Flüchen, war die Angelegenheit erledigt.

Nalgre hob die manikürten Fingernägel zu den Goldspitzen an seinem Hals. »Das wären sowieso keine guten Sklaven geworden. Wir hätten sie schließlich doch töten müssen.« Damit nicht genug, er mußte noch inbrünstig hinzufügen: »Eine hübsche Chance für ein bißchen Spaß verschenkt!«

Ich sagte nichts, sondern wandte mich ab. Ich überlegte, wie die kalte Heimat der Kalvengs aussehen mochte.

Wenn die Grodnim behaupten, die Meeres-Werstings hätten

keine guten Sklaven abgegeben, wußten sie, wovon sie sprachen. Einige Rassen scheinen für das Sklavendasein bestimmt zu sein, und man muß für sie kämpfen und ihnen Rückgrat verleihen, denn im Angesicht Zairs oder Opaz' ist niemand zum Sklaven geboren. Für diese Art von Rasse sind die Xaffer ein typisches Beispiel.

Andere Rassen bringen Männer und Frauen hervor, die die Sklaverei auf keinen Fall erdulden; diese Geschöpfe sterben einfach durch eigene Willenseinwirkung, oder sie suchen den Tod von der Hand ihrer Herren.

Und dann gibt es Rassen mit einem sturen Stolz, der sich schlecht mit dem Sklavenjoch verträgt. Diese Rassen sind zahlreich. Meine vierarmigen Djangs akzeptieren die Sklaverei, wenn es nicht anders geht, doch ein Herr, der so töricht war, einen Dwadjang zu unterjochen, hat es nicht leicht mit seinem Diener.

Wie Sie wissen, bin ich mehr als einmal Sklave gewesen, und dasselbe gilt zu meiner Schande auch für Delia. Ich fragte mich, wie meine Kinder zu dieser Frage stehen mochten. Die älteren Zwillinge Drak und Lela mußten jetzt sechsunddreißig Jahre alt sein. Prinz Drak verwaltete mein Inselstromnat Valka und war ein Krozair von Zy. Lela hatte, soweit ich unterrichtet war, fünf ernsthafte Heiratsanträge ausgeschlagen. Die anderen Zwillinge, Segnik und Velia, mußten jetzt im fünfundzwanzigsten Jahr stehen. Ich hatte sie zuletzt im zarten Alter von drei Jahren gesehen, als sie lachend auf den hohen Terrassen von Esser Rarioch herumtobten. Segnik trug inzwischen den Namen Seg und war ebenfalls ein Krozair von Zy, und Velia war wie Lela bei den Schwestern der Rose erzogen worden und mußte sich zweifellos auch ihrer Verehrer erwehren. Ich fragte mich, wie meine Kinder wohl geraten waren und ob ich sie je wiedersehen würde – und dieser Gedanke ließ all die düsteren Kräfte des Widerstandes in mir aufsteigen.

Ich wollte diese Rolle vollenden: ich wollte mich wie ein Grodnim verhalten, um ein Sprungbrett zu haben für meine Flucht mit Duhrra, eine Flucht, die mir die Chance eröffnen sollte, wieder Krozair von Zy zu werden. O ja, ich hatte mir diese Aufgabe gestellt. Ich wollte wieder Krozair von Zy werden, wenn dies der einzige Weg war, dem Auge der Welt zu entkommen und zu meinen Lieben zurückzukehren.

Was die Rote Bruderschaft von Zy anging, so führte ich im Augenblick ein Ghittawrer-Langschwert, trug das Grün und fluchte geflissentlich auf Grodno. Doch mein einziger Gedanke war die Flucht.

Als der letzte Barbarenhäuptling der Gegend überwältigt worden war, verkündete Gafard, daß wir nach Magdag zurückkehren würden. Eine starke Streitmacht sollte zurückbleiben und künftigen Unruhen vorbeugen. Die Grodnim schienen nicht zu erkennen, daß die Ugas keine Barbaren waren. Es gab Wilde im Norden, das wußten wir alle, doch sie lebten weiter entfernt und im Unfrieden mit den Ugas. Eines Tages würden sie aus den nördlichen Bergen nach Süden drängen, die Ugas und Siedlungen überrollend, auf der Suche nach den süßen Früchten des Auges der Welt.

Geschichte und Geschicke gehen ihre eigenen Wege, auf Kregen ebenso wie auf der Erde.

Während des Rückmarschs kam uns auf einer erschöpften Hebra ein Bote entgegen und wurde sofort zu Gafard geleitet. Unser Kommandant hatte mich in den letzten Tagen kühl behandelt, aber nicht feindselig. Nach kurzer Zeit ließ er mich durch Nalgre holen. Gafard blickte ernst zu mir herüber.

»Ein Befehl vom König, Gadak. Wir müssen nach Magdag reiten und dort schneller als der Wind eintreffen.« Er neigte sich im Sattel zu mir herüber. »Am Binnenmeer gibt es Probleme. Ich möchte dich an meiner Seite sehen, denn ich ahne Verrat.« Er stellte sich in den Steigbügeln auf und schwenkte die Klinge. »Wir reiten! Nach Magdag!«

9

Die rote Sonne von Antares, Zim, bewegte sich vor der grünen Sonne Genodras über den Himmel. Ein kleiner, doch eng geschlossener Kriegertrupp ritt in schnellem Tempo über die Ebene und wirbelte eine große Staubwolke auf. Ihr Ziel war das Nordtor des unheimlichen Magdag. Ringsum ragten die Megalithen auf, monströse Bauwerke, die enorme dunkle Schatten warfen.

Wenn die beiden Sonnen einander verfinsterten, fanden in den Riesensälen der Gebäude fürchterliche Riten statt. Feiern, an denen nur die Höchsten im Lande teilnehmen durften. Das gewöhnliche Volk drängte sich in den Slumwohnungen zusammen, zitternd den Zorn Zairs über dem Land erwartend.

Wie immer würde Gonodras hinter der Flanke Zims hervorkommen und auf diese Weise verdeutlichen, daß Grodno nach wie vor an der Macht war.

Wir ritten im Galopp. Die Sonnen rückten in ihrem Zyklus wieder auseinander. Unsere Mäntel bauschten sich im Wind, unsere Sectrixes mühten sich schnaubend, denn sie rochen die Ställe, sie wußten, daß der Ritt beinahe vorbei war.

Der Himmel wirkte weit und doch bedrohlich, er war durchzogen von ockerfarbenen Wolken; einige rabenähnliche Vögel flatterten als schwarze Punkte vor dem Licht. Die Köpfe gesenkt, Staub aufwirbelnd, so rasten wir auf das Nordtor des bösen Magdag zu.

In unserer Mitte, umgeben von Pachaks, ritt eine Gestalt in einer Rüstung und einem Umhang, auf dem kostbare Edelsteine schimmerten. Sie war wie ein Krieger angetan, doch die aufrechte, anmutige Haltung der Frau der Sterne war nicht zu verkennen.

Ich war dankbar, daß man Pachaks zu ihrem Schutz abgestellt hatte. Pachaks sind ungemein loyal, ihr Nikobi-System sorgt dafür, daß sie eingegangene Verpflichtungen zuverlässig ausführen. Als Söldner stehen sie weit über dem Durchschnitt.

Die Hufe der Sectrixes hallten über das Pflaster unter dem Tor. Vorbeihuschende Torbogen mit der magdagschen Grodnim-Spitze, dahinter Wächter, in deren Waffen sich die grellen Sonnenstrahlen spiegelten. Die Echos unserer Hufschläge hallten von den gelben Steinwänden wider. Menschen eilten uns aus dem Weg. Ein Korb mit Gregarians wurde umgestoßen, und die reifen Früchte rollten über die Straße und wurden zertrampelt.

Wir ritten auf dem kürzesten Weg zum Jadepalast. Gafard, der die Spitze hielt, war in Gedanken versunken.

Natürlich war man im Palast auf die Heimkehr des Herrn vorbereitet. Männer brüllten durcheinander, Sklaven eilten hin und her, und Duhrra und ich suchten das kleine Gemach auf, das man uns für den persönlichen Gebrauch zur Verfügung gestellt hatte. Die Kammer lag im hinteren Teil des Palastes hoch unter dem Dach, und wir vermochten einen Hof zu überschauen, in dem Swods jeden Tag viel Exerzierschweiß vergossen. Gafard würde uns holen lassen, wenn er uns brauchte. Die Zwischenzeit verbrachten wir, wie es im Grünen Magdag unvermeidlich war, mit einem Streitgespräch darüber, wie wir am besten zu den Roten zurückkehren konnten.

Ich war sicher, daß Duhrra entweder vergessen oder nie ganz begriffen hatte, wer ich in Wirklichkeit war. Schließlich hatte er im belagerten Shazmoz nur einige kurze Gesprächsfetzen zwischen Pur Zenkiren und mir mitbekommen; dies war der einzige Hinweis, den er haben konnte, daß ich nicht der Dak war, als den ich mich ausgab. Für Duhrra war die Sache ganz einfach: wir mußten aus Magdag fliehen und auf die zairische Seite des Binnenmeeres zurückkehren.

Auf mich wartete dort natürlich die Sklaverei an Bord einer Galeere, denn ich war ein verstoßener Krozair, ein Apushniad.

Nachdem wir gebadet und eine reichhaltige Mahlzeit verspeist hatten und uns gerade mit dem Gedanken an ein paar hübsche Krüge vertraut machten, erreichte uns der Ruf.

Ich legte Kettenhemd und Waffen an, ehe ich dem Relt in Gafards Privatgemächer folgte. Die Sonne war längst untergegangen, und die Frau der Schleier stand über den steilen und flachen Dächern. Der lange Schatten des Turms der Wahren Zufriedenheit lag über dem letzten Korridor.

Doch es handelte sich nicht um eine Privataudienz. Etliche Offiziere Gafards drängten sich im Vorzimmer zum Arbeitsraum. Dazu gehörte natürlich auch Grogor, der mich mit düsterem Blick musterte. Die anderen starrten mich wortlos an und senkten dann die Köpfe. Sie kannten die Intrigen, die in Magdag gesponnen wurden, viel besser als ich.

Endlich wurden wir hineingerufen. Gafards Arbeitszimmer war voller Bücher, Papiere und Landkarten und sonstiger Utensilien, die ein Kämpfer an Land und auf dem Meer braucht. Auf verschiedenen Tischen waren außerdem sechs Jikaidaspiele aufgebaut, alle in verschiedenen Stadien des Kampfes.

Auf Gafards Geheiß setzten wir uns.

»Gernus«, begann er ernst. »Wir haben ein schlimmes Problem. Ich muß euch sagen, daß der König mit der letzten Entwicklung im Kampf gegen die Rasts aus Zair gar nicht zufrieden ist. Shazmoz ist nicht erobert worden. Vielmehr ist Entsatz für Shazmoz gekommen.«

Ein Raunen ging durch das Zimmer, einige Stimmen meldeten sich mit fragendem Murmeln.

»Ja, kein Wunder, daß ihr erstaunt seid. War denn Shazmoz nicht völlig eingeschlossen, dicht davor, wie ein reifer Apfel zu fallen? Jetzt berichtet mir der König, sein Name sei gepriesen, daß Shazmoz nicht nur unbesiegt ist, sondern sogar Verstärkung erhalten hat, und daß die Cramphs der Roten nach Westen vorstoßen.«

Ich muß zugeben, daß mich diese Nachricht doch etwas aufmunterte. Gewiß, ich hatte es aufgegeben, mich über die Entwicklung im Kampf zwischen Rot und Grün aufzuregen; trotzdem machte mein Herz nun einen kleinen Sprung.

»Was ist über Prinz Glycas zu berichten, Gernus?« fragte Grogor, Gafards Stellvertreter.

»Aye, eine gute Frage, Grogor! Der König hat schlimme Nachrichten von Prinz Glycas, der unsere Armeen dort gegen Zair befehligt. Aber die Katastrophe kann ihm nicht zur Last gelegt werden. Er hat bis zum letzten auf eine Entscheidung gedrängt, aber da geschahen zwei Dinge, die uns Shazmoz nahmen.«

Wenn sich Pur Zenkiren, der in Shazmoz das Kommando

führte, auf seine alten Kräfte besonnnen hatte, die durch seinen persönlichen Kummer in den Hintergrund gedrängt worden waren, mochte den Grünen eine zweite Überraschung bevorstehen. Anscheinend hatte er es überwunden, daß er damals nicht zum Ersten Abt der Krozairs von Zy gewählt worden war.

Gafard sprach bereits weiter; er zählte zwei Dinge an den Fingern ab. »Erstens kam eine ausgeruhte und starke Streitmacht aus dem Hinterland und überraschte die Belagerer Shazmoz' im Rükken. Sie stand unter dem Kommando eines verdammten zairischen Edelmannes, eines gewissen Roz Nazlifurn. Er koordinierte seinen Vorstoß mit dem Kommandanten der Ostarmee Roz Nath Lorft.«

Endlich verstand ich, warum sich Pur Zenkiren unterbrochen hatte, um mir nicht zuviel zu verraten – und ich freute mich darüber. Die Krozairs waren bestimmt glücklich über ihren Erfolg.

Gafard fuhr fort: »Und zweitens schwemmte eine gigantische Flutwelle die Schiffe davon. Dadurch verloren wir einen großen Teil unserer Vorräte. Wir bemühen uns bei den Todalpheme um eine Erklärung, deren Aufgabe es doch eigentlich ist, solche Katastrophen am Großen Kanal zu verhindern.«

Ich hielt mein Gesicht starr und ruhig. Die Woge hatte also Shazmoz erreicht und die Schiffe der verdammten Grodnim fortgeschwemmt. Also, das war wirklich eine gute Nachricht! Sicher hatte das Wasser unterwegs auch bedauerliche Schäden angerichtet, hatte manchem braven Mann das Boot, einen Schuppen oder das Haus genommen. Dies erfüllte mich mit einem Schuldgefühl, doch es freute mich auch, daß die von mir erzeugte Flutwelle nicht nur die menahemischen Argenter mit König Genods Flugbooten vernichtet, sondern auch zu dem zairischen Sieg bei Shazmoz beigetragen hatte.

»Wir fahren also an die Südküste, Gernu?«

»Ja. Wir übernehmen eine Rudererschwadron, dazu Breitschiffe mit Söldnern und Soldaten. Wir landen und überfallen die vereinten zairischen Armeen von hinten. Der König, sein Name sei gepriesen, ist zuversichtlich, daß wir die Verluste wettmachen können.«

Hierin also lag die Aufgabe des Lieblingsgenerals und -admirals des Königs!

Die Vorbereitungen waren unter der Leitung des Hyr-Gernu-Admirals des Königs bereits fortgeschritten. Dies war ein Mann von weit über hundertundsiebzig Jahren, der sich sehr dankbar zeigte, daß er die Expedition nicht selbst führen mußte; die eigentliche Macht lag bei Gafard, dem Kämpfer des Königs, dem Meeres-Zhantil.

Trotz des allgemeinen Durcheinanders mußte ich nun ernsthaft meine Lage überdenken.

Duhrra sah seinen Weg klar vor sich. Sobald er die Südküste erreichte, wollte er sich von den Grünen lösen und zu seinen Kameraden zurückkehren. Voller Verachtung würde er dann den Namen Guhrra ablegen und sich wieder Zair zuwenden.

In unserem Zimmer sagte ich zu ihm: »Die Grodnim haben deinen Namen dem König in Sanurkazz übermittelt. Du giltst als Abtrünniger!«

Seine breite gepanzerte Brust schwoll an. »Das mag sein, Dak, Gadak, aber ich werde alles erklären. So wie du es mir erklärt hast. Der König wird das verstehen, denn er ist weise und gerecht.«

Ich hatte König Zo vor fünfzig Jahren zum letztenmal gesehen; ich lächelte nicht.

»Was seine Weisheit angeht, so ist daran nicht zu zweifeln. Doch seine Gerechtigkeit – du würdest dich in große Gefahr begeben.«

»Ich weiß. Das gilt für uns beide. Doch ich vertraue auf die Gerechtigkeit Zairs.«

Dazu war nichts weiter zu sagen. So schnitt ich ein neues Thema an: »Und wenn wir dann vor König Zo gebracht werden und jämmerlich um Gnade flehen, könnten wir doch den Renegaten Gafard gleich mitbringen, in Ketten!«

Duhrra wandte sich langsam zu mir um. Sein dümmlich aussehendes Gesicht war gerötet. »Das wäre eine großartige Tat!« sagte er. »Aber obwohl ich die Grünen hasse wie jeder Rote, vergesse ich die Vergangenheit nicht. Trotz seiner Verderbtheit hätte ich keinen Spaß daran, Lord Gafard seinen Feinden auszuliefern.«

Er sprach im vollen Ernst. Er teilte meine Gefühle.

In mancher Beziehung entsprach Gafards früheres Leben dem meinen. Aus einfachsten Verhältnissen war er in ein Leben hineingewachsen, das ihm keine Chancen zu bieten schien. Er hatte seine Lage zu bessern versucht, indem er ein Jikaidast wurde, und zwar ein guter. Dann hatte er für die Roten gekämpft, war bei der zairischen Justiz angeeckt – soweit ich wußte, hatte er einem Roten Bruder die Zähne eingeschlagen – und hatte eine Zeitlang auf den Galeeren gedient, ehe er zu den Grodnim kam. Und als er dann die Flagge gewechselt hatte, war ihm das Glück überraschend zur Seite gestanden.

»Nein, Duhrra«, sagte ich. »Er ist ein Mann, obgleich er ein Abtrünniger ist. Trotz seiner Schurkereien ist er liebenswert. Und vergiß die Frau der Sterne nicht.«

»Es muß ein guter Kern in ihm stecken«, sagte Duhrra.

»Andererseits hat er verdammt viele gute Zairer zu Zim emporgeschickt.«

»Dafür wird er natürlich büßen.«

Damit meine Pläne Erfolg haben konnten, brauchte ich eine ähnlich sensationelle Prise wie Gafard. Ich konnte ihn am Ende einer Kette anschleppen und auf der Krozairinsel Zy abliefern – ich könnte ihn Pur Kazz, dem Ersten Abt, vorstellen und damit vielleicht wieder Aufnahme in den Orden finden.

Ich glaube, der Anblick der Frau der Sterne beeinflußte damals schon die Entscheidung. Ich hatte ihr Gesicht gesehen und mit ihr gesprochen. Ich spürte die Anziehung, und war fest davon überzeugt, daß sie Gafard so sehr liebte, wie er sie. Und dann der Mann selbst, selbstbewußt, hart, doch liebenswert, großzügig, freundlich. Die beiden Hälften seiner Persönlichkeit waren sich nicht fremdartiger als die beiden Seelen, die in meiner Brust wohnten.

Der Gedanke, daß ich ihn gemein verraten könnte, nachdem er mir die Hand zur Freundschaft gereicht hatte, machte mich krank.

Für meine Delia hätte ich es natürlich sofort getan. Es gab nichts, was ich für meine Delia nicht getan hätte. Dagegen kam die Frau der Sterne nicht an, oder . . .?

Mein unvorhergesehener und unmittelbarer Kontakt zu der Frau der Sterne veranlaßte Gafard, mir eine Aufgabe anzuvertrauen, mit der auf Kregen große Ehre verbunden ist. Ich habe schon berichtet, daß auf dieser Welt die Banner und Standarten von Armeen und Schiffen mit besonderer Verehrung behandelt werden. Ähnliches gibt es auch auf der Erde. Es gab Armeen, in denen Männer nur zu gern bereit waren, allein dafür zu sterben, daß sie die Ehre hatten, die Flagge zu tragen. Nun ja, Einfalt ist sicher eine verbreitete Eigenschaft.

Zu Gafard gerufen, fand ich ihn in einer langen weißen Seidenrobe vor; er hatte die alltäglichen Sorgen zunächst beiseite geschoben. Er saß in einem der luxuriösen Salons seines Palastes, ein Raum mit gepolsterten Wänden, zierlichen Möbelstücken, weicher Beleuchtung und zahlreichen Topfpflanzen, deren Duft schwer in der schwülen Luft hing. Zahlreiche Weine standen zur Auswahl. Er winkte den Hausdiener fort und hieß mich näher kommen. Ich trug Kettenhemd und Waffen, eine Angewohnheit, von der ich nicht abwich, seit ich Grodnim geworden war.

»Setz dich, Gadak – möchtest du Wein? Ich will dir etwas mitteilen, und anschließend habe ich noch ein zweites Anliegen.«

»Ich erwarte deine Befehle, Gernu.«

Eine Fristlesklavin in Schmuck und Perlen schenkte den Wein ein. Gafard wartete, bis sie fertig war, und winkte sie dann fort. Wir waren allein. Er reichte mir den Weinkelch, der aus massivem Gold bestand und an Schalenrand und Stiel große Rubine trug. Ich nippte daran und bedeutete ihm duch Zeichen meinen Dank. Es war Zondwein.

»Wenn wir früher diesen Wein tranken, Gernu«, sagte ich in dem Bemühen, ihn dazu zu bringen, das Gespräch zu beginnen, »sagten wir immer ›Gesegnete Mutter Zinzu! Das tat gut!‹«

»Jene Zeit sollte lieber vergessen bleiben.« Er trank hastig. Dabei wirkte er weniger erregt, als aufgekratzt. »Du, Gadak, wirst die Standarte meiner Frau der Sterne tragen.«

Ich starrte ihn mit aufgerissenem Mund an.

»Mund zu, du Fambly! Hör gut her!«

Ich schloß den Mund hörbar.

»Sie wird mich auf der bevorstehenden Expedition begleiten. Sie wird sich als Mann kleiden und auch so reisen, als großer Gernu. Dies aus Gründen, die dich nicht betreffen. Ihre Kabine an Bord der *Volgodonts Klauen* ist vorbereitet. Niemand wird sie sehen. Doch als Oberherr braucht sie ihr Banner. Dies obliegt dann dir.«

Da wußte ich, was von mir erwartet wurde. Ich neigte den Kopf. »Diese Ehre habe ich nicht verdient, doch ich werde ihr bis in den Tod nachkommen.«

Einem Grünen Grodnim bedeutete ein solches Versprechen nichts.

»Gut.« Gafard stand auf. »Ich habe Gefallen an dir gefunden, Freund Gadak. Nach dieser Expedition, wer weiß, heißt du vielleicht Gadak mit einem Ehrentitel. Komm – dies wollte ich dir zeigen.«

Er führte mich zu einer großen Tür, die er mit einem Bronzeschlüssel von seinem Gürtel öffnete. Wir betraten einen schmalen Raum, der durch hohe, schmale Fenster erhellt wurde. Eine einzige grelle Farbe herrschte hier vor.

Das Rot!

Banner und Standarten aller Arten und Formen hingen an den Wänden. Kerzenständer von Krozair-Herkunft – allerdings waren Krozair-Langschwerter nicht zu sehen. Ich sah mich gründlich um.

»Aye, Gadak, dies ist mein Trophäenzimmer. Dies sind die Trophäen meiner Schlachten und Expeditionen.«

Ich mußte schlucken. Einige Gegenstände erkannte ich wieder. Und manches Stück löste Entsetzen in mir aus. Dieser Mann, dieser Kämpfer des Königs, hatte sich wie ein Leem auf dem Binnenmeer umgetan. Langsam wanderte ich durch das Zimmer. Am anderen Ende stand eine balassgerahmte Glasvitrine in einer kleinen Nische. Das Licht fiel darauf und ließ den Inhalt hervortreten. Ich blickte hinein.

Ein roter Stoffetzen, kaum fünfzehn Zoll im Quadrat, mit verblaßter Goldbestickung, und an einer Ecke ein Streifen gelbes Tuch. Daneben lag in der Vitrine der Überrest eines Kettenhemdes. Eine Main-Gauche . . . Eine Main-Gauche? Der linkshändig geführte Dolch war am Binnenmeer als Waffe nicht bekannt.

Ich wandte mich zu Gafard um. Er stand am Eingang, eine Hand an den Bart gelegt, und starrte mit einem schwer zu deutenden Ausdruck auf die Schaustücke.

»Du wunderst dich über diese lächerlichen Relikte, Gadak?«

»Trophäen deines ersten Kampfes?« fragte ich zweifelnd.

Er lächelte. »Nein, Gadak. Mein erstes Opfer sank, und wir blieben ohne Beute.« Er kam näher und blickte mit gerunzelter Stirn auf das rote Tuch. »Nein, diese Dinge bedeuten mir viel. Sehr viel. Das kannst du natürlich nicht verstehen, trotzdem spüre ich eine Wachheit in dir, einen Funken, den ich auflodern lassen könnte, wenn ich ihn richtig anzufachen verstünde.«

»Ruderattacken laufen schnell und blutig ab . . .«

»Aye! Der Mann, dem die rote Flagge und das Kettenhemd und der Dolch gehörten, neigte ebenfalls zur Gewalt und zum Blutvergießen.«

Jetzt wußte ich Bescheid.

Also, das rote Tuch mit der gelben Kante mochte ein Stück meiner Flagge sein, dem gelben Kreuz auf rotem Grund. Die Farben waren verblaßt und wirkten staubig wie bei Museumsstücken. Das Kettenhemd, ein Stück von der linken Schulter und Brust, konnte mir ebenfalls gehört haben. Was die Main-Gauche betraf – meine Gedanken wanderten fünfzig Jahre zurück . . .

Ja, ich war beinahe sicher, daß es sich um die Waffe handelte, die Vomanus mir gegeben hatte, jener Mann, der mir mutig zum Binnenmeer nachgereist war, weil Delia es ihm aufgetragen hatte. Es war Delias Halbbruder. Er hieß jetzt Vomanus von Vadelka. Ich hielt ihn für einen guten Freund. Ja, die Waffe mochte ihm gehört haben.

Ein komisches Gefühl, in diesem Raum zu stehen und auf Überreste der eigenen Besitztümer zu schauen, die hier feierlich ausgestellt waren, um ehrfürchtig bestaunt zu werden.

Ich klopfte leicht gegen die Vitrine. »Woher weißt du, daß diese Dinge Pur Dray gehört haben?«

Er lächelte, und es war kein ironisches oder gemeines Lächeln, es war das Lächeln des Sammlers, der für ein begehrtes Objekt einen hohen Preis bezahlt hat.

»Ich weiß, daß die Stücke echt sind. Man hat es mir nachgewiesen.«

Ich kam zu dem Schluß, daß ich jetzt ein wenig von dem sprichwörtlichen Unwissen der Krieger des Binnenmeeres an den Tag legen mußte.

»Dieser Dolch hat eine seltsame Form.« Ich legte die Hand auf das Glas und drehte sie – meine rechte Hand. »Man könnte ihn halten, aber nur mit Mühe.«

Er lachte – das erste volle, echte Lachen, das ich aus seinem Munde hörte.

»Nimm die linke Hand, Gadak!«

Also führte ich die Pantomime zu Ende und legte die linke Hand über den Griff der Main-Gauche. Dann gab ich mich angemessen verblüfft.

»Du kennst Vallia?« fragte Gafard. »Unser König treibt keinen Handel mehr mit diesem Land, denn wir sind jetzt mit dem Reich Hamal verbündet, wo immer das liegen mag, und die Schiffe von Menaham kommen statt dessen zu uns. Trotzdem gibt es viele Dinge von vallianischer Herkunft in Magdag. Dieser Dolch zum Beispiel, der dem Lord von Strombor gehörte.«

Ich verlor mich in Gedenken an die vielen Jahre, die seither vergangen waren, und ihre Last ließ mich einschrumpfen, als habe Grotal mich gefangen.

Ich bin auf der Erde geboren und hatte mich noch immer nicht an die zweihundertjährige Lebensspanne auf Kregen gewöhnt, geschweige denn an die tausend Jahre, die mir vergönnt waren. Gafard und andere Kreger empfanden die vergangenen fünfzig Jahre als eine Zeit, die auf der Erde vielleicht zwanzig Jahren entsprochen hätte.

Gafard sprach weiter, und ich nahm mich zusammen.

». . . höchste Ehre. Sie wartet jetzt in meinem Salon. Zeige keine Überraschung, Gadak, ich bitte dich, denn sie hat das Stück aus den vallianischen Dingen erwählt, von denen ich dir erzählt habe. Ein kleines Schmuckstück, doch ein gutes Vorzeichen für deine Zukunft bei mir.«

Ich wußte nicht recht, wovon er sprach, und warf einen letzten Blick auf die Schaustücke in dem Museum.

Die Frau der Sterne erwartet uns im Salon.

Ich vereinigte mich tief, ohne Hochmut oder Verlegenheit.

»Erhebe dich, Gadak, denn ich glaube, du möchtest ein Freund meines Lord Gafard und auch mein Freund sein.«

Ihre melodische helle Stimme verzauberte mich.

»Ich werde dir dienen, meine Dame. Deine Standarte soll nie entehrt werden.«

Sie trug keinen Schleier und war wie Gafard in Weiß gekleidet. Das schwarze Haar war in Löckchen hochfrisiert. Sie hielt den Kopf steif, doch ihre Haltung wirkte nicht arrogant. Ich genoß ihre Schönheit und wandte schließlich den Blick ab, denn ich spürte Kummer in mir aufsteigen.

»Ich möchte, daß du dies trägst, Gadak. Ein ausländisches Schmuckstück aus einem unbekannten Land jenseits der Äußeren Ozeane. Und doch ist es von Wert. Ich möchte, daß du es zur Erinnerung an mich trägst und als Dank für dein Jikai mit den Lairgodonts.« Sie hielt mir eine goldene Kette hin. »Und, was noch wichtiger ist, du hast das Leben meines Geliebten gerettet.«

Ich nahm das Schmuckstück. An der Goldkette hing eine Miniatur aus hellem Emaille und kostbaren Edelsteinen. Rot und Weiß. Das Bild eines winzigen rotweißen Vogels mit ausgebreiteten Flügeln und klaffendem Schnabel. Ein Valkavol. Dieser winzige, harmlos wirkende Vogel konnte sehr zornig werden, wenn er angegriffen wurde oder seine Jungen in Gefahr wähnte. Der Valkavol war in meinem Inselstromnat Valka zu Hause und diente meinen Soldaten als Standartenzeichen.

Ich betrachtete das Ding in meiner Hand, ein winziges goldenes, rotes und weißes Gebilde. Ich sollte ihr Standartenträger sein, und unwissentlich hatte sie mir genau das Symbol geschenkt, das über meinen valkanischen Kämpfern wehte.

»Ich danke dir, meine Dame . . .« Mehr brachte ich nicht heraus.

Gafard lachte dröhnend. »Ich kann zwei Burs erübrigen. Dann kehren meine Dame und ich in den Turm der Wahren Zufriedenheit zurück.«

Ich habe keine Erinnerung mehr daran, was während dieser zwei Burs geschah. Heute bereue ich das, bereue es bitterlich, wie Sie hören werden.

10

Die mächtige Faust Magdags streckte sich geballt über das Auge der Welt.

Zehn erstklassige Ruderer, der kleinste ein Hundertundzwanzig-Ruderer, geleiteten hundertundfünfzig Breitschiffe mit fünfundzwanzigtausend Soldaten – Infanterie, Kavallerie, Artillerie. Die Truppe war ausgewogen zusammengesetzt, die Varters brandneu und die Bewaffnung mustergültig. Trotzdem hätte ich die ganze Armada am liebsten auf dem Meeresgrund gesehen, mit Ausnahme des Ruderers *Volgodonts Klauen*, der meine Frau der Sterne an Bord hatte.

Ich reiste ebenfalls an Bord des Flaggschiffes.

Mit frischem Wind segelten wir in südlicher Richtung, das Meer war ruhig, und die Rudersklaven konnten sich von ihren Mühen ausruhen. Die Brise trieb ihren Gestank von den Achterdecks und den verzierten hohen Poopdecks fort.

Mir, der ich Krozair von Zy gewesen war und dem Roten Zair gedient hatte, war der Anblick der elenden nackten Sklaven ein Dorn im Auge, doch ich hielt mich zurück. Früher hätte ich in einer solchen Situation niemals stillsitzen und untätig bleiben können. Jetzt akzeptierte ich die Dinge, die das Schicksal für mich bereithielt – oder zumindest fast immer –, und dachte daran, daß ich ebenfalls schon auf Ruderbänken gelitten hatte, nicht nur für die Oberherren Magdags, sondern auch für die Krozairs von Zy.

Wenn Zair es zuließ, würde ich eines Tages zu meiner alten Loyalität zurückkehren können. Im Augenblick war ich ein Grodnim und gedachte die Rolle bis zum bitteren Ende durchzuhalten. Der arme Duhrra ließ sich in diesen Tagen kaum an Deck blicken. Wir teilten uns eine winzige Kabine im vorderen Teil des Achterdecks, und ich hielt mich ebenfalls öfter dort auf.

Die Standarte, für die ich verantwortlich war, hing mit den Fahnen anderer Oberherren in der großen Achterkabine. Meine Dame der Sterne hatte sich ein schlichtes weißgrünes Banner mit der goldenen Darstellung eines Zhantils, einer Rose und dreier Sterne ausgesucht.

Sie hielt sich während der Fahrt in ihrer Kabine auf. Der König hatte einen Agenten bestimmt, eine Art Crebent, der auf dem Flaggschiff mitfuhr und der seine Augen überall hatte. In dem Bewußtsein, daß alle unsere Taten dem König hinterbracht werden würden, waren wir alle sehr auf der Hut.

Die Galeere *Volgotons Klauen* erwies sich auf dieser Fahrt als ein vorzügliches Schiff. Sie war ein Ruderer mit den Kennziffern acht-sechs-drei hundertundachtzig. Das hieß, daß sie auf jeder Seite drei Ruderreihen hatte mit jeweils dreißig Ruderern. In der untersten Reihe saßen drei Mann an jedem Ruder, auf dem Deck darüber sechs und auf dem Oberdeck acht Mann. Diese Männer waren splitternackt und kahlrasiert. Über der oberen Sklavenreihe erstreckte sich ein weiteres Deck als Sonnenschutz und als Kampfbasis für die Bewaffneten.

Gafard hatte die Ausrüstung der Expedition zwar ziemlich eilig betrieben, doch als wir nun unterwegs waren, gab er Befehl, langsam zu fahren. Nur ein Ruderdeck war bemannt; die Sklaven wechselten sich bei der Arbeit ab und schonten auf diese Weise ihre Kräfte.

Der Ruderer verfügte über nur einen Mast, und ich wunderte mich zum wiederholten Male, weshalb die Oberherren dem Beispiel der Zairer nicht folgten und ihren Schiffen zwei Masten gaben. Beide Typen besaßen das Vordersegel, eckig und smaragdgrün. In der Mitte die Golddarstellung des springenden Zhantil, das Symbol für den Meeres-Zhantil Gafard, den Kämpfer des Königs.

Der Wind ließ nicht nach, und wir machten gute Fahrt.

Die beiden vorstehenden Plattformen am Bug waren mit großen, eindrucksvollen Varters bestückt. Diese Katapulte waren zwar nicht ganz so groß wie die Gros-Varters aus Vallia, doch sie reichten aus, um einen Felsbrocken durch leichtes Schanzwerk brechen zu lassen. Ich ging nach vorn, um die Waffen zu betrachten und dachte dabei an meine verrückten Abenteuer mit Nath und Zolta, meinen beiden alten Ruderkameraden, mit denen ich immer sehr gern zusammengewesen war.

Gafard fand mich dort an die Reling gelehnt, die Gischt und das schäumende Wasser tief unten beobachtend.

Er kam sofort zur Sache.

»Ich habe zu dir von Verrat gesprochen, Gadak.«

»Ja, Gernu.«

Er lehnte sich mit dem Rücken an die Reling und ließ den Blick über die Decks wandern. Männer gingen ihren Pflichten nach. Niemand konnte unser Gespräch mithören. Sein bronzebraunes Gesicht nahm einen zornigen Ausdruck an, und die rechte Faust legte sich um den Griff seines Genodders.

»Ich vertraue dir etwas an, Gadak. Obwohl ich mich für Magdag und den König zerreiße, würden sich die anderen Oberherren freuen, wenn ich eine entscheidende Niederlage einstecken müßte.«

»Ja, das kann ich mir vorstellen.«

»Als wir die Armee verlassen hatten, wurde unser Lager nachts von Männern in schwarzer Kleidung heimgesucht. Mein Eigentum wurde durchwühlt, das große Zelt, das meiner Frau der Sterne gehört, vernichtet.«

»Warum das?«

»Warum nehme ich meine Dame wohl immer mit, selbst ins Feld, wo es für Frauenhände keine vernünftige Arbeit gibt?«

Er bot mir eine Möglichkeit zum Einhaken. Ich ergriff die Gelegenheit, wobei ich wie gewohnt ein Risiko einging. Ich hätte verflixt weit schwimmen müssen bis zur nächsten Insel . . .

»Der König gibt dir einen Auftrag, und wenn du die Dame mitnimmst, schickt er Männer, um dich zu überraschen und sie zu stehlen.«

Es war ohne Belang, welche Reaktion ich erwartet hatte. Jedenfalls brach dieser Mann, dieser bronzegesichtige, schwarzhaarige Renegat mit dem wilden Blick in lautes Lachen aus. Er verschluckte sich beinahe vor Heiterkeit.

»Bei Genodras, Gadak! Du packst den Chunkrah bei den Hörnern!«

Ich schwieg.

Er wischte sich die Tränen aus den Augen und fuhr energisch fort. »Du hast natürlich recht. Es wäre nur dein Schade, diese Worte jemals zu wiederholen!«

»Gewiß.«

»Du gefällst mir. An dir ist etwas – ich kann es nicht näher bezeichnen –, das mich anzieht. Von jedem anderen Oberherrn wärst du längst an deinen Gedärmen aufgehängt worden. Ich begreife manchmal selbst nicht, weshalb ich auf dich höre . . .«

»Wenn die bestimmte Person, die wir eben erwähnten, dir die Frau nehmen will, dürfte es in ganz Grodnim kein wirksames Versteck für dich geben.«

Er starrte mich düster an und fluchte. Aber ich hatte recht.

»Dann müssen die Wachen immer auf der Hut sein. Wenn sie schwarzgekleidete Männer umbringen, die sich in der Nacht anschleichen, kann niemand mit dem Finger auf mich zeigen. Ich bin ein getreuer Diener des Königs. Aye, bei Goyt! Trotz allem bewundere ich den Mann, denn im Krieg und in der Staatsführung ist er ein Genie – eigentlich in allem, außer dieser einen Kleinigkeit. Und dabei hat er das Yrium*, zu tun, was er will, und es dennoch als rechtmäßig dastehen zu lassen.«

Wieviel Yrium Genod auch besitzen mochte: wenn er Gafard die Frau der Sterne wegnahm, wie würde dieser Mann reagieren, wie würde sein Gewissen über seinen höchsten Herrn entscheiden? Diese Frage stellte ich mir insgeheim. Würde er womöglich zum Schwert greifen?

Am nächsten Tag war uns klar, daß eine mühsame Etappe vor uns lag. Die Ruder wurden hinabgelassen, die angeketteten Sklaven wurden mit Peitschen angefeuert, sich Mühe zu geben. Der Himmel wölbte sich weit und blau über uns. Viel Wind würde es heute nicht geben, vielleicht eine leichte Brise am Abend, die uns aber, wenn wir Pech hatten, genau ins Gesicht blasen konnte.

* *Yrium:* ein Wort mit vielfältiger Bedeutung, nicht nur Charisma – auch Kraft, die Macht, die Amt oder Charakterstärke verleiht, oder die einer Person zum Wohle oder Schaden in der Weise eingegeben wird, daß sie einen klaren Einfluß über ihre Mitmenschen hat. A.B.A.

Auf dem Binnenmeer, das oft sehr flach ist, gibt es unzählige kleine und kleinste Inseln, die wir jeweils als Nachtquartier ansteuerten. Die nächste Etappe jedoch würde die ganze Nacht hindurch bis in den nächsten Vormittag dauern, ehe wir die Benarej-Inseln erreichten. Hier sollte eine Schwadron von Ruderern zu uns stoßen, um den Konvoi auf dem letzen Abschnitt zur Südküste zu begleiten.

Nun, der Tag schleppte sich dahin. Die Ruderer mühten sich redlich. Die Sonnen schimmerten messingfarben, grünlich-rubin-rot, und stachen selbst durch die Sonnensegel, die wir überall gespannt hatten. Wir schwitzten sehr. Der Gedanke an die Sklaven unter Deck und die Hitze, die sie dort erdulden mußten, stimmte mich gereizt.

Als Krozair von Zy hätte ich sicher eine Entschuldigung gefunden, nach unten zu gehen, die Peitschen-Deldars zu töten und die Sklaven zu befreien, um das Schiff für Zair zurückzuerobern. Aber das allein hätte nicht genügt, um mich in meinen alten Stand als Krozair einzusetzen. So etwas war für einen Krozair eine ganz einfache, logische Tat. Aber ich war kein Krozair mehr. Also schwitzte ich und ließ meinen Zorn an Duhrra aus und stellte mich in den Bug, um die Linie des Horizonts zu beobachten.

Allmählich veränderte der Himmel seine Farben. Ich schaute genau hin. Es mochte sich um einen ganz gewöhnlichen Rashoon handeln, aber auch um die viel gefährlichere Manifestation der Herren der Sterne, die wieder einmal in mein Geschick eingreifen wollten.

»Natürlich muß es jezt passieren, wo wir keine Leeküste zum Schutz haben.«

Ich wandte mich um.

Der Schiffs-Hikdar Nath ti Hagon hatte sich neben mich gestellt. Er starrte widerwillig auf den heraufziehenden Sturm. Er mochte mich nicht, und wer konnte ihm das nach der Szene in der Achterkabine verdenken, als ich zum erstenmal an Bord der *Volgodonts Klauen* gebracht wurde? Aber der Zorn auf die Elemente lockerte ihm die Zunge.

»Das wird ein hübsches Unwetter«, sagte ich in dem Bewußtsein, daß dies die ruhigste und beste Antwort war, die ich in diesem Augenblick geben konnte. Ich wandte mich ab, um nach achtern zu gehen. Doch er hielt mich mit leiser Stimme auf.

»Du weißt, daß ich dich nicht mag, Gadak. Aber hör mir zu. Wenn du unseren Herrn irgendwie hintergehst, bringe ich dich um!«

Schock? Freude? Ärger? Meine Gefühle überstürzten sich.

»Du brauchst mir nicht zu sagen, was meine Pflicht ist, Nath ti Hagon«, sagte ich. »Aber damit du ruhig schlafen kannst, will ich dir sagen, daß es meine Aufgabe ist, meinen Herrn zu schützen. Sieh du nur zu, daß du ihn nicht deinerseits enttäuschst.« Damit wandte ich mich zum Gehen.

Er sagte nichts weiter, und ich vermutete, daß er mir mit zornigen Augen nachblickte und mich am liebsten in Stücke gerissen hätte. Ich eilte nach unten, um dafür zu sorgen, daß in unserer Kabine alles gut festgezurrt war.

Der Ruderer wurde auf den Sturm vorbereitet. Gafard, ein erfahrener Kapitän, wußte mit den Schiffen des Binnenmeeres umzugehen. Sein Erster Leutnant, Nath ti Hagon, hatte sein Können ebenfalls schon unter Beweis gestellt. Ich hatte eigentlich keine Angst, daß wir in dem Unwetter Schaden nehmen könnten.

Und nun trat eine andere Facette von Gafards Wesen zutage. Ein Mann in seiner Position, ein Günstling des Königs, hätte normalerweise den Admiral gespielt und das Flaggschiff von einem regulären Kapitän führen lassen. Doch für Gafard, den Kämpfer des Königs, kam so etwas nicht in Frage. Er befehligte sein Schiff wie ein Kapitän und hatte Freude daran. Der sterile und dem Schlachtfeld entrückte Ruhm der Admiralität war nichts für ihn.

Der Rashoon fiel über uns her, die Sonnen verschwanden in der Dämmerung, der dunkle Mantel Notor Zans hüllte uns ein. Der Wind heulte, die Wellen setzten Gischtkronen auf und türmten sich empor. Eine Galeere ist für solches Wetter nicht gerade ideal. Zahlreiche Arbeitsgruppen schöpften eilig Wasser, und Duhrra und ich halfen fluchend mit. Das Segel wurde in Fetzen gerissen. Es war mir eine unbändige Freude, gegen diese Naturelemente zu kämpfen, in denen zum Ausdruck kam, daß die Everoinye hier ihre Hände nicht im Spiel hatten.

Als der Rashoon endlich nachgelassen hatte, sahen wir, was aus unserem Konvoi geworden war. Duhrra mußte sich auf die Zunge beißen, um nicht einen Freudenschrei auszustoßen.

»Mach deine Weinschnute zu, Duhrra! Und wisch dir das blöde Grinsen vom Gesicht!« Ich fuhr ihn absichtlich grob an, was, wie er wohl wußte, nur zu seinem Wohl war.

Etwa fünfzig Breitschiffe waren ringsum zu sehen. Sie waren ziemlich weit auseinandergetrieben worden, doch schon wurden Segel gesetzt, schon begann sich wieder eine Art Formation abzuzeichnen. Ich suchte den Horizont ab, jenseits der Segel des Konvois, vermochte aber keinen einzigen anderen Ruderer auszumachen. Nun, die *Volgodonts Klauen* hatte sich hervorragend gehalten. Sie war ständig in den Wind gedreht gewesen und hatte Widerstand geleistet, soweit das einer behäbigen Galeere überhaupt möglich war. Die anderen Ruderer dagegen waren weit abgetrieben worden. Wir machten uns daran, den Konvoi zu ordnen, und nahmen wieder Kurs auf die Benarej-Inseln.

»Achtung! Segel!« rief der Ausguck auf dem hohen Bug neben den Scharnieren des Enterbaumes. »Ein Roter!«

Die Ruderer auf dem Auge der Welt haben üblicherweise drei Satz Segel an Bord – weiß für normale Fahrten, schwarz für Nachtangriffe und rot oder grün für den Ernstfall – je nach der Küste, an der das Schiff beheimatet ist. Bei dem Ruf, daß ein rotes Schiff gesichtet worden war, begann mein Herz heftiger zu schlagen.

Viele zairische Schiffe setzten auch blaue Segel, weil rot zu leicht gesichtet werden kann. Als das fremde Segel auftauchte, schimmerte es hellrot im gemischten Licht. Sekunden später sah ich den langen schlanken Schiffsrumpf auftauchen, ebenfalls rot gestrichen.

Der Bursche war also ein Kämpfer . . .

Auf den Sklavendecks herrschte lautstarkes Treiben. Die Sklaven wurden zusammengedrängt und Ersatzsklaven aus dem Bugraum geholt, damit wir zusätzliche Kräfte zur Verfügung hatten. Die Männer wurden zu ihren Bänken gepeitscht und angekettet. Jedes Ruder würde in Aktion sein, jeder Ruderbaum voll bemannt. Das grüne Segel kam dröhnend herab und wurde zu einer langen Rolle zusammengedreht und verstaut. Soldaten strömten aus ihren Quartieren auf das Oberdeck. Die Varters wurden entriegelt, Männer bedienten die Winden.

Gafard, der Meeres-Zhantil, erschien auf seinem Achterdeck. Er trug eine prachtvolle weißgrüne Uniform, und sein Helm war von einem riesigen weißen Federbusch gekrönt. Ich hielt mich in der Nähe auf. Auch mein Helm trug grüne Federn.

Der Trommel-Deldar gehorchte dem Befehl des Rudermeisters und erhöhte das Tempo. Der Doppelton legte den Rhythmus vor. Die Pfeifen schwiegen. Das am Rumpf entlangströmende Wasser zischte lauter. Das Ächzen des Holzes und das Gluckern des Wassers, das atemlose Ächzen der Sklaven beim Durchziehen oder Stoßen, das Knirschen der Ruder – eine Geräuschkulisse, die mir nur zu vertraut war. Ebenso bekannt war mir das kurze, heftige Knallen der Peitschen, gefolgt von einem abgehackten Schrei, eine Tonfolge, die sich im Bauch des Schiffes ewig wiederholte. Die Peitschen-Deldars der magdagschen Ruderer kennen sich mit der alten Schlange aus.

Außerdem erklang ein Wort, das ich haßte, ein Wort, das boshaft und sadistisch hinausgeschrien wurde: »Grak! Grak, ihr Cramphs! Grak!«

Grak bedeutet: An die Arbeit! Mach zu, bis du nicht mehr

kannst, oder stirb! O ja, ich habe dieses üble Wort zu oft auf Kregen gehört.

»Wenda!« brüllte der Schiffsdeldar und hämmerte mit der Faust auf die Reling des Quarterdecks. »Wenda!«*

Gafard stand mit erhobenem Kopf und bot in seiner prachtvollen Rüstung ein großartiges Bild. Er blickte steuerbord voraus. Das eckige rote Segel lag noch immer vor dem Wind. Doch während wir noch hinschauten, schrumpfte es ein, wurde kleiner, verzerrte sich und verschwand; vermutlich wurde es ebenso verstaut wie unser grünes Segel.

Gafard sagte leise zu seinem Schiffs-Hikdar Nath ti Hagon. »Raus damit, Nath!«

»Wie du befiehlst, so gehorche ich, Gernu!«

Nath bellte seine Befehle, und die Seeleute liefen los. Ich verfolgte die Szene fasziniert; es war lange her . . .

An stangen, die das Mittelschiff säumten, entfalteten sich die grünen Flaggen der Grodnim. Zwei parallele Reihen, so umschlossen die Flaggen das Schiff mit einer Wandung grüner Macht. Bei einem etwa hundertunddreißig Fuß langen Mittelschiff und bei drei Fuß voneinander entfernten Stangen bot sich Platz für etwa achtundzwanzig Flaggen. Diese flirrende grüne und goldene und weiße Masse bewegte sich in der ersterbenden Brise, ein großartiger Anblick, kühn, herausfordernd und – verdammt grün.

Ich erkannte, daß sich die Standarte der Frau der Sterne rechts vorn auf der Backbordseite befand. Gafards Standarte bildete dazu an Steuerbord das Gegenstück. Ich blickte zu unserem Kommandanten hinüber und begegnete seinem Blick, der das Achterdeck absuchte. Ich nickte, rückte mein Schwert zurecht und setzte mich in Bewegung.

Ich war es von der Erde her gewohnt, an Bord von Achterdeck aus zu kämpfen. In Ruderern und Schwertschiffen war es aber ratsam, dem Feind schon auf dem Bug entgegenzutreten. In dieser Position hätte ich gern Nath und Zolta bei mir gehabt. Doch was hätten sie in diesem Augenblick zu mir gesagt, da ich der Möglichkeit entgegenging, Anhänger Zairs im Zweikampf töten zu müssen – ich wagte es mir nicht vorzustellen.

Mit Duhrra hatte ich einige ernste Worte gewechselt. Sobald er die Gelegenheit hatte, zu den Zairern überzulaufen, wollte er es ungeachtet des Risikos tun. Andernfalls wollte er in seiner Kabine bleiben in der Hoffnung, nicht entdeckt zu werden, und wenn das nicht klappte, gedachte er sich krank zu stellen. Jedenfalls

**Wenda:* Los, voran!

würde er auf keinen Fall die Waffe gegen einen Zairer erheben. Er hoffte, sich unter seine roten Kameraden mischen zu können. Was ich tun wollte, wußte ich nicht, während ich durch die grüne Flaggenpracht des Schiffes schritt.

Ich dachte an die Frau der Sterne. Sie hatte mir ihre Standarte anvertraut und mir einen kleinen Valkavol als Symbol überreicht. Wenn ein mutiger Zairer mir die Standarte zu nehmen versuchte, um sie im Triumph nach Sanurkazz oder in eine andere zairische Stadt zu tragen, was würde ich dann tun? Brachte ich es fertig, ihn niederzuhauen? Konnte ich die Fahne loslassen? Um der Frau willen, die mir vertraute, mußte ich wohl einen Zairer in Stücke hauen. Ich dachte an Delia und wußte, daß meine Entscheidung davon nicht beeinflußt werden konnte.

Unsere Ruder bewegten sich wie ein einziges Ruderblatt. Das andere Schiff näherte sich wie auf Schienen, die Ruder perfekt ausgerichtet, sich hebend und senkend wie die Riesenflügel eines unförmigen Raubvogels.

Der bronzene Rammsporn schnitt blauweiß durch das wirbelnde Wasser, krümmte sich an der Flanke des Schiffes zu einer weißen Linie empor und verschmolz mit der Bordwand. Der grausame Dorn würde sich in das Innere unseres Schiffes bohren. Darüber schwang sich das mittlere Dollbord empor, um am Zwischenbug zusammenzutreffen, der das gerammte Schiff wieder abgleiten ließ und auf diese Weise verhinderte, daß es den siegreichen Gegner mit ins nasse Grab zog. Der Enterbaum war hochgezogen, und die Männer in der vertrauten roten Kleidung machten Anstalten, uns das Ding mit gewaltigem Knall auf das Deck zu werfen und es als Gangway zu benutzen. Die beiden vorderen Varterplattformen waren bereits lebhaft in Aktion, ebenso wie unsere.

Die ersten Bolzen wurden abgeschossen, massive lange Holzpfeile mit Eisenspitzen. Die Entfernung zwischen den beiden Schiffen verringerte sich ständig, und bald würde man zu Eisengeschossen übergehen. Später kamen die Felsbrocken an die Reihe, die sich gnadenlos durch Holz und Fleisch ihren Weg bahnten. Ein Pfeil spießte einen Varteristen in meiner Nähe auf. Blut spritzte ihm aus dem Rücken, kreischend fiel er über Bord. Ein anderer Grüngekleideter nahm seinen Platz an der Winde ein. Die Varter knallte, und ein gefährlicher Pfeil schoß in die andere Richtung. Die Luft füllte sich mit Geschossen, da immer mehr Varters und Bögen in den Kampf eingriffen.

Die beiden Ruderer fuhren aufeinander zu; die Peitschen-Deldars gaben sich größte Mühe, der Trommel-Deldar wütete, der Rudermeister bellte die Zeit, und die beiden Kapitäne verfolgten die Entwicklung und versuchten so früh wie möglich zu erkennen, was der Gegner vorhatte. Einer der beiden mußte ausweichen. Die Möglichkeiten verringerten sich schnell, die Entscheidung mußte fallen. Und schließlich vermochte ich die Darstellungen auf den roten Flaggen zu erkennen. Ich stand bereit, mich mit einem Ruderer der Krozairs von Zy anzulegen!

Apushniad, der ich war, würde ich es fertigbringen, gegen meine Roten Brüder in Zair zu kämpfen und sie zu töten?

11

Die beiden Ruderer verengten den letzten Streifen Wasser; sie sprangen wie Meeres-Leems aufeinander los.

Die Antwort auf die Frage, die ich mir gestellt hatte, lautete: Natürlich konnte ich es! Ich war ein alter Söldner, ein alter Pirat. Wenn mich jemand zu töten versuchte, egal, wer es war, wollte ich zuerst zuschlagen, beim Schwarzen Chunkrah! Außerdem mußte ich an die grüne Standarte meiner Frau der Sterne denken. War das Leben eines Krozairbruders von Zy mehr oder weniger wert als ein Stück grüne Seide, das mir von einem Mädchen anvertraut worden war? Wie kam ich überhaupt auf solche idiotischen und hartherzigen Gedanken? Hatte mir dieses Mädchen, die Geliebte Gafards, die Frau der Sterne, den Verstand verwirrt?

Es mußte einen Ausweg geben – einen ehrenvollen Ausweg.

Die Pfeile regneten ringsum herab, und ich verfluchte die Männer des Binnenmeeres und auch die Vallianer und Segesther, die den Schild als Waffe des Feiglings verachteten. In diesem Augenblick hätte ich Turko den Schildträger hinter mir gebrauchen können.

Ich schlug zwei Pfeile zur Seite.

Der Offizier neben mir, ein Chuliksöldner, der die Bugvarters befehligte, zog sich einen Pfeil aus dem Arm und brach ihn wütend durch.

Ich starrte hungrig auf den roten Ruderer. Er verfügte über zwei Ruderbänke, die dicht übereinander angebracht waren. Der Bug schien breiter zu sein, als ich für nötig gehalten hätte. Ich sah die Köpfe der Männer, die sich hinter der vorderen Brustwehr drängten. Der Enterbaum blieb oben und konnte jederzeit herabgelassen werden. Wir waren auf das gleiche Manöver vorbereitet. Beide Kapitäne rechneten mit einer Rammaktion.

Wie schnell würde Gafard reagieren?

Er war ein großartiger Rudererkapitän – das mußte er bei seinem Ruf auch sein. Nicht umsonst wurde er Meeres-Zhantil genannt, ein Name, der sich von dem berüchtigten Krozair, dem Lord von Strombor, herleitete. Er maß sich an dem längst gestorbenen Krozair. Was immer Pur Dray getan hatte, Gafard, der Kämpfer des Königs, wollte mehr leisten – oder bei dem Versuch umkommen.

Der Ruf von achtern klang schwach an meine Ohren. Die Brise war nach dem Rashoon schnell erstorben. Das Kommando von dem roten Ruderer schallte ebenso deutlich herüber.

Beide Ruderer wendeten auf der Stelle. Ich hatte damit gerechnet, daß der angreifende Ruderer im letzten Augenblick herumzucken und uns von schräg vorn rammen würde, gegen die ersten Ruder und die vordere Seite des Mittelschiffs. Aber das war ein riskantes Manöver. Bei einem Angriff Ramme gegen Ramme würde der mit dem stärkeren Rammsporn Sieger bleiben, vorausgesetzt, der Angreifer vermochte sein Ruder rechtzeitig aus dem Weg zu heben, was doch einigermaßen schwierig war.

Außerdem vermutete ich, daß ein Zweiruderer sich nicht auf einen direkten Zusammenstoß mit einem Dreiruderer einlassen würde.

Damit behielt ich recht, irrte mich aber hinsichtlich des anderen Manövers. Gafard hatte etwas Ähnliches vermutet und sein Schiff herumziehen wollen, um auf Angriffsrichtung zu bleiben.

Aber der Zairer setzte die Drehung fort. Er drehte sich über neunzig Grad hinaus, immer weiter, und dann senkten sich alle Ruder im Einklang, und das Schiff schoß davon, weg von uns. Wir drehten uns ebenfalls noch, das Wasser schäumte an den Flanken des Schiffes, das im Augenblick nicht auf den Gegner ausgerichtet war. Ich hörte Gafard tobend seine Befehle geben.

Von den Zairern keck getäuscht, sahen wir den Bug der anderen vorbeihuschen. Aus nächster Nähe hatte ich die Männer drüben gesehen. Ich hatte den Krozairbruder erkannt, der dort das Kommando führte, der Prijiker, der den Bugstoßtrupp befehligte. Die harten, bronzebraunen Gesichter unter den schimmernden Helmen drehten sich in unsere Richtung, Pfeile wurden auf beiden Seiten abgeschossen, doch niemand zuckte zusammen.

Pur Kardazh stand dort drüben, einer der fünf Krozairbrüder, die gemeinsam mit mir in den Schoß der Krozairs von Zy aufgenommen worden waren.

Nath, der Schiffs-Hikdar, kam brüllend nach vorn gelaufen. Mit der Leistung der Bugvarters war er nicht zufrieden. Daß der befehlshabende Chulik eine Armwunde erlitten hatte, galt ihm nichts.

»Dieser Cramph! Du siehst doch, was er vorhat!«

Ja, ich sah es und freute mich darüber.

Dem Zairer ging es nicht um einen Kampf mit den Magdagern. Er hatte es auf die fetten Breitschiffe des Konvois abgesehen. Mit nachlassendem Wind wurden diese Segler immer unbeweglicher, während die Ruderer geradezu ideale Verhältnisse vorfanden. Der rote Ruderer machte keinen Versuch, Schiffe zu erbeuten. Von *Volgodonts Klauen* verfolgt, blieb für diesen Luxus keine Zeit.

Zorngebrüll stieg von unserem Schiff auf. Die Männer waren aufgebracht, weil sie nicht eingreifen konnten. Lange Rauchgeschosse stiegen in hohen, anmutigen Bögen von dem roten Ruderer auf und landeten präzise gezielt in der Takelage und auf den Decks der Breitschiffe. Ein Schiff begann zu brennen, dann ein zweites. Wir fuhren, so schnell es ging, jeder einzelne Sklave mühte sich bis zum Umfallen an den Ruderbäumen. Aber der Rote Ruderer hielt seinen Abstand, und immer neue Feuergeschosse stiegen von seinen Decks empor. So hinterließ das Schiff im Konvoi eine lodernde Gasse der Vernichtung.

»Bei Grodno! Ich würde dem Kerl am liebsten den Enterbaum auf das Achterdeck knallen!«

»Das müßte interessant werden«, stellte ich fest.

Nath schüttelte die Faust zu dem Krozairruderer hinüber.

»Krozair! Der Fluch Grodnos! Sie sollen bis in alle Ewigkeit verdammt sein! Möge das Grün sie treffen!«

Ich sparte mir eine Antwort. Mir war inzwischen klargeworden, was mich beim ersten Anblick der Doppeldecker-Galeere gestört hatte. Die beiden Ruderreihen hatten sich relativ langsam gehoben und gesenkt. Ich hatte dahinter eine neu zusammengestellte, unerfahrene Mannschaft vermutet – gerade die Rudersklaven können entscheidend zu solchen Kämpfen beitragen.

Doch die Flügel des roten Ruderers bewegten sich nun in hektischem Tempo.

In etwa einer Bur würden Gafards Sklaven in ihrer Leistung nachlassen. Die Ersatzruderer, die er noch an die Bänke schicken konnte, würden nicht ausreichen, um das Tempo zu halten; außerdem würde die Zeit des Wechsels für weitere Verwirrung sorgen. Die Männer am Ruder des Roten aber waren noch frischer. Sie konnten der *Volgodonts Klauen* davonziehen, soviel war klar.

Der zairische Ruderer war nach dem Prinzip des langen Kiels gebaut; ich hatte zweiunddreißig Ruder gezählt. Langsam in der Wende, würde das Schiff in Geradeausfahrt besonders schnell vorankommen.

Unser Rudermeister brüllte etwas, und der Trommel-Deldar minderte das hektische Tempo, die Schlagzahl sank ab.

Jetzt zeigte Gafard sein wahres Können als Seemann.

Der weitere Kampf zwischen den beiden Schiffen mochte ein Problem werden. Der Ruderer der Krozairs war in gerader Linie durch den Konvoi gefahren und begann jetzt zu wenden. Gafard folgte langsamer nach und löste sich von der Flanke des Konvois. Befehle wurden gegeben, Pfeifen schrillten, die Ruder wurden waagerecht angehoben und bewegten sich nicht mehr.

Wie ein getreuer Rark, der eine Herde Chunkrahs bewacht, lauerte der grüne Ruderer, bereit, nach Backbord oder Steuerbord auszubrechen, um die Flanke des Ruderers der Roten zu rammen.

Das Krozairschiff stellte ebenfalls die Ruder hoch.

Beide Schiffe trieben mit den Wellen.

Wenn sich nun ein Wartespiel entwickelte, lagen alle Trümpfe bei Gafard. Wie zur Bestätigung klang plötzlich ein Schrei auf, und die Nachricht verbreitete sich wie ein Lauffeuer an Bord.

»Ruderer! Nähern sich mit schneller Fahrt!« Und dann: »Grün!«

Der Krozairkapitän entdeckte die neuen Schiffe etwa um die gleiche Zeit. Sofort trat er in Aktion.

Er reißt aus! Grotal der Töter möge ihm die Knochen zermahlen!«

Als uns die Grünen Ruderer erreichten, vier Einheiten aus der zerstreuten Schwadron, war der Angreifer nur noch ein roter Punkt am Horizont. Ich starrte hinter ihm her und fragte mich, wer der Kapitän sein mochte. Er hatte geschickt gekämpft. Er hatte wie ein Leem zugeschlagen und gegnerische Schiffe vernichtet und war in dem Augenblick verschwunden, da sich das Blatt zu seinen Ungunsten wendete. Er hatte wie ein richtiger kaltblütiger Schiffskapitän gehandelt und nicht, wie es die Krozairs oft taten, als hitzköpfige Kämpfer, die wegen jeder Kleinigkeit bereit sind, in den Tod zu gehen.

»Dieser Rast!« tobte Gafard. »Zwanzig gute Breitschiffe verbrannt! Und ich wette, er hat nicht mehr als zwanzig Ausfälle!«

Wir hatten dreißig Tote und Verwundete zu beklagen.

Als sich Gafard später beruhigt hatte – er war inzwischen eine Bur mit der Frau der Sterne beisammen gewesen – sagte ich vorsichtig zu ihm: »Ein interessantes Schiff, dieser Krozairruderer.«

»Du hast es ja gesehen. Die Schiffsbauer in Sanurkazz experimentieren mit der Grundform. Ich würde sagen, es war ein Sieben-sieben hundertvierundvierzig. Zwei Reihen, sehr flach angelegt, ziemlich breit, doch schnell und gefährlich.«

»Sieben-sieben, meinst du?«

»Nicht nebeneinander, sondern übereinander gestellt. Eine

teuflische Konstruktion. Bei einer faireren Ausgangslage hätte die *Volgodonts Klauen* den Kerl aber erwischen können!«

Ja, sagte ich mir. Die Wendegeschwindigkeit ging auf ein günstiges Verhältnis von Breite und Länge zurück. Vielleicht gab es in Sanurkazz nicht mehr nur den Gegensatz zwischen den Anhängern des Kurzkiels und des Langkiels. Vielleicht hatten die Kurzkiel-Anhänger sich dem Argument der Langkiel-Freunde gebeugt, ihre Schiffe aber breiter gebaut und so doch den ursprünglichen Standpunkt beibehalten. Der grüne Ruderer hatte jedenfalls tief im Wasser gelegen, ein langes und gefährliches Schiff, ein genial konstruiertes Kampfinstrument. Vielleicht entwickelten sich die Ruderer auf dem Binnenmeer schneller weiter, als ich vermutet hatte.

»*Der Goldene Chavonth*«, sagte Gafard und zupfte an seinem schwarzen Bart. »Den werde ich mir merken!« Und dazu hatte er allen Grund – er war von dem roten Krozairkapitän tüchtig an der Nase herumgeführt worden.

12

Ich, Gadak, ein Grüner Grodnim von sehr zweifelhafter Loyalität, schaute mürrisch zu, während die Armee an Land ging. Die Reihen der Infanteriesoldaten, der Sectrixes, der an Land rollenden Varters schien kein Ende nehmen zu wollen. Hebrareiter rückten ebenfalls aus; von diesen Kundschaftern erhofften sich die Grodnim einen entscheidenden Vorteil gegenüber den Zairern.

Ich stand am Achterdeck der *Volgodonts Klauen,* die auf den Strand gezogen worden war. Duhrra stand neben mir und atmete keuchend durch den geöffneten Mund.

Seit der Begegnung mit dem Krozairschiff erfüllte mich Unruhe. *Der Goldene Chavonth* und das Symbol der Krozairs, das nabenlose Speichenrad im roten Kreis – dies alles hatte mich aufgeschreckt. Ich wurde daran erinnert, daß ich ja in den Orden zurückkehren mußte, wenn ich das Binnenmeeer verlassen wollte, und daß ich bisher nur sehr wenig dazu getan hatte.

Meine Pläne hingen von einem großen Streich ab, einem Hai-Jikai.

Wir waren in einer tiefen Meeresbucht an der Südküste gelandet, etwa zwanzig Dwaburs östlich von Shazmoz. Zwanzig Dwaburs weiter östlich erhob sich die zairische Festungsstadt Pynzalo, ziemlich weit im Binnenland, außerhalb der Reichweite von Piraten und Landungstruppen, dennoch aber schwer bewehrt, wie die meisten Städte an der Südküste.

Nachdem Shazmoz zunächst befreit worden war, hatte sich die vereinte zairische Armee in Richtung Westen umgetan und dort mehrere Grodnim-Positionen aufgerollt. Unser Erscheinen im Rücken dieser Front sollte zumindest den Nachschub stören. Schon hatten wir einen Versorgungstrupp abgefangen – und dagegen hatte ich wirklich nichts unternehmen könne. Sogar Küstenschiffe konnten aufgebracht werden. Sobald die Breitschiffe Armee und Vorräte an Land gesetzt hatten, sollten sie nach Magdag zurückkehren. Sie wurden in kurzer Zeit mit Nachschub zurückerwartet. So saßen wir denn mitten auf den Verbindungswegen der Roten und waren bereit, in jede Richtung loszuschlagen.

Wir hatten uns weiterer überraschender Angriffe durch zairische Ruderer erwehren müssen, doch die erste katastrophale Attacke des *Goldenen Chavont* hatte sich nicht wiederholt. Ich redete mir aus, daß Gafard auf den Nachschub warten würde. Der König und sein General hatte vor der Entscheidung gestanden, entweder die halbe Armee mit vollem Troß oder die ganze Armee mit beschränkten Vorräten in den Kampf zu schicken. Nach meiner Auffassung hatte der König richtig entschieden, auch wenn man Gafards Persönlichkeit in Betracht zog. Man durfte nicht vergessen, mit welcher Langsamkeit eine Armee vorankommt, wenn sie zu Fuß marschieren muß und Zug- und Packtiere für Geräte und Vorräte mitführt und es keine mechanischen Transportmittel gibt.

Ich nahm an, daß Gafard im Osten zuschlagen würde, in Pynzalo.

Wenn diese Festung zerstört und ihre Vorräte erobert waren, wenn Gafards Ruderer diese Küstenstreifen beherrschten, hatte er den nötigen Rückhalt, um sich nach Westen zu wenden. Mit Prinz Glycas auf der anderen Seite, hatten die Grodnim dann die Zairer in der Zange.

Wie lange Sanurkazz brauchen würde, um die Lage zu erkennen und eine neue Armee gegen Pynzalo zusammenzuziehen, konnte nur vermutet werden. Ich wußte nicht, wie weit die finanziellen Mittel des Südens bereits erschöpft waren. Bekannt wir mir allerdings, daß beide Seiten schon große Summen für den Krieg aufgewendet hatten. Rot und Grün! Pah! Trotzdem spürte ich mein Blut schneller durch die Adern rinnen.

Nachdem ich wieder einmal einen ganzen Tag lang auf meiner Hebra Nachrichten hin und her befördert hatte – wobei ich übrigens die Zusammensetzung der Armee bestens kennenlernte –, marschierte Duhrra zu mir ins Zelt. Er war angeheitert.

»Heute nacht!« sagte er und warf sich auf sein Bett. »Heute nacht, mein Gadak der Grünen – heute nacht rücke ich aus!«

Ich nahm ihm die Flasche ab und roch daran. Dopa. Ich warf das Ding in die mondhelle Nacht hinaus, holte eine Wasserflasche und schüttete den ganzen Inhalt über Duhrra der Tage und sein Bett aus. Prustend und brüllend richtete er sich auf. Ich legte ihm eine Hand über den Mund. »Duhrra der Tage«, sagte ich dramatisch flüsternd. »Halt den Mund, wenn dir dein Leben lieb ist!«

Er starrte mich über meine Hand hinweg an.

»Wenn du ausrücken willst, mußt du einen Plan haben. Du brauchst Nahrung und Wasser, ein Reittier, einen Fluchtplan. Onker! Denk darüber nach, Duhrra der Tage!«

Ich nahm die Hand weg.

Er atmete heftig ein. Seine Augen waren blutunterlaufen.

»Aye, Gadak der Grünen! Deine Argumente sind raffiniert erdacht. Dabei tust du nichts für deine Flucht! Ich bilde mir langsam ein, daß du die verdammten Grodnim wirklich liebst. Du möchtest für immer bei ihnen bleiben. Ich finde, du . . .«

»Ich habe auch nicht die Absicht zu fliehen«, sagte ich kopfschüttelnd. »Ich will mich nicht mit eingekniffenem Schwanz davonschleichen. Wenn ich mich absetze, dann stilvoll, so daß jeder es mitbekommt und sagt: ›Ja, das war ein Zairer!‹«

»Hübsche Worte!«

»Aye.«

Er wußte immer noch nicht, was er von mir halten sollte. Den religiösen Ritualen, die ich insgeheim für lächerlich hielt, war ich getreu gefolgt. Er hatte wirklich ein Recht, zu zweifeln, hatte ich doch selbst zu zweifeln begonnen.

Ich bin mein ganzes Leben lang Einzelgänger gewesen. Nur gegenüber Delia hatte ich mich jemals völlig offen geäußert. Und doch habe ich auf Kregen viele gute Freunde, das wissen Sie.

»Gadak, der große Ränkeschmied!« setzte Duhrra energisch nach. »Wann soll es also passieren?«

»Sobald sich die Gelegenheit bietet.« Ich belächelte seine Wort nicht. Sein energisches Auftreten paßte zu ihm. Duhrras Bestreben, nun endlich für Zair etwas zu *tun,* war grundlegend richtig.

Mein Problem war, daß ich ein Hai Jikai fertigbringen mußte, ein spektakuläres Ereignis, über das die Menschen überall sprechen und das sie neben andere legendäre Taten aus der kregischen Geschichte stellen würden. Eine verdammt schwierige Aufgabe, das wußte ich. Vielleicht stellte ich einen zu großen Anspruch.

»Uns geht es um die Ehre, Duhrra, doch ich schockiere dich wohl nicht übermäßig, wenn ich sage, daß die Ehre nur ein ärmlicher Ersatz ist für das Leben.«

»Ach – hast du meine Flasche weggeworfen?«

»Ja – und jetzt leg dich schlafen. Ich muß nachdenken.«

Meine Gedanken kreisten um meine kregischen Freunde und um meine Charakterfehler.

Dieses Gefühl der Unzufriedenheit mit mir selbst brachte mich auf die Überlegung, daß man sich ständig bemühen muß, seine Freunde zu behalten. Jedesmal galt diese Maxime für mich. Ich war nicht der Meinung, daß meine Kameraden mir bis in alle Ewigkeit treu bleiben würden, egal, was ich auch tat. Vielmehr glaubte ich mich bei meinen Freunden immer wieder beweisen zu müssen. Wenn dies ein Mangel an Verständnis ist, so mag das denkbar sein, um so mehr, als ich andererseits überzeugt war, daß meine Zuneigung zu Seg und Nath und Inch und den anderen niemals leiden würde, auch wenn sie sich zuweilen albern aufführten oder mich aus einem gewissen Mangel an Moral heraus sogar anschmierten. Hier liegt wahrscheinlich der Beweis, daß ich ein echter Einzelgänger bin.

Ich hätte es damals nicht begriffen, wäre jemand zu mir gekommen, und hätte behauptet, ich täte meinen Freunden großes Unrecht, indem ich davon ausging, daß ich ihnen verzeihen würde, egal, was sie auch taten, daß sie mir aber nicht verzeihen würden, wenn ich jemals vom Weg abkam; indem ich also meine Freundschaft zu den anderen höher bewertete als ihre Freundschaft zu mir. Ich war meiner Delia nicht würdig und auch nicht der Freundschaft Segs und Inchs und der anderen. Das glaubte ich damals wenigstens.

Dies alles führte dazu, daß am nächsten Morgen ein sehr mitgenommener Duhrra aus dem Zelt kroch, sich den Kopf hielt und ächzend nach einer Handvoll Palines verlangte.

»Dopa«, sagte ich.

»Aye, Herr, Dopa – ein schreckliches Getränk.«

»Und nur für Leute geeignet, die sich den Verstand eines Calsany antrinken wollen.«

»Bei der Infanterie gibt es viele Flaschen davon. Ich bin vom Weg abgekommen.«

Wird Dopa in ausreichender Menge getrunken, dreht jeder Kämpfer durch. Brauchte Gafard dieses Getränk, um seine großartige Armee in Kampfstimmung zu versetzen? Ich war überrascht.

Als ich zur üblichen Morgenbesprechung eintraf, machte Gafard einen seltsam hektischen Eindruck, als habe er, der erfahrene Krieger, selbst Dopa getrunken.

»Gernus«, sagte er zu den versammelten Offizieren. »Eine großartige Nachricht. Große Ehre wird uns zuteil. Der König persönlich, der Allmächtige, läßt mitteilen, daß er uns hier besuchen will – wir können schon heute mit ihm rechnen.«

Später beobachtete ich die Ankunft König Genods. Er kam mit einem Voller.

Kaum erblickte ich den Blütenblattumriß des Flugboots über dem Lager, erkannte ich, daß mir das Werkzeug in die Hand gegeben war.

Hier bot sich jetzt die Möglichkeit, ein Hai Jikai zu vollbringen.

13

Ein großer Teil der Armee zog zur Parade auf, um den König zu begrüßen, Genod Gannius, das kriegführende Genie.

In meiner Eigenschaft als Adjutant des befehlshabenden Generals wartete ich respektvoll im Kreis der anderen Adjutanten und Offiziere.

Trompeten schmetterten, Flaggen flatterten, die Doppelsonne warf ihr gemischtes Licht, Sectrixes schnaubten, und die waffenstarrenden Reihen standen reglos da, die Lanzen einheitlich geneigt, Lichtreflexe auf den Helmen.

Zwei Voller trafen ein.

Der eine war der kleine zweisitzige Flieger, den ich schon über dem Großen Kanal gesehen hatte, ehe ich die große Flut auslöste.

Der andere Voller war größer und höher und hatte drei Decks und Varterstellungen und bot achtzig Mann Besatzung Platz – eine Pastang. Beim Landen wurde mir noch einmal bewußt, mit welcher Überlegenheit ein solches Fluggebilde gegen erdgebundene Kämpfer vorgehen konnte.

Die Gerüchte waren in einem Punkt allerdings klar: Dies waren die beiden einzigen Voller, die Genod besaß. Ich war stolz darauf, daß ich die Lieferung der ganzen Vollerschwadron aus Hamal verhindert hatte; meine Erleichterung wurde aber durch die Erkenntnis aufgehoben, daß die beiden Boote allein schon fürchterlich unter den Zairern wüten konnten, die ja auf so etwas nicht gefaßt waren.

Der Empfang verlief leider glatt, und im Klang der Marschmusik, umrahmt von marschierenden Swods, suchte der König das Lager auf.

Er begrüßte Gafard und seinen Stab freundschaftlich, es gab zahlreiche Verbeugungen und Salute, Trompeten erklangen im Schatten grüner Flaggen, die sich vor dem Himmel bewegten. Ein leichter Wind war aufgekommen und verlieh der ganzen Szene etwas Frisches – eine Art symbolischer erster Windstoß vor dem Sturm der Vernichtung, welcher die Grünen zum Sieg über die Roten führen würde.

Der König und Gafard und zahlreiche Offiziere und andere Gefolgsleute verschwanden in dem großen Zelt, das für den König errichtet worden war. Viel Geld wurde hier ausgegeben – doch bei diesem genialen Herrscher, diesem Supermenschen mit Yrium, wurde so etwas nicht nur erwartet, es gehörte einfach zu seinem Lebensstil.

Eine dichte Pachakwache umringte die beiden Flugboote, und die neugierigen Swods wurden auf Abstand gehalten. Ich stand in der Menge und hatte mir nach Art vieler Soldaten ein Stück weiße Seide um den unteren Teil des Gesichts gelegt; auf diese Weise war ich vor dem Sand geschützt, den der Wind aufwirbelte.

Bei den Vollern schien es sich um erstklassige Exemplare zu handeln. Hamal hatte es sich zur Angewohnheit gemacht, ausländischen Kunden minderwertige Flugboote zu verkaufen. Dies hatte zu einem Krieg geführt, der im Augenblick zwar ruhte, der aber noch lange nicht ausgestanden war. Die Hamaler hatten diese beiden Flugboote als Muster zur Verfügung gestellt, und die Größe der Bestellung hing allein davon ab, wie sich die Boote im Einsatz bewährten; andererseits gab es wohl keine Nation ohne eigenen Vollerbau, die sich nicht auch mit geringwertigen Vollern aus Hamal zufriedengegeben hätte.

In Begleitung Duhrras entfernte ich mich von den Flugbooten. Ich hatte von der Unterbringung der Flugboote genug gesehen. Es gefiel mir allerdings nicht, daß sie von Pachaks bewacht wurden. Das machte mein Vorhaben komplizierter.

In knapp einer Bur war ich wieder im Dienst, doch kurz bevor Duhrra und ich Kettenhemd und grüne Uniform anlegen mußten, trat ein weiteres Ereignis ein. Zwei Ruderer landeten, in ihrer Mitte ein eroberter zairischer Ruderer.

Wir eilten zum Strand hinab, um zuzuschauen und zu jubeln und die zairischen Gefangenen mit unflätigen Ausdrücken zu beschimpfen.

Die beiden Ruderer kamen aus Gansk, einer mächtigen Festungsstadt der Grodnim, an der Nordküste direkt gegenüber Zy gelegen. Der Zairer stammte aus Zandikar, einer Festungsstadt nordwestlich von Zamu.

»Zandikar!« sagte Duhrra und spuckte aus. »Ich bin selbst dort gewesen. Ich habe Kämpfe gewonnen und zwei Zo-Stücke eingesteckt. Die haben sich bestimmt gut gewehrt.«

Der Anblick der angeketteten Gefangenen betrübte mich. Zandikar, die Stadt der Zehn Dikars, war zwar bei weitem nicht so mächtig oder reich wie ihr Nachbar Zamu, doch ihre kleine Flotte galt als sehr schlagkräftig.

Der Kampf mußte in der Tat sehr blutig gewesen sein, denn es wurde weit weniger als eine ganze Rudermannschaft an Bord gebracht. Die Rudersklaven wurden sofort auseinander sortiert – die Grünen durften sich in Freiheit erholen, die anderen mußten gleich auf Grodnim-Ruderer überwechseln.

Nach diesem Zwischenspiel mußten Duhrra und ich uns schleunigst zum Dienst melden. An diesem Nachmittag gab es mehr Befehle und Nachrichten als in den ganzen letzten drei Tagen. Der König hatte frischen Wind ins Lager getragen, obwohl ich nicht den Eindruck gehabt hatte, daß Gafard etwa die Zügel schleifen ließ. Kundschaftertrupps hatten sich bereits im Osten und Westen umgesehen, einige kleine Abteilungen waren nach Süden vorgestoßen, um herauszufinden, ob die Zairer bereits in die Dörfer von Inzidia zurückkehrten, die beim ersten Angriff der Grodnim evakuiert worden waren. Die nach Osten ziehenden Kundschafter, das wußte ich, würden ein gutes Stück vor Pynzalo halten müssen, denn dort war das Lager, in dem ich Duhrra kennengelernt und wo er seine Hand verloren hatte.

Aus den Nachrichten, die ich überbrachte, ging klar hervor, daß der König mit Gafard einer Meinung war. Danach sollte Pynzalo in schnellem Vorstoß erobert werden, als Konsolidierung der Ausgangsposition, dann wollte Grodno mit einem chavontähnlichen Sprung nach Westen vorstoßen. Das war im Grunde auch meine Ansicht . . .

Als die Sonne im Westen im Meer versank, rief mich Gafard in sein Kommandozelt. Ich salutierte und stellte fest, daß er erregt wirkte. Er schritt im Sprechen unruhig auf dem kostbaren Teppich hin und her. Irgend etwas schien ihn sehr zu freuen.

Das eindrucksvolle Zelt seiner Frau war lange vor der Ankunft des Königs abgebaut worden und samt der Dame und einer starken Pachakabteilung verschwunden. Der Crebent des Königs war später erbost im Lager herumgelaufen; auf diesen Grodnim zumindest hätten wir jetzt verzichten können.

»Eine großartige Nachricht, Gadak!« begrüßte mich Gafard. »Es geht los. Der König ist damit einverstanden – aber solche Dinge sind nichts für einen Adjutanten. Der König hat mir eine Information übermittelt, die ihn sehr interessiert, und mich noch viel mehr!« Er war in redseliger Laune, so hatte ich ihn noch nicht erlebt.

»Ja, Gernu?«

»Du hast mich einmal gefragt, ob es feststehe, daß der große Krozair Pur Dray wirklich tot sei. Ich antwortete dir, es gebe daran keinen Zweifel. Also, Gadak . . .« Er blieb stehen und wandte sich triumphierend zu mir um. »Eine große Nachricht, wahrlich! Die Spione des Königs haben es festgestellt, es gibt keinen Zweifel mehr. Pur Dray ist an das Binnenmeer zurückgekehrt – woher, das weiß niemand. Er lebt!«

»Damit vertraust du mir ein großes Geheimnis an . . .«, begann ich, doch er brachte mich mit einer Handbewegung zum Schweigen.

»Das ist keine vertrauliche Nachricht. Es wird sich bald herumsprechen. Je wichtiger die Neuigkeit, um so schneller ist sie herum. Aber, das ist noch nicht alles, Gadak . . . Pur Dray ist von den Krozairs von Zy verstoßen worden! Er ist ein Apushniad!« Gafard schüttelte verwundert den Kopf. »Ich begreife so eine Handlungsweise nicht – es ist die Tat von Dummköpfen, idiotischen Onkern; aber die Tatsache steht fest.«

»Wenn er ein Apushniad ist«, begann ich langsam, »dann könnte er vielleicht . . .«

»Aye, das meine ich ja! Zwischen uns steht etwas. Ich muß ihn kennenlernen. Daß er noch lebt, erfüllt mich mit großer Freude!«

Wie groß war doch sein Wunsch, den Ruf des Krozairs von Zy zu überbieten, eines Mannes, der bis jetzt tot gewesen war und der sich plötzlich als lebendig entpuppte!

»Du möchtest ihm im Zweikampf gegenüberstehen?« fragte ich. »Du möchtest ihn töten, um als ein größerer Ghittawrer dazustehen, als der Krozair gewesen ist?«

Er musterte mich, als sei ich ein sinnlos plapperndes Kleinkind. Er öffnete den Mund, doch in diesem Augenblick wurde der Zelteingang aufgerissen, und sein Stellvertreter Grogor trat ein. »Gernu! Der König! Er ruft nach dir – sofort, Gernu!«

Gafard schloß den Mund. Er ergriff seinen grünen Umhang und warf ihn sich über die Schulter. Sein Langschwert prallte klirrend gegen den Tisch. »Versieh deinen Dienst, Gadak. Diene mir gut, dann sollst du deinen Lohn bekommen.«

»Wie du befiehlst, so gehorche ich, Gernu!« erwiderte ich.

Die letzte Minute hatte mir einiges über die Situation zwischen König Genod und seinem Kämpfer Gafard enthüllt. Obwohl ich von Gehirn und Hand, von Genie und Vollstrecker gesprochen habe, war es doch noch immer Gafard, der zu parieren hatte, wenn der König auch nur den geringsten Befehl äußerte.

Dann stutzte ich: parierte ich nicht meinerseits, wenn Gafard einen Befehl gab? Die Antwort auf diese Frage ließ sich noch in dieser Nacht finden.

Als die Sonne untergegangen war und die Jungfrau mit dem Vielfältigen Lächeln den Himmel zu erklimmen begann, fing ich Duhrra ab, der mit dem Gedanken an neuen Dopa zur Infanterie aufbrechen wollte, und erzählte ihm von meinem Vorhaben.

Auf seinem dummen breiten Gesicht erschien ein gedehntes Grinsen. »Das wird auch Zeit, Herr! Ja – da mache ich mit, bei Zantristar der Gnädigen!«

»Wir nehmen beide Flugboote, dann ist es leichter. Das kleine steht dabei auf dem Deck des großen.«

Wir suchten Rüstung und Waffen zusammen, wie wir sie normalerweise für den Dienst brauchten, ließen im Zelt Schlafseide und Ersatzkleidung herumliegen, als wären wir nur vorübergehend fort. Ich wollte mir einen Ausweg lassen, falls der verdammte Voller doch noch Mucken zeigte.

Die Jungfrau mit dem Vielfältigen Lächeln war Kregens größter Mond und spendete mehr Licht, als wir eigentlich brauchten. Aber warten durfte ich nicht. Morgen schon konnte der König abfliegen. Ich konnte mich nicht mehr zurückhalten. Unbedachtheit und Tollkühnheit – das sind die Kennzeichen meiner eigenen Dummheit, ich gebe es zu.

Wir marschierten in aller Ruhe durch die Mondschatten zur Klippe hoch über dem Strand. In einem der abgetrennten Strandabschnitte waren die zairischen Gefangenen untergebracht.

Sie waren sicher an Pflöcken angekettet, die tief in den Sand geschlagen worden waren. Darin lag eine Chance: der Sand war lockerer als normale Erde. Ich hatte mir aus den Vorräten der Techniker vorsichtshalber ein Stück Eisen mitgebracht. Doch wir hatten Glück. Einer der Rapawächter, den Duhrra mit einem Schlag auf den Kopf ausschaltete, trug Schlüssel an einem großen Bronzering. Die Gefangenen zur Ruhe mahnend, ließen wir sie nacheinander frei. Sie umringten mich in den rosagoldenen Schatten und konnten es kaum fassen, daß sie frei waren.

»Ihr kommt aus Zandikar. Ich grüße euch. Jetzt vollbringen wir ein Jikai für Zair, und zwar in absoluter Stille.«

»Ich bin Ornol ti Zab, Ley-Hikdar, Dritter Offizier der *Wersting Zinna.*« Der Mann war untersetzt und wirkte abgebrüht, ein echter Seemann. »Wir folgen dir auf der Flucht. Aber – du und der Riese mit einer Hand tragt das Grün.«

»Aye, Hikdar, das stimmt«, sagte ich, »doch wenn es hier etwas Rotes gäbe, würden wir es gern anlegen! Bei Zair, ja!«

Es lagen Tote in den Dünen. Roter Stoff war vorhanden. Ich wand mir einen roten Streifen um die Hüfte, über das Grün, drapierte ein Ende über die grüne Tunika. Für mehr reichte die Zeit nicht. Lautlos schlichen wir durch den Sand. Der Hikdar ließ halten, als ich ihm die Hand auf die Schulter legte.

»Nicht dort entlang, Hikdar!«

»Aber dort liegt unser Ruderer, die *Wersting Zinna*«, gab er flüsternd zurück.

»Heute abend geht es um ein größeres Jikai. Hast du nicht die Flugboote landen sehen?«

Ihm stockte der Atem. »Aye – aye, das wäre ein großes Jikai in der Tat!«

Und so setzten wir unseren Weg in anderer Richtung fort.

Die Nachtwache an den beiden Vollern war gewechselt worden; jetzt waren Fristles im Dienst. Meine Meeres-Leems aus Zair kümmerten sich um die Fristles; die katzengesichtigen Diffs waren schnell ausgeschaltet, das Rot ergoß sich über das Grün.

Der Mond schimmerte auf den kunstvollen Verzierungen an der Reling des Heckganges. Der Schiffsrumpf wölbte sich machtvoll. Ja, dies war ein vorzügliches Flugboot, eine enorme Kampfmaschine der Lüfte. Wir schwärmten wie die Ameisen darüber hin, erstiegen die Decks und überraschten die Rest der Wache im Schlaf.

Bei diesem Kampf bewiesen die Männer aus Zandikar, was in ihnen steckte. Während der Auseinandersetzung mit den beiden Ruderern aus Gansk waren in ihren Reihen der Kapitän und der Schiffs-Hikdar ums Leben gekommen. Viele andere Kameraden waren mit den beiden aufgestiegen, um im Glanze Zims zur Rechten Zairs zu sitzen. Jetzt schickten sie mitleidlos etliche Grodnim zu den Eisgletschern Sicces.

Ein Geräusch hallte durch die Nacht. Das war bedauerlich, ließ sich aber anscheinend nicht vermeiden. Ich hastete zum Kontrolldeck und rief Duhrra zu, er solle sich überzeugen, daß alle an Bord seien. Die Kontrollen waren mir bekannt. Ich bewegte die Hebel, und wir stiegen in einer glatten, schnellen Bewegung empor. Der kleinere Voller war nicht an seinem Landeplatz; anscheinend hatte König Genod weitere Nachrichten ausgeschickt. Mir lief ein Schauder über den Rücken.

Wenn er nun den Voller selbst genommen hatte! Aber nein – nein, Zair würde mir keinen solchen Streich spielen! Ich folgte meinem ursprünglichen Plan und landete den Voller an der ersten Stelle, die mir aus der Luft geeignet erschien. Ich kannte die Gegend von meiner Arbeit als Bote und hatte mir einige kleine tiefe Schluchten ausgesucht, in denen der Voller vor fremden Blicken verborgen war. Im Fluge suchte ich mir noch schnell die beste Stelle aus und war überzeugt, daß das Schiff selbst von Bord des zweisitzigen Flugbootes aus nicht mehr gesehen werden konnte.

Hikdar Ornol ti Zab ließ von seinen Männern Äste und Gras herbeiholen und zur weiteren Tarnung über das Deck verteilen. Ihm gefiel mein Plan, sogar so sehr, daß er mich begleiten wollte. Doch ich wies ihn wie auch Duhrra zurück.

Die beiden maulten, obwohl sie natürlich wußten, daß ich allein mehr ausrichten konnte. Der Voller mußte geholt werden. Aber jezt kam das Problem.

Ich wollte mich schon auf den Weg machen, als Hikdar Ornol zu mir sagte: »In meiner Gruppe gibt es einen, der behauptet, er habe schon mal ein Flugboot gesehen. Er sagt sogar, er kann so ein Ding fliegen.«

Da ich es eilig hatte, widmete ich dieser Information, die eigentlich erstaunlich war, nicht die nötige Aufmerksamkeit. Der Hikdar fuhr fort: »Wenn du zwei Stunden vor Morgendämmerung nicht zurück bist, werden wir . . .«

Ich wußte, was er sagen wollte, und unterbrach ihn.

»Ihr laßt euch von dem jungen Burschen wegfliegen. Eine andere Möglichkeit gibt es nicht.«

»Aye«, sagte er mürrisch; eigentlich hatte er seine Männer in den Kampf führen wollen, um mich herauszuhauen. »Da hast du recht. Aber das täten wir nur sehr ungern.«

»Ich sage nicht Remberee.«

»Hai Jikai«, sagte er zu mir, und ich marschierte zum Lager zurück – zu König Genod und Gafard, dem Kämpfer des Königs, dem Meeres-Zhantil.

Natürlich herrschte hier helle Aufregung wegen des gestohlenen Vollers. Wachoffiziere liefen brüllend durcheinander, Fackeln warfen zuckendes Licht. Um so besser. Ich hätte beinahe vergessen, das rote Tuch abzureißen, ich stopfte es hastig unter meine grüne Tunika.

»Das waren die Cramphs aus Zair!« brüllte jemand.

In der Verwirrung müßte es mir ein leichtes sein, Genod und Gafard gefangenzunehmen. Ich stimmte in das Brüllen der anderen ein und ging durch die Menge langsam zum Zelt des Königs.

Doch der Mensch denkt, und Zair lenkt! Oder Opaz oder Djan. Was für ein Onker ich doch war! Ich konnte nur an den Jikai denken, an den Augenblick, da ich dem Ersten Abt der Krozairs nicht nur ein Flugboot aus Magdag mitbrachte, sondern auch Gafard, den bekanntesten Ghittawrer am Auge der Welt, und dazu dessen König, König Genod, das Genie aus dem bösen Magdag!

Das Zelt des Königs war hell erleuchtet. Ordonnanzen und Sectrixreiter warteten nervös davor. Ich marschierte zum Zelt, als würde ich erwartet.

Ich dachte – nun, das hieße jetzt zuviel sagen. Es mag genügen, daß ich ehrlich der Meinung war, ich könnte das mir gesteckte Ziel erreichen. Vielleicht wäre es ja wirklich möglich gewesen, hatte ich so etwas doch schon mehrmals geschafft.

Aber vielleicht hatten die Herren der Sterne wieder einmal ihre Hände im Spiel! Ich wußte es nicht. Ich weiß nur, daß eine Reihe unmöglicher erscheinender Ereignisse eintrat, nachdem ich mich an den ersten Wachen vorbeigeblufft und das Vorzelt betreten hatte.

Hier standen mehr Männer, als sich durch den Verlust des Vollers allein erklären ließ, Männer, die eigentlich auf der Suche nach dem Flugboot des Königs hätten sein sollen.

Ich hörte einen Mann rufen: »Ich sage dir, es ist die Wahrheit! Ich habe ihn gesehen. Ich habe gesehen, wie er die Flanke des Flugboots erklomm! Der Mond schien ihm ins Gesicht. Er trug das Rot. Dieses Teufelsgesicht würde ich überall wiedererkennen, hat er mir nicht vor vielen, vielen Jahren diese Narbe verpaßt?«

Ich erstarrte in der Menge, unfähig, weiter vorzudringen.

»Es war der berüchtigte Krozair! Pur Dray! Der Lord von Strombor! Er ist von den Toten zurückgekehrt!«

Andere Männer fragten lautstark, wie Golitas davon so überzeugt sein könne, und Golitas gab unwirsch zurück, er kenne doch, bei Goyt, den bekanntesten Krozair am Auge der Welt, wenn er ihn sähe!

Diese Entwicklung erschwerte meine Lage. Golitas mußte zusammen mit dem König eingetroffen sein, denn er hatte nicht zur Lagerbesatzung gehört. Es war jetzt ratsam, mir das weiße Tuch vor das Gesicht zu binden, doch meine tastenden Finger fanden nichts. Natürlich – ich hatte das verdammte Ding irgendwo verloren.

Das war schlimm genug. Doch im nächsten Augenblick – und ich schwöre, ich war so wütend, daß ich beinahe etwas getan hätte, was ich die mir zugedachten tausend Jahre lang bedauert hätte – im nächsten Moment hörte ich zwei Stimmen. Ich traute meinen Ohren nicht, ich glaubte nicht richtig zu hören, denn sie gehörten in ein andere Leben und an einen anderen Ort, den Problemen des Binnenmeeres um viele Dwaburs entrückt.

Die erste Stimme erhob sich zum Gebell eines Numim: »Was für ein Haufen Onker, bei Krun! Die Kerle können nicht mal einen Voller bewachen, den die Herrscherin Thyllis in freundschaftlicher Verbundenheit ausgeliehen hat!«

Und die andere Stimme erhob sich zu einem vertrauten Singsang: »Ein hübsches Leemsnest, Wees! Wir können doch nicht die ganze Strecke nach Hause zu Fuß zurücklegen, oder, mein Freund?«

14

Rees und Chido!

Unglaublich! Unmöglich! Aber wahr.

Die Menge geriet in Bewegung, als Wächter eine Gasse bildeten. In diesem Durcheinander war Rees' kräftige Stimme wieder zu hören. Er war aufgeregt.

Aber was hatten Rees und Chido hier zu tun, hier am Auge der Welt, fern von Ruathytu in Hamal? Sie mußten zur Vollerbesatzung gehört haben. Eine andere Erklärung gab es nicht. Ich hielt mich im Hintergrund.

Sie hatten mich gut zwanzig Jahre lang nicht gesehen, doch ich bezweifle nicht, daß sie mich wiedererkennen würden. Sie würden sofort wissen, wer ich war. Und ihre Überraschung würde nicht geringer sein als meine.

Sie kannten mich als Hamum ham Farthytu, den Amak des Palinetals. Nicht bekannt war ihnen, daß dieser Hamum, den sie zum Schwertkämpfer hatten ausbilden wollen, mit dem Prinz Majister von Vallia identisch war.

Welche Gedanken stürmten mir in diesem Augenblick durch den Kopf! Ganz automatisch war ich zurückgetreten. Der Onker Golitas wiederholte noch immer, daß er den Lord Strombor eindeutig erkannt habe.

Ich war ehrlich froh, daß Rees und Chido noch am Leben waren! Nach der Schlacht von Jholaix, in deren Verlauf Vallia die hamalische Armee des Nordens ausgelöscht hatte, konnte ihnen sonst etwas zugestoßen sein. Vielleicht standen sie wieder in der Gunst der Herrscherin Thyllis. Wenn das stimmte, waren sie Vallia noch feindlicher gesonnen als vorher ...

Von der Menge, die den hohen Würdenträgern Platz machte, wurde ich gegen einen Zeltpfahl gedrückt. Durch eine Lücke sah ich Rees, dann auch Chido.

Die beiden hatten sich nicht verändert.

Gewiß, einundzwanzig Jahre bedeuteten im Leben eines Kregers nicht viel, sobald er einmal erwachsen geworden ist. Die riesige rote Mähne kennzeichnete Rees als Numim, als Löwenmenschen. Das breite Löwengesicht war ärgerlich verzogen, und seine braunen Augen funkelten im Licht. Und Chido schien wie immer vor Erregung platzen zu wollen, sein kinnloses Gesicht und die hervortretenden Augen ließen unzählige Erinnerungen in mir aufsteigen. Guter alter Chido!

Wenn sie mich sahen, würde es eine große Szene geben. Wie hatten sie sich das Verschwinden ihres Freundes und Schwertkameraden Hamum erklärt?

Hinter Rees erblickte ich einen schwarzhaarigen Burschen mit einem harten, eckigen Gesicht. Über dieses Gesicht zog sich eine blutrote Narbe. Das mußte Golitas sein.

Wenn er mich entdeckte, steckte ich in der Klemme. Daraus mochte sich eine interessante Szene entwickeln.

Vielleicht, vielleicht hätte ich es riskiert. Denn wenn Golitas plötzlich sein Schwert zog und sich auf mich stürzte, mochten Rees und Chido sich im ersten Schock auf meine Seite schlagen.

Konnte sein. Doch aus irgendeinem Grunde nahm ich nicht an, daß es so kommen würde.

Meinen ersten Wiedersehensschock hatte ich überwunden und machte mir klar, daß ich meine Identität als Amak aus dem Palinetal nicht aufs Spiel setzen wollte.

Ich wandte den Kopf ab. Ja, ich, Gadak, wandte mich ab.

Auf einem Tisch lag ein Haufen Mäntel und Umhänge und Halstücher von Offizieren und Adjutanten. Ich nahm ein grünes Tuch an mich und bedeckte mir damit das Gesicht. Ich will nicht verheimlichen, daß ich mich in diesem Augenblick selbst verachtete. Doch von meinem Verhalten hing jetzt viel ab; meine Freiheit jetzt bedeutete mir mehr als die Freiheit, die mir oft genommen worden war – sie bedeutete, daß ich dem Auge der Welt den Rücken kehren und zu Delia zurückkehren konnte. Das mußte an erster Stelle stehen.

Ich glaubte mir auch zusammenreimen zu können, warum Rees und Chido mit dem Voller für König Genod ans Binnenmeer gekommen waren. Zweifellos hatten sie sich ein großes Abenteuer erhofft, nachdem das friedliche Hamal keine interessante Abwechslung mehr bot. Waren Rees' Ländereien des Goldenen Windes beschlagnahmt worden? Wie ging es Saffi, seiner Tochter, dem großartigen Löwenmädchen, das ich vor den Menschenjägern von Faol gerettet hatte?

Die Bewegung der Menge, mein Zögern, meine Gedankenlosigkeit – dies alles verschwor sich gegen mich und machte mein Vorhaben zunichte.

Chido gestikulierte heftig, und Rees schritt stolz durch das Zelt, so bewegten sie sich an mir vorbei und traten ins Mondlicht hinaus. Ich nahm mich zusammen. Gleich würde Golitas hinaustreten. Würde sich, wenn er fort war, die Chance bieten, Gafard und den König zu entführen?

»Ah, Gadak, du hast mir gerade gefehlt!«

Ich fuhr herum, und meine Hand fiel auf den Griff des Langschwerts.

Gafard starrte mich an und dann an mir vorbei auf die anderen im Vorraum des Zelts.

»Ihr alle! Hinaus, macht euch auf die Suche! Der König ist erzürnt. Das Flugboot ist gestohlen worden – von niemand anderem als Pur Dray, dem großen Krozair! Bewegung!«

Er bemerkte meine Handbewegung.

»Ja, Gadak. Es ist der Augenblick gekommen, zum Schwert zu greifen – doch erst wenn wir das Flugboot gefunden haben.«

»Jawohl, Gernu!«

Wie leicht fiel es mir, als Grodnim zu reagieren, in deren Mitte ich die letzten Monate verbracht hatte.

Vor dem Zelt drängten sich zahlreiche Männer, Apim und Diff. Bogenschützen standen mit aufgelegten Pfeilen bereit; sie gehörten zur Abschirmung des Königs. Die Nachricht, daß der Lord von Strombor gesehen worden sei, veranlaßte alle, erbebend zu den Waffen zu greifen.

Seit dem Augenblick, da ich in das Zelt eindrang und Rees' Numim-Brüllen hörte, bis zu Gafards Befehl, die Suche zu beginnen, war nur ganz kurze Zeit vergangen. Alles war etwas überstürzt gekommen. Meinen Plan mußte ich aufgeben. Ich hatte keine Chance, Gafard gefangenzunehmen, geschweige denn den König.

Wenn ich Gafard die Klinge an die Kehle legte, um zum König vorzudringen, würden mich die Bogenschützen mit ihren Pfeilen spicken, und wenn Gafard dabei umkam, so war das eben der Preis, den Grodno forderte. Das einzige Argument, das in dieser Lage ziehen würde, war das Leben König Genods selbst.

»Steht hier nicht so herum, ihr Calsanys!« brüllte Gafard, der sicher harte Worte von Genod zu hören bekommen hatte. »Schtump!« brüllte er, ein beleidigendes Wort, mit dem Untergebene zur Eile angetrieben wurden.

Gafard verzichtete darauf, eine Strafe anzudrohen für den Fall, daß das Flugboot nicht gefunden wurde; er war klug genug, um realistisch zu sein. Wenn das Flugboot schneller als eine galoppierende Sectrix durch die Luft rasen konnte, mußte es längst fort sein.

Als wir in den Sattel stiegen, unterdrückte ich die Verwünschungen, die mir über die Lippen kommen wollten. Nicht aus Feigheit hatte ich mich im Zelt zurückgehalten, sondern aus Vorsicht; trotzdem hatte ich das Gefühl, meine Krozairbrüder im Stich gelassen zu haben.

Ich verdrängte die beunruhigenden Gedanken über mein Versagen und ritt mit den anderen in die Dunkelheit hinaus – gering waren unsere Chancen, den Voller zu finden, das kann ich bestätigen.

Die Fackeln warfen unruhiges Licht zwischen die Schatten,

Männer brüllten, und es herrschte ein ziemliches Durcheinander. Ich ergriff die erstbeste Gelegenheit, mich in der Dunkelheit zu verdrücken, um zum Versteck des Vollers zurückzukehren. Niemand folgte mir.

Die wesentlichen Punkte meines Plans hatte ich nicht verwirklichen können. Ich kehrte ohne den König und ohne Gafard zurück. Der zweite Teil des Vorhabens konnte aber noch klappen. Ich konnte mit dem Voller über das Binnenmeer fliegen und dort den Konvoi mit den Vorräten für die Grodnim-Armee angreifen und versenken.

Nun, damit ließ sich zumindest ein Teil meines Jikai retten.

Mit einem Voller dieser Qualität war diese Situation ohne weiteres zu bewältigen.

Großartige Ideen schossen mir durch den Kopf. Ich spürte einen verrückten Anflug von Macht, geradezu ein Fieber. Mit dem Flugboot konnte ich mich zum Herrn an dieser Küste aufschwingen und alle Pläne Genods zunichte machen.

Die Grodnim hatten keine Varters, die gegen Voller eingesetzt werden konnten. Die Armeen der Unwirtlichen Gebiete Havilfars führten Artillerie mit, die Pfeile senkrecht nach oben schießen und angreifende Luftschiffe aufs Korn nehmen konnten. Solche Geräte waren am Binnenmeer unbekannt. Niemand würde sich mir in den Weg stellen können.

Bilder der Macht schwirrten vor meinem inneren Auge, als ich die Stelle erreichte, an der der Voller versteckt worden war.

Ich ritt sehr vorsichtig weiter, denn an Bord des Flugboots befanden sich zahlreiche Waffen. Ich hatte keine Lust, einen Pfeil abzubekommen.

»Duhrra! Hikdar Ornol!« rief ich leise.

Die Tarnung war vorzüglich. Die Nik-nik-Büsche verhüllten alles. Meine Sectrix trabte weiter; ihre Hufschläge waren auf dem sandigen Boden kaum zu hören.

Das rosagoldene Mondlicht umgab mich. Wieder rief ich, diesmal lauter.

Keine Antwort. Nichts.

Der Voller war verschwunden!

Wie lange ich dort hin und her ritt und fluchend mit meinem Schwert auf die Büsche einschlug, weiß ich nicht mehr.

Endlich drang die Erkenntnis zu mir durch, daß der Voller tatsächlich fortgeflogen war. Ich konnte nicht mehr fluchen. Ein letztes Mal galoppierte ich durch die Senke.

Duhrra und die Männer aus Zandikar waren fort.

Ich war allein.

15

»Die Onker laufen in ihr Verderben!« sagte Gafard voller Zufriedenheit.

Wir saßen im Sattel unserer Sectrixes auf einer leichten Anhöhe der von Nik-nik-Büschen bedeckten Klippen. Zu unserer Linken lag funkelnd das Meer. Das Land zur Rechten streckte sich flach und langweilig einem fernen Horizont entgegen, an dem die Hitze alle Umrisse zu wabernden Gespenstern machte. Der Wind trieb Sandwirbel dahin.

In der Tiefe, knapp eine halbe Dwabur entfernt, marschierten zairische Kolonnen in Richtung Westen. Wie großartig sie aussahen mit den zahllosen roten Bannern und dem Funkeln der Sonne auf Waffen und Rüstungen! Sectrix-Kavallerie sicherte die Flanken, die Infanterie marschierte in der Mitte. Immer weiter rückten sie vor, eine mächtige Armee aus den Festungsstädten Pynzalo und Zimuzz, aus den Binnenstädten Jikmarz und Rozilloi und aus den zahlreichen Dörfern der fruchtbaren Gebiete.

Ich erkannte viele der stolzen, herausfordernden Symbole auf den Bannern. Gerechtigkeit und Hoffnung marschierten dort unten, Stolz und Ehre.

In der Armee entdeckte ich nur eine kleine Truppe Krozairreiter. Ich vermutete, daß der größte Teil der Krzy im Westen mit Pur Zenkiren und den Generälen der vereinten Armee kämpfte.

Mein Herz schlug schneller, als ich die großartige Armee auf die massierten grünen Banner zurücken sah.

Gafard, der Kämpfer des Königs, saß auf seiner Sectrix, lachte leise vor sich hin und zerrte immer wieder an seinem schwarzen Bart. Nach den ursprünglichen Befehlen, die die magdagsche Armee in die vorgesehenen Positionen brachte, hatte er keine weiteren Anweisungen mehr erteilt.

Zwei Sennächte waren seit meinem katastrophalen Entführungsversuch vergangen, seit der Nacht, da der berühmte Krozair, der Lord von Strombor, den Voller des Königs stahl. Obwohl man fleißig danach Ausschau hielt, war das Schiff noch nicht wieder gesichtet worden.

Ich hatte gehofft, das Flugboot über den zairischen Truppen wiederzuentdecken. Die Zairer hatten wie die Teufel geschuftet, diese Armee zusammenzustellen, um die Armeen des Westens zu unterstützen. Jetzt waren wir der Truppe plötzlich in den Weg getreten. Die Roten griffen zielstrebig an. So reagierten sie nun mal darauf, wenn die Grünen Grodnos an ihrer Küste Fuß gefaßt hatten.

Gafard hatte seinen Plan, Pynzalo anzugreifen, aufgegeben.

Die Garnison der Stadt war in der nun aufmarschierenden zairischen Armee enthalten. »So sparen sie uns viel Mühe und viele Männer«, hatte er gesagt und bestimmt, daß ich ihn zusammen mit Nalge, Nath, Insur, Gontar und Gerigan in den Kampf begleiten sollte.

»Möchte wissen«, sagte Gontar jetzt, »ob der Lord von Strombor heute unter den Onkern ist!«

»Hoffentlich«, antwortete Gafard, der Meeres-Zhantil, »ist er es nicht.«

Natürlich sahen Gafards Männer in diesen Worten eine andere Bedeutung als ich; ich warf dem General einen schnellen Seitenblick zu und deutete seine Hoffnung anders. Er hoffte, daß Pur Dray nicht einem achtlosen Lanzenstoß zum Opfer fiel. Gafard wollte vielmehr persönlich gegen den großen Krozair antreten, so vermutete ich jedenfalls.

Ich mußte in aller Fairneß zugeben, daß ich allmählich nicht nur die Besessenheit der verdammten Grodnim gegenüber Pur Dray teilte und ihn in der dritten Person sah, sondern auch sehr überrascht war, daß seine Legende noch fünfzig Jahre später so sehr verbreitet war. Ich konnte mir kaum vorstellen, daß am Auge der Welt seither kein anderer Krozair einen vergleichbaren Bekanntheitsgrad erreicht hatte.

Die Wirklichkeit lag wohl in dem Umstand, daß Gafard mit seinem leidenschaftlichen Interesse, das allgemein bekannt war, die Geschichten über den Lord von Strombor nicht in Vergessenheit geraten ließ. Nachdem nun Pur Dray ins Leben zurückgekehrt und von den Krzy zum Apushniad erklärt worden war, und nachdem man ihn tatsächlich gesichtet hatte, summte es im Lager natürlich von Mutmaßungen und Gerüchten.

In der Faszination gegenüber einem Roten Krozair lag bei den Oberherren der Grünen sicher auch das unangenehme Wissen, daß Pur Dray die geheimen schrecklichen Riten kannte, die sich in den Megalithen zur Zeit des Großen Todes abspielten, in der kurzen Zeit, da die rote Sonne die grüne verdeckt. Wenn man vernünftig darüber nachdachte und darauf verzichtete, den Amüsierten oder Zynischen zu spielen – was eben zu einfach gewesen wäre –, waren der Name und die Taten Pur Drays, des Lord von Strombor, Krozair von Zy, von einer schrecklichen und bösen Aura umgeben.

Die Truppen der Roten marschierten mit wehenden Bannern weiter. Die Armee der Grünen wartete stumm, und ihre grünen Flaggen bewegten sich nicht weniger eindrucksvoll im Schein der Sonnen.

Gafard schätzte die Entfernungen ab. Wir alle sahen die Unruhe der Roten Kavallerie auf den Flügeln. Die Reiter würden jeden Augenblick angreifen, ein Strom gepanzerter Männer, der gegen die Reihen der Grünen Infanteristen anrollte. Vor diesen Infanteristen aber stand eine schimmernde schräge Mauer aus Lanzenspitzen.

Ich kannte die Formation dort unten auf dem Sandboden. Ich hatte sie selbst geschaffen. Die Massiertheit der Lanzen in der starken Phalanx sollte den Schock des Kavallerieangriffs auffangen. Die Hellebardiere und Schwertkämpfer sollten die Lanzenträger vor den anderen Schwertkämpfern schützen. Dazu die Keile der Armbrustschützen, die in gesteuertem Rhythmus ihre Pfeile verschossen. Und die Schilde – jene Feiglingswaffe – die Schilde sollten die Männer schützen und die Geschosse der kurzen geraden Bögen und Armbrüste des Feindes ablenken. O ja, ich hatte diese Kampfmaschine entworfen, um die wohlgerüsteten Oberherren Magdags zu vernichten. Jetzt gebrauchten dieselben teuflischen Oberherren mein Kampfgerät, neugebildet mit eigenen Swods, um meine Kameraden in Zair zu schlagen. Ich kann Ihnen sagen, meine Gedanken waren in diesem Augenblick wahrhaft düster. Dennoch hoffte ich, daß die Zairer siegen würden.

Ich wußte, was meine Arbeit wert war, ich kannte das Genie Genod Gannius' und ahnte voller Qual und Reue den Ausgang des Kampfes voraus.

Was ich tun würde, stand bereits fest; diesmal sollte mich nichts davon abhalten.

Das rote Tuch steckte in meiner Tunika. Ich wollte das Rot anlegen, mein Langschwert ziehen und die Lanzenträger von hinten angreifen, sobald der Angriff rollte. Vielleicht gab es dann eine kleine Chance für die Krozairs, die Roten Brüder, die Krieger Zairs. Die Chance war denkbar gering; trotzdem konnte ich nicht anders.

Plötzlich zuckte ein Schatten über den Boden, wir blickten hoch und sahen den zweisitzigen Voller mit König Gannius in einer prachtvollen grüngoldenen Rüstung; er beugte sich über die Flanke und ermutigte seine Truppen.

Wenn er Brandgeschosse dort oben hatte . . .

Die Armee der Grünen stieß ein dumpfes Willkommensgebrüll aus. Die Roten antworteten mit trotzigem Geschrei. »Grodno! Zair! Grün! Rot!« So hallte es durcheinander.

Die zairische Kavallerie griff an, eine Sturzflut aus roten Bannern, die sich auf die Masse der Piken zuwälzte. Ich zügelte Blaue Wolke ein Stück hinter den anderen Adjutanten Gafards. Sie hatten sich in den Steigbügeln aufgestellt, um das Drama unter uns besser verfolgen zu können. Jetzt war der Augenblick gekommen, das Rot anzulegen und hinabzupreschen. Das mochte zwar kein Jikai sein, doch bei den Krozairrufen, die zu mir heraufschallten, und dem Engagement der Roten konnte ich nicht anders . . .

Aus dem Augenwinkel nahm ich einen Schatten wahr und drehte mich hastig um, das rote Tuch halb hervorgezogen.

Ein Pachak, dem ein Arm als blutiger Stumpf herabhing, war zu Gafard geritten. »Mein Herr – Verrat – wir wurden überrascht – getötet – Männer in Schwarz . . .«

Der Pachak stürzte aus dem Sattel seiner erschöpften Hebra.

Gafard hob den Kopf und stieß einen Schrei aus.

Ich schob das rote Tuch in mein Gewand zurück und trieb Blaue Wolke an.

»Gadak! Dir traue ich. Nimm Grogor! Nath ti Hagon! Nimm dir Männer – egal, wen, und reite los, Gadak! Meine Frau der Sterne – meine Perle, mein Liebling . . . reite, Gadak! Reite so, wie du mich liebst!«

Ich liebte den Teufel zwar nicht, doch die Frau der Sterne – das war etwas anderes.

Was weiß ich heute noch über meine Gedanken und Gefühle jenes Moments? Ich wußte, daß die zairische Armee unter mir verloren war, denn ich hatte das Instrument ihrer Vernichtung selbst geschaffen. Doch es würde andere Gelegenheiten geben, andere Schlachten.

Auch im nachhinein bedaure ich meine Entscheidung für die Frau nicht. Hätte ich nur Zauberkräfte besessen! Doch ich bin ein sterblicher Mensch, und die Fantasievorstellung der abrupt erfüllten Wünsche gehört in die kregischen Mythen und Legenden und nicht in die krasse Wirklichkeit dieser schönen und schrecklichen Welt unter den Sonnen von Scorpio.

Ich ritt los.

Grogor, Gafards Stellvertreter, zögerte keinen Augenblick lang. Er gab einer Abteilung Sectrixreiter, ausgewählten Apim und Diffs, einen knappen Befehl, riß sein Tier herum und war mit flatternder Mähne und wehenden Federn losgeprescht. Wir verständigten noch Nath ti Hagon, Gafards Schiffs-Hikdar, und ritten dann als geschlossene Gruppe vom Schlachtfeld. Wir ließen den Kampf hinter uns, die sichere Niederlage der Roten, die der geniale König Genod die Schlacht von Pynzalo nannte.

Wo immer Gafard seine geliebte Frau auch versteckt hatte, die Schwarzgekleideten hatten sie gefunden. Eine Hoffnung blieb mir allerdings. Der Voller war von Genod selbst gesteuert worden, und er hatte sich über dem Schlachtfeld aufgehalten. So ging der Kampf gegen Männer, die Sectrixes ritten wie wir.

Doch in einem Detail war meine Beurteilung der Lage falsch.

Wir galoppierten durch das fast verlassene Lager, den Troß durcheinanderwirbelnd. Wir rasten an den Reihen der Zelte vorbei. Ich hatte mit Blaue Wolke die Spitze übernommen.

Der Pachak, der Gafard gewarnt hatte, mußte nicht nur mutig, sondern auch sehr intelligent gewesen sein. Er hatte gekämpft, bis er erkannte, daß die Lage hoffnungslos war. Dann hatte er nicht etwa weitergemacht und sein Leben sinnlos verschwendet, sondern war geflohen, um den Kämpfer des Königs zu unterrichten. Kurz hinter dem Lager sahen wir plötzlich einige grüne Mäntel im Winde wehen. Eine Gruppe Sectrixreiter bewegte sich die Dünenhänge hinab, ihr Ziel war offensichtlich der Strand. Ein Ruderer wartete dort, die Heckleiter war herabgelassen. Unter den grünen Umhängen sah ich nicht das übliche Weiß oder Grün oder das Aufblitzen eines Kettengewebes, sondern schwarzen Stoff.

Grogor machte dieselbe Beobachtung und stieß einen Schrei aus. Schon rasten wir in wahnwitzigem Galopp über die Dünenhöhen und die Sandhänge hinab. Riesige Sandwolken wurden von den Hufen aufgewirbelt.

Irgendwie schaffte es Blaue Wolke, auf ihren sechs Beinen zu bleiben. So erreichten wir den Strand. Ich riß mein Langschwert heraus, das Ghittawrer-Schwert mit dem abgeschliffenen Symbol, und galoppierte über den festen Sand.

Die Schwarzgekleideten sahen uns kommen.

In ihrer Gruppe gab es eine Auseinandersetzung.

Grogor und Nath ritten auf gleicher Höhe mit mir. Unsere drei Schwerter ragten nach vorn, versprachen dreifache Rache.

Die Schwarzgekleideten versuchten sich zum Kampf zu formieren.

Nur wenige Männer hätten sich in diesem vom Zorn beherrschten Augenblick gegen uns behaupten können.

In den Sekunden vor dem Kampf erblickte ich die Frau der Sterne.

Sie führte mit der Rechten einen langen schmalen Dolch und holte damit einen Entführer aus dem Sattel. Dann fuhr sie zu einem anderen herum, der sie aufzuspießen versuchte. Sie parierte seinen Angriff – großartig! –, täuschte und traf den Rast ins Auge. Schreiend stürzte er zu Boden, doch schon hatten wir die Gruppe erreicht. Unser Zorn war groß.

Die Langschwerter wirbelten totbringend, trafen ihr Ziel und suchten sich rot tropfend ein anderes Opfer.

Klinge klirrte gegen Klinge. Das Ghittawrer-Langschwert sang über meinem Kopf. Aye! Es sang, während es sein blutiges Werk tat. In wenigen Murs war alles vorbei. Wir waren außer Atem. Ich zog die Luft in großen Zügen ein, stieg ab und ging zu dem Mädchen, das im Sand lag. Ihr grüner Schleier war noch an Ort und Stelle; sie hatte ihn mit einer Hand festgehalten. Aber sie erkannte mich.

»Gadak! Nun hast du mich ein zweitesmal gerettet!«

»Du bist unverletzt?«

Sie stand auf und legte mir eine Hand auf die Schulter, die linke Hand. In der rechten blutbesudelten Hand hielt sie noch immer den juwelenbesetzten Dolch.

»Ich bin unverletzt. Sie wollten mich töten – zuletzt, als sie euch kommen sahen. Aber . . .«

»Ja, meine Dame. Du hast ein Jikai vollbracht. Ich habe es gesehen.« Dann lächelte ich, ich, der ich von der Natur mit einem mürrischen und häßlichen Gesicht ausgestattet bin. »Ich fühle mich an eine andere Dame erinnert.«

»Ich hätte angenommen . . .«, begann sie, unterbrach sich und warf den Dolch in den Sand. Sie nahm die Hand von meiner Schulter und richtete sich auf. Mit der sauberen Linken fuhr sie sich über das Haar. »Und mein Lord?« fragte sie, wie ich es nicht anders erwartet hatte. »Wie steht die Schlacht?«

»Die Schlacht wird erfolgreich verlaufen.«

Sie seufzte.

Sie war, wie ich, einst Anhänger Zairs gewesen.

Meine Männer untersuchten die Toten. Der Ruderer hatte abgelegt und entfernte sich mit heftigen Ruderschlägen über das Wasser.

Grogor drehte einen der Männer mit dem Fuß um und blickte mich von der Seite an.

Das braune Gesicht mit der roten Narbe war das Gesicht Golitas', der von Pur Dray entstellt worden war.

Wir hatten die Frau der Sterne für Gafard, den Meeres-Zhantil, gerettet; wir hatten sie vor König Genod bewahrt, und niemand konnte uns das vorwerfen. Außerdem lebte ein Mann nicht mehr, der mein Gesicht gekannt hatte. Doch neben der Sicherheit der Frau der Sterne war das unbedeutend.

16

Schwarze Magvögel kreisten am Himmel. Auf der Backbordseite glitt der kleinere Leuchtturm vorbei, der am Ende der Mole stand. Die Mauer schwang sich zur Seite fort und gab den Blick frei auf den weiten Außenhafen. Zwei Ruderer liefen gerade aus, die Segel gesetzt; auf den Decks herrschte das hektische Treiben, das in den ersten Burs jeder Fahrt üblich ist. Die *Volgodonts Klauen* wurde von langsamen, gleichmäßigen Ruderschlägen vorangetrieben.

Das Steintor, das in den Cothon, das innere Hafenbecken, führte, lag nun direkt vor unserer Ramme. Nath ti Hagon gab knappe Befehle an den Rudermeister in seiner Kabine und an die zwei Steuer-Deldars, die geschickt mit ihren Steuerrudern hantierten.

Zu der Gruppe, die bei mir auf dem Achterdeck stand, gehörte Gafard, der sich jedoch diesmal damit zufriedengab, seinem Ersten das Kommando zu überlassen. Das Wasser im Hafen war praktisch unbewegt. Die Zufahrt zum Cothon war erweitert worden, um Platz zu bieten für die ausgebreiteten Ruder eines Schiffes. Viele andere Hafenbecken haben nur schmale Zufahrten, so daß Galeeren von anderen Booten hindurchgeschleppt oder vom Kai aus getreidelt werden müssen.

Als wir die Enge hinter uns hatten, schrillten Pfeifen, der Trommel-Deldar ließ seinen Abschlußrhythmus erklingen, und alle Ruder hoben sich und verharrten ausgestreckt. Die Ruderer von der Bauart der *Volgodonts Klauen* liegen einigermaßen gerade im Wasser, im Gegensatz zu kleineren Schiffen, die so sehr schaukeln, daß man vorsichtig auftreten muß und die Ruder im Wasser bleiben, damit das Schiff nicht kentert.

Der Cothon war von langen, schrägen Schiffshangars gesäumt, schmalen Bauwerken, mit zwei Schiffsliegeplätzen unter einem Dach, dem Wasser zugeneigt. Kräne und Flaschenzüge sorgten dafür, daß die Ruderer aus dem Wasser gezogen werden und Sklaventrupps sich an die Arbeit machen konnten. Die offenen Fronten der Schuppen mit den verzierten Säulen und magdagschen Stützbögen ließen sich bei schlechtem Wetter mit Holztüren verschließen, und ihre dichten Reihen wirkten wie warme anheimelnde Nester. Kaum breiter als ein Ruderer, waren sie hundertundachtzig Fuß lang oder länger. Dies war nicht der Hafen des Königs. Die Schuppen dort waren natürlich größer. Das eindrucksvolle massive Gebäude dahinter, das beinahe wie ein Tempel aussah, war das Arsenal der Jikgernus – der Kriegerlords –, hier wurden die vielfältigen Versorgungsgüter gelagert, welche die Ruderer brauchten. Der Geruch dieses Hauses war unverkennbar.

Ein Stück zur Seite erhob sich über den Schiffsschuppen ein echter Tempel, der majestätisch im Sonnenlicht schimmerte. Von grünen Kacheln geschmückt, bot der Tempel des Meeresgottes Shorush-Tish einen herrrlichen Anblick. Der First der vielfältig gestalteten Dächer wurde von Marmordarstellungen zahlreicher Ruderer gekrönt, die fast ein Drittel der vollen Größe erreichten.

Diese Schiffe überragten Seeleute und Sklaven, die sich unten in den engen Gassen drängten.

Es ist bemerkenswert – wenigstens erschien es mir damals so –, daß der blauhaarige Meeresgott Shorush-Tish von den Grodnim und den Zairern gleichermaßen verehrt wurde. In allen anderen Glaubensdingen nahmen die Grünen und die Roten eine entgegengesetzte Position ein, obwohl sie einst aus derselben Glaubensrichtung hervorgegangen waren. Die Tempel zu Ehren Shorush-Tishs waren in allen Häfen im Norden und Süden zu finden. Sogar die Proconier errichteten Altäre für den Gott, der auch bei vielen Diffrassen im Nordosten des Auges der Welt verehrt wurde – und besondes an dem kleineren Meer, das als Onyxmeer bekannt ist, weil es dort viele Chalzedon-Bergwerke gibt.

Ein Kapitän, der vor einer Fahrt Shorush-Tish kein Opfer darbrachte, handelte sehr töricht.

Obwohl ich in Glaubensdingen eigene Wege ging, hatte ich mich diesem Brauch angepaßt. Schon viele Ringe und Schalen hatte ich den blaugekleideten Priestern Shorush-Tishs in seinem großen Tempel in Sanurkazz übergeben.

Die üblichen Landeformalitäten wurden erledigt. Die Sklaven wurden zu ihren Unterkünften gebracht. Sie würden bald einen anderen Schiffsplatz erhalten, denn Magdag war gezwungen, sich mit allen Kräften dem Krieg zu widmen.

Dennoch standen die Vorzeichen gut für König Genod und die Oberherren Magdags, für die ganze Grodnim-Allianz. Ich hatte mich inzwischen einigermaßen von der Serie der Katastrophe an der Südküste erholt. Nun waren wir nach Magdag zurückgekehrt. Für alle anderen bedeutete es die Heimkehr. Für mich die Chance, meine Pläne voranzutreiben, Pläne, die um den König, um Gafard und einen Voller kreisten.

König Genod hatte seine Schlacht von Pynzalo wirklich gewonnen. Es waren nur wenige Gefangene gemacht worden; darüber freute ich mich zwar, doch wußte ich, daß die Wahrheit im Sande verscharrt liegt oder auf der Flucht war nach Pynzalo und ins Hinterland. Diesen Kampf, das kann ich Ihnen versichern, habe ich gern versäumt.

Gafard sprach nicht von den Dingen, die sich zwischen ihm und Genod abspielten. Schließlich war ich, was ihn betraf, lediglich ein Renegat, den er zum Freund erhoben hatte, dem er Arbeit gab und der zufällig mit seiner Geliebten auf eine Art in Berührung gekommen war, welche er bisher mit dem Tod bestraft hatte. So hatte ich gewissermaßen eine privilegierte Position, soviel war klar, aber das ging nicht über Angelegenheiten seines Haushalts hinaus.

Er hatte der Gruppe, die die Frau der Sterne gerettet hatte, überreichlich und mit Gold gedankt. Wir wußten durchaus, was wir getan hatten; doch die Männer unter Grogors Kommando waren ausgesuchte Kämpfer, die Gafard persönlich ergeben waren. Niemand konnte dem Kämpfer des Königs vorwerfen, daß er schwarzgekleidete Mörder und Entführer getötet hatte.

Trotzdem gab Genod das Kommando über die Armee bei erster Gelegenheit an Genal Furneld, den Rog von Giddur, und rief Gafard nach Magdag zurück. Dieser Vorgang wurde der Armee gegenüber damit erklärt, daß Prinz Glycas in Kürze sowieso die Gesamtarmee übernehmen würde, während der Kämpfer des Königs für andere Aufgaben gebraucht wurde.

Genal Furneld war ein Oberherr Magdags von der unangenehmen Sorte, und ich ging ihm aus dem Weg. Er war kampfesdurstig an der Südküste eingetroffen. Die Armee hatte einen Mann wie ihn verdient. Gafard hatte sich nichts anmerken lassen und leichthin gesagt, Genal Furneld könne seinetwegen vor Pynzalo hockenbleiben und anfrieren. Niemand glaubte, daß der Neue die Stadt mit dem Schwung des Meeres-Zhantils erobern würde. Das hatte mich doch etwas aufgemuntert.

Die Frau der Sterne kehrte in ihre Gemächer im Turm der Wahren Zufriedenheit zurück, und Gafard unterstellte mich dem Kommando Grogors in seinem Wachbataillon.

Von Grogor erwartete ich nichts Gutes, doch der Mann überraschte mich. Er saß in dem kleinen Wachraum in der Maue neben dem Eingang zum Turm, ein karges, zweckmäßig eingerichtetes Zimmer.»Gadak, der einmal ein Zairer war, möge mir zuhören, und zwar gut.«

Ich hatte meine Pläne, sonst hätte ich ihn vielleicht niedergeschlagen. Doch seine nächsten Worte brachten mich ganz davon ab.

»Du hast mir einmal gesagt, Gadak, daß es dir nicht darum ginge, meinen Platz einzunehmen. Damals glaubte ich dir nicht, aber das war falsch.« Er griff nach einem Lederbeutel und trank glucksend. »Gesegnete Mutter –« Fluchend hielt er inne.

»Ja, es ist manchmal schwer«, sagte ich.

»Aye.«

»Ich diene unserer Dame. Das weißt du.«

Grogors schweißfeuchtes Gesicht erhellte sich. »Bei Grodno! War das nicht ein toller Kampf? Wir haben sie wie Leems in Stücke gerissen!«

»Dafür ist uns aber die Schlacht entgangen.«

Er blickte zu mir auf, denn ich hatte mich nicht gesetzt. »Aye. Na und?«

»Nichts. Nur scheinst du mir ein Mann zu sein, der einen guten Kampf liebt.«

»Allerdings.« Mit einem Kopfnicken deutete er auf die Tür, die in den Turm führte. »Und sollte jemand anderer als unser Herr oder Leute mit seinem Symbol durch die Tür da treten wollen, entbrennt ein Kampf auf Leben und Tod.«

»Das verstehe ich.«

»Gut. Es tut wirklich gut, daß wir uns verstehen.«

Ebenerdig gab es keinen Zugang in den Turm. Der einzige Weg führte durch den Wachraum in der Mauer. Und diesen Raum und die Umgebung des Turms bewachten wir.

Neben dem Wachraum befand sich eine zweite Kammer, in dem die abgelösten Wächter schlafen und ihre Ausrüstung säubern konnten. Hier roch es nach Spucke und Politur, nach Schweiß und zu fett gekochten Speisen. Eines Tages, so hatte mir Gafard angekündigt, würde er eine neue Wachkammer bauen lassen.

Ich ließ mich formell bei Gafard melden. Er empfing mich in der Waffenkammer, wo er eine neue Lieferung Genodder inspizierte.

»Du wolltest mich sprechen?«

»Aye, Gernu. Ich bewache den Turm und bin froh darüber, fühle mich geehrt . . .«

»Zur Sache!«

»Wir bewachen die Tür. Aber das Dach . . . wir alle haben ein gewisses Flugboot gesehen . . .«

Er ließ ein Kurzschwert auf den Tisch fallen.

»Bei Grodno! Kein ehrlicher Mann würde an so etwas denken – was nur beweist, daß du kein ehrlicher Mann bist und mir daher viel nützen kannst. Bei Goyt! Sollten es Onker wagen, sich wie Volgodonts auf mein Dach zu setzen, werden sie etwas erleben! Wir spießen die Rasts auf!«

Dies besagte natürlich nur, daß er nicht wie ich in einer Kultur gelebt hatte, in der Flugboote und Flugtiere alltäglich sind. Aus seiner Erfahrung heraus hätte er an eine solche Vorsichtsmaßnahme nicht gedacht. Jetzt jedoch ließ er das Dach sichern, wie man es in den Unwirtlichen Gebieten nicht besser hätte tun können.

Kregen ist bei all ihrer Schönheit eine harte, grausame Welt, und jeder einzelne muß hier für die Seinen sorgen, auch eine Frau. Ich hatte mich in letzter Zeit wenig darum gekümmert, glaubte mich aber auf meine Delia verlassen zu können. Sie hätte mir sicher beigepflichtet, daß ich richtig handelte, wenn ich die unbekannte Zairerin, die Frau der Sterne, zu schützen suchte.

Woher ich diese Gewißheit nahm, wußte ich eigentlich nicht. Ich habe nach bestem Vermögen zu erklären versucht, wie dieses

Mädchen auf mich wirkte, und obwohl ich Gafard eine Kopfnuß zu geben gedachte, sobald ich ihn und den König zusammen mit einem Voller erwischen konnte, würde ich bei dem Schlag wohl an sie denken.

Eines Abends trat ich meinen Dienst früher als sonst an; ich war unruhig und wollte von einigen Diffs loskommen, die schmutziges Jikaida spielten, was mir nicht gefiel. Ich wanderte an der Mauer entlang, dachte an Delia und hing allen möglichen Träumen nach. Die Tür zum Wachraum stand offen, ich trat ein und stolperte beinahe über den jungen Genal den Sommersprossigen. Er hatte eine klaffende Halswunde und lebte nicht mehr.

Im nächsten Augenblick hielt ich das Langschwert in der Rechten und eine Fackel in der anderen. Die Tür zum Schlafraum der Wächter war geschlossen und durch Balken von außen versperrt.

Drei schwarzgekleidete Männer fuhren bei meinem Eintreten herum und stürzten sich auf mich.

»Wächter! Wächter!« brüllte ich, ehe der Kampf richtig begann. »Zum Turm! Verrat!«

Dann stachen die Klingen zu und liefen klirrend aneinander entlang. Die drei waren erfahrene Kämpfer und wußten mit ihren Genoddern umzugehen. Sie hätten mich auch erwischt, wäre ich nicht auf den Gedanken gekommen, mein Kurzschwert zu ziehen und es nach Art einer Main-Gauche zu schleudern. Mit einem Langschwert in der anderen Hand war das keine Kleinigkeit, doch schon bekam der zweite Mann die lange Klinge in den Hals, und der dritte schrie auf und versuchte zu fliehen, doch ich hieb ihn von hinten nieder. Der erste Gegner wälzte sich noch am Boden, von dem Kurzschwert getroffen, das ich geworfen hatte. Er sackte zusammen, als Grogor aus dem Hof hereinstürzte.

»Nach oben, Grogor!« brüllte ich.

Wir nahmen die Balken von der Tür, und die Männer, nervös gemacht durch den Kampflärm und von der verschlossenen Tür, stürmten heraus. In einer einzigen Woge des Zorns rannten wir die Treppe hinauf. Der Kampf dauerte nicht lange. Die Entführer hatten drei Mann im Wachraum zurückgelassen; drei andere waren oben. Wir ließen keine Gnade walten. Wir wollten sie nicht verhören. Wir wußten nur zu gut, wer sie geschickt hatte.

Bei dieser Gelegenheit sah ich die Frau nicht, denn sie hatte ihren Dolch genommen und ihre Privatgemächer unter dem Dach aufgesucht. Wir erwischten die Entführer, die aber zuvor noch ein hübsches Numim-Mädchen töten konnten. Ich fluchte. Wir kehrten nach unten zurück, sobald uns eine Apim-Zofe der Frau der Sterne versichert hatte, daß alles in Ordnung sei, und schafften die sechs Leichen fort.

Mit zuckendem Gesicht eilte Gafard gleich darauf die Treppe hinauf. Als er zurückkehrte, war er bleich vor Zorn. Ich fragte mich, was er tun würde. Eigentlich konnte er nichts unternehmen, außer dem König mit einer wohlformulierten Meldung das Mädchen zu übersenden.

»Der König stürzt sich in Unkosten«, sagte er.

»Mehr nicht.

Ich glaube, in diesem Augenblick bewunderte ich ihn mehr als je zuvor. Nach diesem Zwischenfall paßten wir natürlich noch besser auf.

Drei Tage später wurde ich von Gafard mit einem Auftrag in die Stadt geschickt; so etwas gehörte zu meinen Pflichten als Adjutant. Er hatte ein Perlenhalsband bestellt, ein Perlencollier für sein Mädchen, und ich sollte das Gold für die Fassungen und Klammern abgeben.

Die Märkte Magdags sind ein seltsamer Ort, voller Treiben, wie man es von solchen Gassen kennt, doch ohne die bunte, fröhliche Art der sanurkazzischen Handelsplätze. Düster waren diese Magdager, die ihre Arbeit von Sklaven verrichten ließen, die Befehle gaben und die Peitsche schwangen, »Grak!« brüllten und alle Gewinne einsteckten. Sie verstehen sich vorzüglich auf das Bearbeiten von Leder, das allerdings gegenüber der sanurkazzischen Lederqualität abfällt. Ich fand die Arkade der Juweliere und den richtigen Laden, der vergitterte Fenster und eine schmale Tür hatte. Als das Geschäftliche erledigt war, trat ich ins Freie; dabei neigte ich den Kopf, um nicht an der niedrigen magdagschen Tür anzustoßen. Im nächsten Augenblick erschien eine Dolchspitze vor meinem Hals, eine Hand umfaßte meinen Arm, und eine Stimme sagte: »Wir wollen dir nichts tun, Dom. Folge uns ohne Aufsehen.«

Normalerweise hätte ich mich darauf nicht eingelassen. Und ich versuchte es auch: ich trat in die Richtung, aus der die Stimme erklungen war, wich dem Messer aus und zerrte einen kreischenden und sich erbrechenden Burschen über das Pflaster nach draußen – doch dann entdeckte ich einen Mann, der mit einer gespannten Armbrust auf meinen Unterleib zielte.

»Wir haben gesagt, wir würden dir nichts tun, Gadak. Wir haben ein Anliegen an dich, das du lieber nicht mißachten solltest. Du begleitest uns jetzt.«

Ein dritter Mann, der wie die anderen eine grünweiße Robe und einen hohen weißen Turban trug, näherte sich und zischte mir ins Ohr: »Du bist ein Onker! Es geht um einen Auftrag des Königs!«

Im gleichen Augenblick sah ich die nächsten Burs klar vor mir – und es war keine sehr schöne Aussicht.

Wenn man mich erkannt hatte – aber das Risiko war eigentlich sehr gering. Auf unserem Marsch durch die belebten Straßen hätte ich mich mehrfach verdrücken können, doch ich tat es nicht. Ich war davon überzeugt, daß der narbengesichtige Golitas mich nur wegen der grellen Beleuchtung erkannt hatte. Ein Blick aus dem Augenwinkel und ein greller Blitz zeigen oft mehr als der längste Blick. Unterwegs befeuchtete ich also meinen Schnurrbart und zog die Spitzen noch mehr herab. Nein – ich nahm nicht an, daß der König mich sprechen wollte, weil man in mir den Erzfeind Magdags erkannt hatte, den berüchtigten Krozair Pur Dray.

Das Haus, in das ich geführt wurde, befand sich nicht in der Nähe des Palasts; die hohe Majestät machte sich mit solchen Dingen nicht die Hände schmutzig. Der Mann, der mir seine Wünsche offenbarte, hatte einen rundlichen Bauch, Augen mit dicken Tränensäcken und einen traurigen Bart. Er stellte sich als Nogden der Getreue vor, und man brauchte wirklich kein Genie zu sein, um zu erkennen, was die Cramphs von mir wollten.

Ich sollte dafür sorgen, daß die Wachraumtüren offenstanden, ich sollte den Entführern den Weg freimachen – doch diesmal sollte alles besser klappen. Natürlich wußte Nodgen der Getreue nicht, was aus seiner ersten Entführergruppe geworden war. Ich sagte ihm nur, daß die Männer alle umgekommen waren.

»Dann geht es diesmal um deinen Hals, Gadak. Wir kennen dich, Überläufer. Du würdest deine Seele für einen Ob verkaufen!«

Das konnte sein – doch nicht auf der Erde und auch nicht auf Kregen.

»Und der junge Genal der Sommersprossige? Werdet ihr mit mir umspringen wie mit ihm, nachdem er euch die Tür aufgemacht hatte?«

»Er war ein Onker. Er hätte geredet.«

»Und ich tue das nicht?«

Er war ärgerlich. Am besten verfolgte ich dieses Thema nicht weiter, sonst mochte er mich vorzeitig aus meiner Verpflichtung entlassen – mit einer kostenlosen Passage zu den Eisgletschern Sicces. So erklärte ich mich einverstanden. Immerhin saßen diese Männer am längeren Hebel.

»Wenn du uns verrätst, endest du auf den Ruderbänken und schuftest dir die Seele aus dem Leib . . . Es würde dir nicht gefallen, das kann ich dir versichern.«

»Woher willst du das wissen?« setzte ich an. Doch ich verzichtete auf den Zusatz: Elender Dickwanst!

Wir schlossen unseren Handel ab. Fünfzig Goldruder. Ein stolzer Preis. Ich preßte den Männern eine Anzahlung von zehn Goldrudern ab. Zweifellos gingen sie davon aus, daß sie meiner Leiche die Summe wieder abnehmen konnten, nachdem ich ihnen die Tür geöffnet hatte. Die genaue Zeit wurde festgelegt, in drei Tagen sollte es passieren, dann wurde ich im Marktviertel wieder ausgesetzt. Ich kehrte in Gafards Jadepalast zurück. Dabei blickte ich zum Turm der Wahren Zufriedenheit empor. Ich lächelte nicht, doch ich dachte an die Frau.

Jeder normale Mann hätte alles für den König getan, schon um den Galeeren zu entgehen.

Was bedeutete schon ein Mädchen angesichts der Freiheit, meine Pläne am Auge der Welt weiterzuverfolgen, meinen Wunsch, zu Delia zurückzukehren. Und mußte sich nicht jedes Mädchen über die Reichtümer freuen, die ihr ein König als Gegenleistung für ihre Gunst zu bieten hatte?

Doch ich dachte an die Zuneigung, die zwischen Gafard und der Frau der Sterne bestand, an ihre tiefe Liebe. Ob Gafard die Liebe einer so großartigen Frau verdient hatte, war mir egal. Sie wollte ihn. Er mochte sie ebenfalls begehren, aber das zählte nicht. Hier waren allein ihre Wünsche ausschlaggebend.

Der König mußte der Onker aller Onker sein, wenn er sich einbildete, einen so freien, wilden Geist wie den ihren zähmen zu können!

17

Ich, Gadak der Überläufer, spuckte auf meinen Gurt und begann energisch zu polieren. Gürtel und Riemen lagen auf dem alten Sturmholztisch. Andere Männer der Wachabteilung beschäftigten sich auf die gleiche Weise. Wir wollten ordentlich aussehen, wenn uns die angemieteten Entführer des Königs ihren Besuch machten.

Gafard hatte sein typisches Lächeln aufgesetzt, als ich ihm Bericht erstattete. »Du bist also zu mir gekommen, Gadak, obwohl du weißt, daß der König dich ohne weiteres auf die Galeeren schicken kann?«

»Wenn das Grodnos Wille ist, dann . . .«

»Schon gut. Und woher soll ich wissen, daß du mit diesem . . . Nodgen dem Getreuen nicht etwas ganz anderes besprochen hast?« Gafard hob verächtlich die Faust. »Welcher Hochmut! Er gibt sich einen Namen, der ein Anagramm des königlichen Namens ist. Wahrlich, er muß treu sein, der Cramph!«

»Ich habe die Vereinbarung getroffen, die ich dir eben berichtet habe. Ich soll dasselbe tun wie der törichte Genal der Sommersprossige. Den Wein der Wächter vergiften und alle Türen aufmachen.«

Gafards Faust beschrieb einen Kreis in der Luft.

»Und dann wären zehn meiner besten Leute tot!«

»Diesmal soll es besser ablaufen, und in der Mitte der Wache, wenn kein Wachwechsel stattfindet.«

Gafard hatte schließlich einen Plan geschmiedet, der mir wieder einmal bewies, daß er seine hohe Position nicht umsonst bekleidete. Der Plan war brutal und einfach und konnte klappen – zunächst.

Ich sollte alles tun, was Nodgen der Getreue verlangte. Nur sollte ich die Wächter nicht vergiften, die ihre Bewußtlosigkeit nur vortäuschen würden. Doch ich sollte die Türen öffnen und mich dann im Hintergrund halten.

»Du versteckst Männer, die gegen die Schwarzmaskierten kämpfen sollen?«

»Nein«, Gafard genoß das Pläneschmieden. Wäre es nicht um die Frau der Sterne gegangen, hätte ihm dieses verstohlene, raffinierte Tauziehen sicher soviel Spaß gemacht wie Genod. »O nein. Wir lassen heimlich ein Sklavenmädchen holen, eine hübsche Shishi. Ich werde sie nett behandeln. Ich werde sie meine Frau der Sterne nennen. Sie wird sich glücklich wähnen, vom Kämpfer des Königs auserwählt zu sein.«

»Und dieses Mädchen werden die Männer des Königs entführen«, sagte ich.

Wenn sie bei ihrer Geschichte bleibt und wirklich schön ist, wird der König zufrieden sein. Als König werfe ich ihm sein Verhalten nicht vor, nur als Mann. Er hat das Yrium, und was er tut, das tut er eben.«

So spuckte ich aus und polierte und überdachte meine Rolle.

Wenn in meinem schwarzen Herzen überhaupt Raum für Mitleid war, dann wohl kaum für die Sklavin, die im Turm der Wahren Zufriedenheit wohnen sollte. Wenn alles klappte, würde sie die Geliebte des Königs werden. Wenn sie ihm gefiel, mochte sie höchste Ehren und höchsten Einfluß erlangen. Jedenfalls würde sie viel besser behandelt, als sie normalerweise erwarten durfte.

Wenn sie aber aus der Rolle fiel und der König einen seiner Wutanfälle bekam, konnte sie von seiner Hand sterben – aber das war eine Gefahr, die wir alle eingingen.

Mit diesen und anderen gleichermaßen unschönen Gedanken machte ich mich am nächsten Tag auf den Weg, um Nodgen zu melden, daß alles vorbereitet sei. Wir waren an einem Weinladen in der Allee der Tausend Schmuckstücke verabredet. Der ausgestellte Schmuck klimperte in der Meeresbrise, billig und bunt, und viele Frauen sahen sich staunend um und machten ihre Einkäufe. Der Weinladen befand sich in einer Ecke, und ich wartete draußen. Wenn ich jetzt schon hintergangen werden sollte, brauchte ich Platz für mein Schwert.

Nodgen schickte dieselbe Bande, die mich schon einmal zu ihm geführt hatte. Die Männer beäugten mich, und in ihren Augen stand der Wunsch, es mir heimzuzahlen.

»Es ist alles arrangiert«, sagte ich. »Gebt mir das Gift.«

Sie überreichten mir das Fläschchen und weigerten sich, mir mehr Geld zu geben. Nachdem sie noch einmal Nodgens Drohungen wiederholt hatten, verschwanden sie in der Menge. Ich machte kehrt und entfernte mich in der entgegengesetzten Richtung. Dabei kam ich in eine Gegend des Marktes, die ich noch nicht kannte, einen kleinen Platz, auf dem Calsanys verkauft wurden. Die schwerfälligen Tiere standen friedlich herum, umringt von Männern – Kaufleuten, Händlern, Karawanenführern, Treibern. Die ganze Szene war voller Bewegung – Handzeichen wurden gegeben, Geld wechselte den Besitzer, Tiere wurden begutachtet. Staub wirbelte empor.

Plötzlich meldete sich eine Stimme aus einer Gruppe um einen ungewöhnlich großen Calsanytreiber. »Bei Grodno! Er ist es! Ich weiß es! Pur Dray! Der Lord von Strombor!«

Das war sehr unangenehm. Ich zog das Halstuch hoch und stürzte mich zwischen die nächsten Calsanys.

Doch in dem allgemeinen Durcheinander, im Geschrei und Gebrüll der Tiere und im wallenden Staub vermochte ich mich auf die andere Seite des Platzes zu schlagen und in einer Gasse zu verschwinden. Leute drehten sich nach mir um. Ich brüllte: »Haltet den Dieb!« und deutete auf einen oder zwei Leute, die Anstalten machten mitzulaufen. Erde oder Kregen – dieser Ausspruch ist immer nützlich.

Meine Beschreibung der Szene mag lustig klingen, doch es war – beim Schwarzen Chunkrah! – eine verdammt ernste Sache.

Ich hatte gehofft, daß die Menschen mein häßliches Gesicht vergessen hätten. Doch fünfzig Jahre sind auf Kregen eben kürzer als auf der Erde. Außerdem hatten einige Kreger Grund, sich an Pur Dray zu erinnern, den bekanntesten Krozair am Auge der Welt. Überraschend war die Entwicklung also nicht. Doch sie paßte mir gar nicht in den Kram. Außerdem hatten vermutlich die vielen Gerüchte über die Rückkehr Pur Drays an den Nerven der Magdager gezerrt. Jedenfalls wurde am nächsten Tag, am Tag vor dem heimtückischen Anschlag, ein armer Teufel in der Seidengasse als Pur Dray erkannt und erstochen. Als er an den Füßen fortgezerrt wurde, meldete sich niemand, der den ersten Ruf ausgestoßen haben wollte. Dieser Zwischenfall war für alle Magdager eine Lehre.

Der entscheidende Tag dämmerte herauf.

Gafard empfing mich in der Pracht seiner Waffenkammer. »Ist alles bereit?« fragte er forsch.

»Aye, Gernu. Das Gift ist weggeschüttet. Die Wächter kennen ihre Rollen. Grogor . . .«

»Ich werde ihm seine Ablehnung nachsehen. Auf diese Charade möchte ich nicht verzichten. Vielleicht gefällt es dem König eines Tages, die Geschichte bei einer Party erzählt zu bekommen. Es muß doch der Tag kommen, daß er seine Position erkennt und meine Frau der Sterne nicht weiter verfolgt.«

Doch seine Stimme klang wenig überzeugt.

»Und nun zu wichtigeren Neuigkeiten«, sagte er lebhaft. »Ich glaube, daß Pur Dray in der Stadt ist! Es gibt keine andere Möglichkeit. Der Mann schmiedet bestimmt Pläne gegen das Grün; er arbeitet für Zair!«

Wie gemein und klein ließen mich diese Worte dastehen!

»Ich muß ihn kennenlernen. Irgendwie muß es arrangiert werden. Es gibt da etwas zwischen uns zu klären.«

Ich wollte ihn nicht nur reizen, als ich sagte: »Als Ghittawrer hast du seinen Ruf doch nicht zu fürchten. Pur Drays Taten liegen in der Vergangenheit. Seit er von den Toten zurückkehrte, hat er keine großen Jikais mehr vollbracht.«

Er starrte mich an.

»Du sprichst von Dingen, die du nicht verstehst, Gadak. Pur Dray war der größte Krozair auf dem Auge der Welt. Niemand zweifelt daran oder will ihm diesen Ruf streitig machen. Und heute bin ich der größte Ghittawrer am Auge der Welt. Wer das bezweifelt, bekommt meine Hand zu spüren.«

»Und doch ist das eine in der Vergangenheit und das andere im Heute.«

»Du meinst es gut, Gadak. Doch es gibt Fragen der Ehre, die über deinen Verstand gehen.«

Wenn er damit meinte, daß er einen Kampf mit Pur Dray suchte, um zu beweisen, wer der Bessere war, so verstand ich das. Doch ich begann zu ahnen, daß die Lage nicht ganz so einfach war. Hier ging es um mehr als eine offene Konfrontation. Gafard bekämpfte eine Legende. Das ist immer schwieriger als gegen einen Gegner aus Fleisch und Blut anzutreten.

In meiner Schlauheit legte ich mir alles genau zurecht. Gadak der Überläufer war ein dummer Onker! Wenn er nur . . .

Aber ohne das Wörtchen *Wenn* wären wir alle reich und glücklich.

Während ich dies diktiere, versuche ich in aller Ruhe zurückzudenken. Ich versuche alle Seiten zu sehen. In den Jahren nach den Ereignissen machte ich mir bittere Vorwürfe. Ich sah die Schuld allein bei mir, obwohl ich wahrlich nicht dazu neige, mich an Schuldgefühlen zu ergötzen, wie es manche schwachen Menschen tun. Doch heute weiß ich, daß ich eigentlich nichts hätte ändern können, nicht wenn die Situation so war, wie sie es war.

Gafard hatte keine Zweifel.

»Der König ist ein wunderbarer Mann, Gadak. Er denkt anders als Pur Dray und ich. Er ist ein genialer Kriegsherr, er hat das Yrium, die Macht über uns alle. Doch er hat einen Fehler – der eigentlich keiner ist.«

»Gernu«, antwortete ich ernst. Der Mann hatte mir mehr über sich enthüllt, als er glaubte. Außerdem vergaß ich nicht, daß er von der Frau der Sterne geliebt wurde. »Gernu. Was würde deiner Meinung nach geschehen, würden sich der König und Pur Dray von Angesicht zu Angesicht gegenüberstehen?«

Er ließ mich nicht aussprechen. Ein leichter Schauder überlief ihn, und er hob eine Hand an das Gesicht. Dann faßte er sich. »Das hinge ganz davon ab, wie sich dieses Zusammentreffen ergäbe. Ob Schwert gegen Schwert, Sectrix gegen Sectrix oder in einem Konferenzzimmer oder wo auch immer. Ich . . .« Er zog die Spitzen seines Schnurrbartes herab. »Ich würde alles, was ich besitze, dafür geben, dabeizusein – und gleichzeitig dafür, diese Konfrontation nicht beobachten zu müssen.«

Etwa um diese Zeit fiel ihm ein, daß er ja ein Rog und der Kämpfer des Königs war, während ich als einfacher Überläufer vor ihm stand, als Untergebener. Er schickte mich fort.

Meine Befehle waren einfach. Ich sollte die Türen öffnen und mich verdrücken. Gafard wußte so gut wie ich, daß die Entführer des Königs mich vielleicht töten wollten, um mich zum Schweigen zu bringen. Meine Pläne hatten ein etwas ehrgeizigeres Ziel, doch nur, wenn der König seine Männer begleitete. Die Chance war gering, andererseits war Genod kein Feigling, selbst wenn er als böser Rast gelten mußte, und das Abenteuer mochte ihn reizen.

Verstohlenheit, raffinierte Pläne und wilde nächtliche Ritte im Lichte der sieben kregischen Monde – ja, auf dieser Welt habe ich dies alles durchgemacht. Ich war als Spion in Hamal, ich hatte mich mit Rees und Chido angefreundet, die an Bord eines Argenters inzwischen nach Hamal zurückgekehrt waren und Königin Thyllis zweifellos von der Unfähigkeit der Gardisten des König Genod berichten würden. Ich bedauerte es, daß ich nicht die Willenskraft besessen hatte, mich zu erkennen zu geben und ein Wiedersehen zu feiern, das sie sicher so sehr gefreut hätte wie mich. Heute nacht mochte ich nun wieder in Aktion treten müssen, vielleicht gelang es mir, den König und seinen Lieblingsgeneral zu entführen.

Das smaragdgrüne und rubinrote Feuer der Sonnen von Antares versank hinter dem Dächergewirr Magdags und warf die riesigen überlangen Schatten der Megalithen über die Erde. Die Wachen wechselten wie üblich. Im Jadepalast ging das Leben seinen normalen Gang.

Gafard hielt sich mit seiner Geliebten an einem anderen Ort auf, als die Männer des Königs kamen. Die Türen standen offen. Ich beobachtete sie durch einen Spalt der Innentür und sah, wie sie den Durchgang mit Balken und Keilen versperrten. Die Wächter, die ich nicht vergiftet hatte, waren eingesperrt. Diesmal kamen zehn Mann; fünf sicherten den Rückzug; fünf gingen nach oben. Nach kurzer Zeit kehrten sie mit der Shishi zurück, die sie in einen schwarzen Mantel gewickelt hatten. Das Mädchen hatte die Gegenwehr aufgegeben. Erleichtert stellte ich fest, daß keiner der Männer eine blutige Waffe trug; alle Klingen waren in den Scheiden geblieben. Stumm verschwanden die Schwarzgekleideten in der mondhellen Nacht.

Nach einiger Zeit kam Grogor herab und öffnete uns die Tür.

»Es ist vorbei«, sagte er. Das böse Lächeln auf seinem Gesicht erweckte meine Sympathie für ihn.

So nahmen wir den regulären Wachdienst wieder auf, denn außer den Gelüsten des genialen Königs gab es noch viele andere Gefahren in Magdag.

Am nächsten Tag suchte ich die vereinbarte Stelle auf, um den Rest meines Lohns, vierzig Goldruder, in Empfang zu nehmen. Doch niemand kam; ich wartete eine Zeitlang und kehrte schließlich, das Gesicht unter einem Stück grünen Tuch verborgen, in den Jadepalast zurück.

Nodgen der Getreue hatte sich als verflixt untreu erwiesen, der Cramph!

18

Natürlich hatte König Genod die Schmutzarbeit nicht selbst gemacht. Er war schließlich der König. Er hatte das Yrium. Er würde nicht zu mir kommen. Also mußte ich zu ihm gehen.

Das stand fest.

Ich glaube, die Verzweiflung und Frustration, die mich als Gadag der Überläufer erfüllten, habe ich bisher nicht ausreichend deutlich gemacht. Jede Faser meines Körpers verlangte, ich solle mich von diesem Ort des Bösen lösen, ich solle das Auge der Welt verlassen. Doch ehe ich diese ersehnte Erlösung finden konnte, mußten die Krozairs von Zy mich wieder in ihren Reihen aufnehmen. Das Hai Jikai erschien mir der einzige Weg zu diesem Ziel zu sein.

Um ehrlich zu sein, als die Tage verstrichen und die Sonnen durch den Himmel wanderten und die Dienstzeiten kamen und gingen, hatte ich zuweilen wenig mit den Krzy im Sinn. Ich wollte sie lediglich für meine Flucht mißbrauchen. Wenn sich das brutal, rücksichtslos und gemein anhört, so muß ich diese Eigenschaften eben auf mich beziehen, zu meiner Schande.

Manchmal sah ich meine Frau der Sterne im Park zwischen den Gebäuden des Jadepalastes ausreiten. Wenn sie meiner ansichtig wurde, neigte sie anmutig den Kopf, der stets von dem grünen Schleier verhüllt war.

In solchen Momenten spürte ich den winzigen goldenen Valkavol, den ich an einer goldenen Kette um den Hals trug. Im Grunde mochte ich Ketten und Schnüre nicht; sie geben einem Gegner Gelegenheit, zuzugreifen und einen aus dem Gleichgewicht zu bringen. So trug ich die Kette nur, wenn ich keinen Wachdienst hatte.

Von Zeit zu Zeit focht ich mit Gafard im Exerzierhof. Er war sehr gut. Er vermochte mit dem Kurzschwert umzugehen, und gegen seinen Genodder mußte ich mir größte Mühe geben, einigermaßen anständig zu verlieren.

Dann kam die große Ankündigung, der sofort die hektischen Vorbereitungen folgten. Wir wollten in die Ferien fahren und Guamelga besuchen, Gafards riesige Besitztümer am Dag-Fluß.

Ich bat Gafard, mich von der Mitreise zu entbinden. Nicht, daß ich mir keinen Urlaub gewünscht hätte. Vielmehr wollte ich in Magdag bleiben und an meinen Plänen gegen König Genod arbeiten. Ich wollte den mächtigen Mann gefangennehmen und an einem sicheren Ort unterbringen. Dasselbe mit Gafard zu tun, so nahm ich an, würde mir dann nicht mehr schwerfallen.

»Was, Gadak?« fragte Gafard erstaunt. »Du willst dir diese Abwechslung entgehen lassen?«

»Wenn es dir recht ist, Gernu.«

»Ist es mir nicht. Meine Frau der Sterne begleitet uns. Ich brauche alle meine treuen Männer.«

So blieb mir nichts anders übrig, als mitzureiten. Ich konnte ja auch Gafard zuerst festsetzen und mich dann um den König kümmern. Allerdings war es auf diese Art schwieriger.

Als wir es versäumten, das kleine zweisitzige Flugboot zu erobern, hatte ich mich geärgert; jetzt sah ich darin einen enormen Vorteil. Das Boot konnte uns drei tragen, dafür würde ich schon sorgen. Die Flugkraft, die von den beiden Silberkästen ausging, würde ausreichen. Wenn es nicht anders ging, würde ich die beiden Teufel an einem Seil über Bord hängen und im Flugwind frieren lassen . . .

Nachdem diese Entscheidung gefallen war, ließ ich die andere Sache auf mich zukommen. Ich würde mich als Mann gebärden müssen, der sich über den Ausflug, die Picknicks und die Jagden freute. Man war entschlossen, jeden Augenblick zu genießen. Wir alle rechneten damit, daß es der letzte Urlaub sein würde, ehe Gafard, der Kämpfer des Königs, von seinem Herrn auf eine neue Mission geschickt wurde.

Ehe wir Magdag verließen, erkundete ich ein letztesmal die Paläste des Königs. Er besaß viele Wohnsitze in Magdag, wobei der größte und prachtvollste, der Palast Grodnos des Allwissenden, vorwiegend offiziellen Anlässen vorbehalten war. Wenn meine Pläne funktionieren sollten, mußten zwei Dinge zusammentreffen. Der zweisitzige Voller und der König mußten sich zu einem bestimmten Zeitpunkt selbst am Ort befinden. Jede andere Ausgangsposition wäre sinnlos gewesen.

Der geniale König legte großen Wert auf fachmännischen Schutz. Das war mir bekannt.

Nachdem er die alten Oberherren Magdags besiegt und die Macht übernommen hatte, war so mancher Anschlag gegen ihn geplant worden. Die Oberherren sind ein heimtückischer Haufen. Doch er hatte die unruhige Zeit überstanden und hielt nun seinen Apparat aus Wächtern und Wachablösungen und Werstings in Schuß, denn sein Genie gab ihm zweifellos ein, daß diese Handlungsweise geraten war.

Der nächste Palast, bei dem ich mich umsah, der Palast der Masken, erschien mir vielversprechend. Die Baulichkeiten waren klein – so klein, wie ein Palast in Magdag nun einmal sein konnte. Er befand sich auf einem Hügel im Osten der Stadt, innerhalb der Stadtmauern, und war aus gelben Steinen errichtet. Umgeben war der Palast von Blumen und blühenden Bäumen, wie sie im kahlen Magdag sonst nicht zu finden sind. Ich beobachtete die Wachen und Wachhäuser, beäugte die Dächer, rechnete Winkel aus und legte mir mögliche Aufstiegs- und Abstiegswege zurecht. Wenn sich Voller und König hier gleichzeitig aufhielten, wollte ich zuschlagen.

Auf dem Rückweg überlegte ich, wie es der kleinen Shishi beim König ergangen sein mochte. Wenn sie vernünftig war, mochte sie es bei Genod weit bringen, mochte sie sogar Susheeng gefährlich werden.

An diesem Abend herrschte ein fröhliches Treiben im Jadepalast; die Reisevorbereitungen waren in vollem Gange. Opaz weiß, die Oberherren Magdags waren ein bösartiger Haufen, doch selbst für sie und ihre Frauen waren Ferien ein Anlaß zur Freude. Wir, die Männer der treuen Wache, würden in voller Rüstung und Bewaffnung reiten. Ich hatte vor einigen Tagen auf dem Markt der Trophäen einen guten Fang getan; in dieser Gasse wurde im Grunde nur Beutegut, vornehmlich zairischer Herkunft, verkauft. An einem Stand hatte ich eine südzairische Hlamel gefunden, eine Wind-und-Sand-Maske der Völker, die am Rande der gewaltigen Wüsten Süd-Turismonds leben. Die Maske bestand aus einer Metallhaube, einem wunderschön getriebenen Eisenstück, mit einer weichen Masse als Polsterung. Oben links war ein breites Seidenstück so angebracht, daß die linke Hand die Ecke nehmen und auf der rechten Seite festmachen konnte. Auf diese Weise war das Gesicht unterhalb der Augen bedeckt. Die Vorrichtung bot einen erstklassigen Schutz gegen Wind und Sand und war weit genug, um nicht unbequem zu sein. Ich konnte nicht an der Maske vorbeigehen.

Die Hlamek wanderte also in meine Satteltasche, zusammen mit meinen Toilettenartikeln, dem Buch, das ich gerade las *(Wie der Ghittawrer Gogol Gan Gorstar zehn Königreiche Zairs zum Ruhme Grodnos eroberte)*, meinen Eßgeräten und der goldenen Trinkschale aus dem Satz, die von der Frau der Sterne an ihre Retter verschenkt worden war.

In schimmernder Prozession ritten wir schließlich am nächsten Morgen aus der Stadt, wenige Murs nachdem Zim und Genodras über den östlichen Befestigungsanlagen aufgetaucht waren. Jede Sectrix war gestriegelt, die Mähnen waren geflochten und mit grünen Bändern herausgeputzt, die Hufe schimmerten frisch geölt und poliert, die Geschirre leuchteten in der Sonne. Grüne Banner flatterten. Nach dem Lord kamen Personal und Gefolge, Adjutanten, die Leibwache. Die Oberherren, die ihm verpflichtet waren, ritten mit ihren Frauen und Kindern mit. Es schloß sich die lange Kette der Wagen voller herrlicher Dinge an. – Dann die Calsanys, beladen mit riesigen schwankenden Packen, mit grünen Tauen an Kopf und Schwanz zusammengebunden.

Ja, wir boten ein großartiges Schauspiel, als wir das böse Magdag verließen.

Obwohl der langsame Mag-Fluß für eine Bootsfahrt geeignet war, hatte sich Gafard für einen Ritt entschieden. Wir konnten die weiten Krümmungen des Flusses abkürzen und die Fährverbindungen benutzen, die auf diesem direktesten Weg in den Norden zur Verfügung standen. Nachdem wir das Delta verlassen hatten, konnten wir nach Nordwesten abbiegen, den Fluß verlassen und durch das fruchtbare Gebiet marschieren, vorbei an den endlosen Fabrikfarmen, die von den Oberherren der zweiten Klasse tadellos in Schuß gehalten wurden. Dann weiter, bis wir Guamelga erreichten, das sich in eine große Flußbiegung schmiegte.

Hikdar Nath ti Hagon erhielt die Erlaubnis, uns zu verlassen und seiner Heimatstadt im Osten einen Besuch abzustatten. Er würde später in Guamelga wieder zu uns stoßen.

Mitten in unserer bunten Gruppe ritt die Frau der Sterne; sie war wie ein Krieger gekleidet. Gafard wich selten von ihrer Seite. So blieb mir nichts anderes übrig, als mich in der Menge zu halten und weiter über meinen Plänen zu brüten.

Die Stadt Guamelga war klein und voller steiler Dächer und zeichnete sich nicht weiter aus. Sie hatte eine Schutzmauer, denn sie lag so dicht an der Grenze zu den Ugas, daß Überfälle alltäglich waren. Die eckige Masse des Schlosses, des Goytering, überragte die Siedlung. Wir hielten uns nicht lange in der Burg oder in der Stadt auf, denn Gafard wollte sich so schnell wie möglich aller Sorgen entledigen. So zogen wir bald weiter aufs freie Land, weg von den kultivierten Zonen, und kampierten in einem seiner Jagdhäuser. Das erwählte Haus trug den Namen ›Zhantils Nest‹. Ein gemütliches Haus im aufgelockerten Waldgebiet, mit einem Blick auf hohe weite Grasländer. Natürlich konnte hier nicht die gesamte Begleitung unterkommen, doch ich gehörte zu denen, die bei ihm bleiben mußten. Dies freute mich. Ich wollte den Kerl im Auge behalten.

In den nächsten Tagen gingen wir auf die Jagd. Es gab alle Arten von Wild – Leems und Chavonths und einmal zwei jagende Lairgodonts. Die Jagdgruppe war zahlreich genug, um mit diesen Gegnern fertig zu werden. Triumphierend brachten wir die Trophäen nach Hause.

Die Magdager haben nicht viel für das Singen übrig. Natürlich singen sie, und wir hatten an manchem Abend um das Feuer gesessen und ein paar Töne geschmettert. Doch es ist eine Tatsache, daß die magdagschen Swods unterwegs im Felde gewöhnlich nur zwei oder drei Lieder anstimmen; ihnen liegt nicht daran, das Repertoire zu erweitern. Das beliebteste Lied dieser drei ging mir ganz besonders auf die Nerven. Im Takt der marschierenden Füße geht der Text so: »Ob! Dwa! So« (Eins, zwei, drei!), gefolgt von einem dummen Vers über Genodras oder Goyt oder Gyphimedes oder Grodno. ›Ob, dwa, so‹ schien mir als intellektueller Ausgangspunkt für ein Lied doch etwas dürftig zu sein. Doch schließlich besteht eine Welt aus vielen Wesen, und besonders Kregen. Es war geistreicherweise als »Obdwa-Lied« bekannt.

Als irgendein Idiot in dem mit Holz ausgekleideten Eßraum die Melodie anstimmte, stand ich auf und schwankte dabei ein wenig, um meine Rolle als Betrunkener zu unterstreichen. »Ob dwa so«, sangen sie. »Wir sind ein blutrünstiger Haufen, Gashil sei unser Zeuge! Ley, Waso, shiv, wir schneiden Kehlen durch und leeren Geldbörsen. Shebov, ord . . .«

Ich ging in den Flur hinaus und machte mich auf den Weg zur Küche, um frisches Wasser aus der Pumpe zu trinken.

Am anderen Ende, bei den Herden und den Anrichtetischen, war der Raum hell erleuchtet, doch an meinem Ende lagen Schatten. Ich hörte ein Geräusch, das sich nach einem Scharren anhörte, legte die Hand auf mein Kurzschwert und schlich vorsichtig weiter. Dann vernahm ich eine leise Stimme, die ein bekanntes Lied sang.

Es ist unmöglich, ein Lied als Gedicht aus dem Kregischen zu übersetzen. Frei übertragen lautete der Text so: »Wenn euer Ruderer den Dreh bekommt, Freunde, dreht ihr euch im Kreis, im Kreis. Die Ramme trifft das Heck, oje, die Ramme trifft das Heck. Ihr verschwindet wie ein See-Gespenst, Dom, bald werdet ihr Seegespenster sein . . .«

Hier endete der leise Gesang, und dann hörte ich das bösartige Singen von Stahl, der aus der Scheide gezogen wurde.

Eine scharfe Stimme fragte: »Wer da?«

Auf diese formelle Frage antwortete ich: »Nur Gadak der Überläufer.«

Ich hatte die Stimme längst erkannt und wußte auch, wie das Lied »Der Ruderer mit dem Dreh« weiterging – sehr unangenehm für die Grünen Grodnim und sehr positiv für die Roten von Zair.

Ich trat ins Licht.

Wenn Gafard jetzt Schwierigkeiten machen wollte, so war dies ein Augenblick, der mir nicht gerade paßte, doch ich würde es schon irgendwie hinbekommen. Ich sah die Silberspiegelung an seiner Klinge entlanglaufen.

»Gadak! Du hast mich gehört?«

»Ich habe ›Ob, dwa, so‹ gehört, Gernu. Das ist alles.«

Die Klinge verschwand in der Scheide.

»So soll es ein.« Das Anstoßen seiner Zunge war kaum zu bemerken.

Ich enthielt mich einer förmlichen Äußerung über meine Treue und sagte statt dessen: »Ja, es ist manchmal schwer.«

Er ging nicht darauf ein.

Vielmehr antwortete er mir mit Worten, die mir zeigten, daß er darüber nachgedacht und sich damit abgefunden hatte: »Ich bin Gafard, Rog von Guamelga, Kämpfer des Königs, Meeres-Zhantil. Nur wenige Männer können solche Ehren auf sich vereinigen. Du tätest gut daran, dir klarzumachen, wer dein Herr ist, Gadak der Abtrünnige.«

Meine Hand blieb ruhig und entspannt, bereit, den Genodder zu ziehen.

»Du hast mir einmal gesagt, daß mich kein anderer Oberherr so behandeln würde wie du. Das glaube ich gern. Wärst du ein normaler magdagscher Oberherr, wäre einer von uns bereits tot.«

Lächelnd trat er ins Licht. »Wenn das so wäre, glaube ich, daß du jetzt in deinem Blut auf dem Küchenboden lägest.«

»Aber du hast nicht zugeschlagen.«

»Meine Dame hat gesagt – und ich staune darüber . . .« Er gab seiner Stimme einen schärferen Klang. »Sie mag dich, Gadak. Allein aus diesem Grund hätte dich so mancher Oberherr sofort beseitigt.«

»Aber die Sache mit dem König ist beunruhigend.«

»Ich habe dir schon einmal gesagt«, antwortete er stirnrunzelnd, »daß dich das nichts angeht. Mehr ist dazu nicht zu sagen.«

»Mehr nicht – bis zum nächstenmal.«

»Dein Verhalten könnte man schon fast unverschämt nennen.«

»Ich spreche nicht mehr davon. Ich diene dir und deiner Dame. Du weißt, daß das die Wahrheit ist.«

»Es ist jetzt im Augenblick die Wahrheit, das weiß ich. Es soll auch die Wahrheit bleiben.«

Wenn ich ihn jetzt bewußtlos schlug, würde ich große Mühe haben, ihn nach Magdag zurückzuschicken und dort den König und den Voller zu entführen. Es war besser, als erstes den König und den Voller zu sichern, wie geplant, und Gafard bis zuletzt aufzuheben.

Während ich in der Küche vor ihm stand, überlegte ich, welch gefährliche Macht er doch besaß.

»Wann, Gernu, kehren wir nach Magdag zurück?«

»Du hast genug von diesen Ferien? Aye, der Reiz läßt nach.« Gafard streckte sich und gähnte. »Viel lieber habe ich die Planken eines Ruderers unter den Füßen, viel lieber ist mir der Angriff als Führer des Bugkommandos, der Kampf nach dem Zustoßen des Rammsporns – aye! *Das* ist das wahre Leben!«

»Ja«, sagte ich und glaubte damals an diese Worte.

»Wir werden das Auge der Welt befahren, Gadak. Wir werden

so manchen Großen Jikai vollbringen! Bald werden die Menschen vergessen, daß es Pur Dray jemals gegeben hat – er wird nichts anderes sein als ein Name, der mit Pur Zydeng untergegangen ist, der größte Krozair der letzten fünf Jahrhunderte. Er wird tot sein wie der große Ghittawrer Gama der Gierige, der vor tausend Jahreswenden zu den Eisgletschern Sicces einging. Aye!«

»Und doch sprichst du immer wieder vom Lord von Strombor, Gernu. Ich weiß, daß du ihn nicht fürchtest. Doch dein Interesse erstaunt mich. Nicht Pur Dray fasziniert mich, sondern deine Faszination an diesem Mann.«

Er hatte das hochherrschaftliche Gehabe vergessen. In seinen Augen stand der verlorene Blick eines Mannes, der im Meer versinkt.

»Der Lord von Strombor war der größte Krozair dieser Zeit. Größer als jeder magdagsche Ghittawrer. Ich würde gern unter Beweis stellen, daß ich ihm ebenbürtig bin – aber da ist noch mehr. Diese Sache zwischen uns – ich spreche nur zu dir darüber, weil meine Dame dich mag. Morgen wird es mir wohl leid tun, und du solltest in Furcht leben, daß ich dir dafür den Kopf nehme.« Ich erkannte, daß er nicht nur beschwipst, sondern richtig betrunken war, etwas, das ich an diesem Mann bisher noch nicht beobachtet hatte. Jedenfalls war seine Zunge gelockert.

Seine unwichtigen Probleme erfüllten mich mit Zorn. Vielleicht hätte ich in meiner dummen Arroganz aufbegehren sollen: Schon gut! Du dummer Onker! Ich bin Pur Dray, und was ist das für eine Sache, die uns beide betrifft? Aber ich tat es nicht. Ich glaube auch nicht, daß es einen Unterschied gemacht hätte.

Wahrscheinlich hätte er mir sowieso nicht geglaubt.

Er richtete sich auf und ließ die linke Hand auf den Griff seines Langschwerts klatschen. »Genug von dem Küchengerede! Ich habe mich hierhergesetzt, um . . . einer kleinen Eigenart zu frönen. Von den Leuten da draußen habe ich genug. Bring mich in mein Zimmer.«

»Aye, Gernu.«

Wir stiegen über die Hintertreppe in seine Gemächer im Zhantils Nest hinauf. Die Räume waren erlesen ausgestattet und mit zahlreichen Jagdtrophäen verziert. Durch eine Innentür gelangte man in die Gemächer der Frau der Sterne.

Gafard ließ sich in einen Stuhl sinken und rief laut nach Wein.

»Du, Gadak der Abtrünnige, bist du jemals außerhalb des Auges der Welt gewesen? Draußen in den unbekannten, unvorstellbaren Ländern?«

Ich schenkte ihm Wein ein und dachte über die Frage nach. »Ja, Gernu«, sagte ich dann.

»Ah!« Er nahm das Glas. »Du hast meine Dame niemals gesehen – ehe du mich kennenlerntest?«

»Nein. Ich schwöre es.« Dieses Thema konnte gefährlich werden. »Ich respektiere sie aus vollem Herzen.«

»Und sie hat eine Schwäche für dich. Dein Kampf gegen die Lairgodonts hat sie sehr beeindruckt. Das war ein Jikai. Du hast Zonen betreten, die kein Mann zuvor betreten durfte – und bist am Leben geblieben.«

»Ich bin ein ganz normaler Mann. Ich weiß, daß die Dame tiefe Zuneigung für dich empfindet. Meinst du, ich würde . . .«

»Was, du, Gadak?« Er trank aus, lachte und ließ das Glas an der Wand zersplittern. »Nein, Gadak. Ich durchschaue dich. Du bist ein aufrechter, korrekter, loyaler Mensch. Du weißt, auf welcher Seite der Brotscheibe sich die Butter befindet. Bei mir hast du die Chance, Karriere zu machen. Vielleicht bist du bald ein Ghittawrer.«

»Wenn nicht Nodgen der Getreue vorher meinen Kopf für den König fordert.«

»Nein. Die Gefahr besteht nicht. Der König und ich – wir spielen dieses Spiel, doch für ihn ist es mehr eine Spielerei. Für mich ist der Einsatz zu hoch. Ich wüßte nicht, was ich täte, wenn mir das Mädchen genommen würde . . .« Wie um selbst seine Worte zu übertönen, brüllte er nach frischem Wein.

»Sie darf nicht in die Hände des Königs fallen.« Er trank einen tiefen Schluck. Nie zuvor hatte ich ihn betrunken erlebt; jetzt stand er dicht davor – eine interessante Entwicklung. »Das darf nicht geschehen. Er würde tun, was ich tun sollte, und was ich, beim Grünen Grodno, nicht tun kann, nicht tun will –niemals!«

Mir war klar, daß ihn etwas belastete. Als Renegat war er kein vollwertiges Mitglied im Kreis der Oberherren. Er glaubte an den König, konnte sich aber in dieser Angelegenheit nicht an Genod wenden. Er war von dem verzweifelten Wunsch beseelt, sich jemandem anzuvertrauen, ein ganz natürlicher Drang. Wenn er es mir erzählen wollte – würde das meine Lage festigen, oder mich völlig vernichten? Ich rechnete eher mit dem Schlechteren. Dennoch faszinierte mich dieser Mann. Ich spürte die Anziehung, die er trotz seines bösen Kerns ausübte. Er war ein sterblicher Mensch, wie ich. Er würde für seine Verbrechen bezahlen müssen. War denn der Wechsel von Rot nach Grün eine so große Sache – außer am Binnenmeer? So wie ich ihn jetzt kannte, fiel es mir schwer, ihn so zu verurteilen, wie zu Anfang unserer Bekanntschaft.

»Gib mir eine Antwort, Gadak. Was ist wichtiger, das Wohl deiner Frau oder das Wohl deines Landes?«

»Darauf gibt es viele schnelle Antworten, doch ist jeder Fall anders gelagert.«

»Aber wenn es um dich ginge – dich! Deine Antwort!«

»Niemand kann darauf antworten, wenn er nicht die Situation kennt.«

»Weißt du, daß meine Frau der Sterne und ich verheiratet sind? Nein – nur wenigen ist das bekannt. Grogor weiß es. Wir haben geheiratet. Doch nicht nach den Riten Grodnos . . .« Er griff nach seinem Glas und verschüttete den größten Teil des Weins, ohne es zu bemerken.

»Der König würde eine legale und besiegelte Ehe respektieren.«

»Fambly! Er hat das Yrium! Und die Riten waren nicht die Riten Grodnos.« Er lachte leise. »Wir haben sogar zwei Feiern abgehalten, doch keine war nach den Grodnim-Vorschriften.« Er trank aus und ließ das Glas durch die Finger gleiten.

Ich glaubte, ein kleiner Stoß könne ihn wieder zur Vernunft bringen. Für eine so mächtige Persönlichkeit ließ er sich zu sehr gehen, ließ er sich von dem Problem, das ihn quälte, viel zu sehr aushöhlen. Folglich konnte es sich um keine gewöhnliche Sache handeln. Ich wählte meine Worte vorsichtig.

»Wenn es dem König gelänge, die Dame zu entführen, würden deine Männer für ihre Rückkehr kämpfen? Wenn es geschehen wäre, würden sie einen Verrat gegen den König riskieren? Würde ihre Treue gegenüber dem König in einer solchen Situation nicht die persönliche Treue zu dir überwiegen?«

Vergeblich versuchte er aufzustehen; schweratmend sank er zurück. »So beantwortest du also meine Frage nach der Treue zu der Dame und der Treue gegenüber dem Land!«

»Das solltest du besser wissen! Wenn dies der Sachverhalt ist, dann . . .«

»Es ist so! Grogor würde für mich gegen den König eintreten, das weiß ich. Und ich erwählte dich, weil ich dachte, du würdest loyal sein – selbst wenn ich es nicht konnte, weil der König eben das Yrium hat, welbst wenn ich nicht . . . du . . .«

Wenn das sein Problem war, konnte eine Notlage die Entscheidung schnell herbeiführen.

Als habe Drig mich gehört, öffnete sich in diesem Augenblick die Tür, und Grogor stürzte herein. Er sah gespenstisch aus. Gafard und ich wußten sofort, was er sagen würde. Mit einem Aufschrei fuhr Gafard hoch und zog sein Schwert.

»Gernu! Sie ist fort! Stikitches! Mörder mit Metallgesichtern, Berufsverbrecher . . . Sie reiten zum Volgodonts Horst!«

Volgodonts Horst war ein Jagdhaus, das sich etwa drei Burs

entfernt im Wald erhob. So etwas hatten wir nicht vorausahnen könne.

Gafards Gesicht wirkte eingesunken und aufgedunsen zugleich. Seine Augen funkelten unheimlich. Er keuchte und rang nach Atem. Ich hielt ihn fest und drängte ihn vorsichtig auf seinen Stuhl. Grogor stand halb vorgebeugt und erwartete eine Flut von Schimpfworten. Gafard krächzte böse, harte Worte, wie Pfeile von einer Armbrust.

»Wir müssen reiten, Grogor! Laß die Sectrixes satteln! Ruf die Männer zusammen! Wir müssen reiten wie Zhuanmar vom Sturm!«

»Lieber solltest du dich an Gakki-Grodno wenden, Herr . . .«

Ich wußte, was er meinte. Gakki-Grodno war der Himmelsgott der Zugtiere Magdags. Trotz seines Geredes hatte er also den Test nicht bestanden.

Aber Grogor sagte: »Der König hat deine Dame entführt, und sie gehört jetzt ihm. Er ist der König, er hat das Yrium. Die Männer hatten für dich gekämpft – *haben* für dich gekämpft, Herr –, solange sie dir rechtmäßig gehörte. Jetzt gehört sie rechtmäßig dem König. Niemand erhebt die Hand gegen den König.« Dann richtete sich der stämmige, schwitzende Mann auf. »Ich würde es tun, mein Lord. Möchtest du, daß ich allein gegen den König reite?« Seine Worte wogen schwer. Gafard wirkte niedergeschmettert. Die Kraft und der Mut verließen ihn. Mitleid mit der Frau der Sterne erfüllte mich. Offensichtlich war es der kleinen Shishi nicht gelungen, den König zu überzeugen. Spione hatten dann das übrige getan.

Es hatte keinen Sinn, ihm meine Dienste anzubieten. Wenn Gafard sich zusammennahm, wenn Grogor mitmachte, stünden wir nur zu dritt gegen eine Bande professioneller Stikitches. Die Mörder Kregens sind ein tüchtiger Haufen Rasts, und bei einem Entführungsauftrag sind sie nicht weniger rücksichtslos. Nein, so leid es mir tat, ich mußte es mit der Mehrheit halten.

Meine Sorge um Delia stand an erster Stelle. Meine Delia, ah! Wie sehr sehnte ich mich in diesem Augenblick nach ihr. Wie konnte sich ein hübsches Mädchen, selbst ein Mädchen mit dem Geist und Charme der Frau der Sterne, auch nur einen Augenblick vor meine Delia stellen!

Nein, ich würde das Glück meiner Delia nicht für die Frau der Sterne wegwerfen.

Gafard atmete heiser. Der Alkohol und der Schock hatten ihm die Entschlußkraft geraubt. Er war am Ende.

»Die Männer reiten nicht!« Er schüttelte den Kopf. Er konnte es kaum glauben, doch zugleich wußte er, daß es stimmte. Er drehte sich zu mir um und streckte die Hand aus. »Und du, Gadak der Abtrünnige, der Mann, den ich erwählte und förderte – Gadak, wirst du heute nacht für mich reiten?«

»Nein«, sagte ich.

Er ließ sich in seinen Stuhl fallen. Sein Gesicht erschlaffte. Aber dann zeigte er seinen wahren Kern.

»Dann nach Sicce mit euch allen! Ich reite allein, denn ich weiß sehr wohl, was der Lord von Strombor sagen würde!«

Ich war nicht schockiert, nur verwirrt.

Taumelnd schwenkte er die Arme und suchte nach seinem Kettenhemd. Ich hielt ihn am Arm fest. »Was soll das – der Lord von Strombor?«

Gafard drehte das schweißfeuchte und verzerrte Gesicht in meine Richtung. Jede Linie auf diesem Gesicht wirkte tiefer eingekerbt.

»Du Onker! Wenn der König meine Frau nimmt – Pur Dray ist in der Stadt! Er ist in Magdag gesehen worden, das steht fest!« Er sprach mit hoher, schriller Stimme, wie ein Mann, der einem kleinen Kind etwas erklärt. Er legte mir die Finger auf die Hand. »Laß mich gehen, Gadak, du Verräter, du Undankbarer! Ich rette meine Frau für Pur Dray, dann kümmere ich mich um dich!«

Ich hielt ihn fest. Grogor wollte einen Schritt in meine Richtung tun, doch ich wandte den Kopf und starrte ihn zornig an. »Bleib stehen, Grogor, wenn dir dein Leben lieb ist! Ich schüttelte Gafard, den Kämpfer des Königs. »Hör zu, Gafard. Du redest von Pur Dray, dem Lord von Strombor. Was hat er mit dieser Sache zu schaffen? Sag mir, was zwischen euch liegt, Gafard! Sag es mir! Was hat der Lord von Strombor mit der Frau der Sterne zu schaffen?«

Da kam er wieder etwas zu sich, der Meeres-Zhantil.

»Du Cramph!« knurrte er mit schwerer Zunge. »Du bist ein toter Mann, denn du sitzt hier und läßt meine Frau in den sicheren Tod gehen, in einen scheußlichen Tod wegen der Dinge, die sie weiß.«

»Sag es mir, Gafard, du dämlicher Onker! Heraus damit!«

Er schrie auf, als sich meine Finger in seinen Arm bohrten.

Er wand sich unter meinem Griff und starrte in mein raubtierhaftes Gesicht.

»Du Dummkopf! Pur Dray, der größte Krozair am Auge der Welt, ist in Magdag! Und König Genod entführt die Frau der Sterne! Wenn er das erfährt, und das muß unweigerlich geschehen, dann . . . dann . . .«

Wieder schüttelte ich ihn, und die verkniffene Wildheit in meinem Gesicht übertraf seine Erregung bei weitem.

»Wenn der König was herausfindet, Gafard? Was ist das für eine Falle? Sag es mir, sonst reiße ich dir den Arm ab!«

Schaum erschien auf seinen Lippen, und Grogor machte einen weiteren Schritt, doch ich schwang Gafard, den Kämpfer des Königs, herum.

»Jetzt, Gafard, jetzt! Sprich!«

»Du bist ein toter Mann, Gadak! König Genod hat Velia entführt, die Tochter Pur Drays, des Lord von Strombor!«

19

Das Zimmer verschwamm vor meinen Augen.

Ich weiß noch, daß ich auf dem Weg zur Tür mit Grogor zusammenstieß und ihn achtlos zur Seite schob. Vor mir lag eine Treppe. Leute riefen durcheinander. Männer stellten sich mir in den Weg und waren plötzlich nicht mehr da. Der Boden unter meinen Füßen war weich. Die Luft fühlte sich kühl und frisch an. Sterne funkelten. Die Monde schimmerten am Himmel. In den Sectrixställen herrschte Dunkelheit. Zügel – keine Zeit dazu, es mußte auch ohne Sattel gehen. Eine Sectrix unter mir! Ein heftiger Tritt, dann weitere anspornende Schläge mit der Klinge. Das Vorbeizucken dunkler Äste über meinem Kopf. Der harte hüpfende Ritt, das Dröhnen der Hufe, der Wind, der Schmerz, die Reue!

Velia! Meine kleine Velia!

Ich erinnere mich nur noch bruchstückhaft an diesen Nachtritt, von Entsetzen gejagt, von unheimlichen Geistern, die mich auf obszöne Weise verhöhnten, verspotteten . . .

Ich wußte, was der Kleesh von König machen würde, wenn er erfuhr, daß er die Tochter Dray Prescots, des Lord von Strombor, in seiner Gewalt hatte!

Ich hätte alle Krzy nach Sicce geschickt, um meine Tochter zu retten.

Was würde Delia sagen? Wie würde sie sich grämen?

Ich galoppierte dahin wie ein Sturmwind, wie ein Mann, der nie ein Herz besessen hat.

Velia . . . Velia . . . Der Hufschlag der Sectrix hämmerte diesen Namen in die harten Waldwege, in die gewellten Grassteppe, die rosasilbern im Licht der Monde lagen.

Vor vielen Jahren hatte ich sie zuletzt gesehen. Ich hatte sie nicht erkannt, und sie mich auch nicht.

Aber – nun war das seltsame Gefühl, das ich gehabt hatte, endlich erklärt, der Zwang, nichts zu tun, was dem Glück der Frau der Sterne schaden konnte. Jetzt wußte ich, warum Gafard, der

Kämpfer des Königs, nicht in eine Decke gewickelt den Krozairs von Zy übergeben worden war.

Wenn wir schon unser Äußeres nicht erkannt und uns unter falschem Namen kennengelernt hatten, so war doch das Herz angesprochen worden . . . Ach, das mag sentimentaler Unsinn sein, vielleicht auch Wunschdenken. Aber auf jeden Fall hatte mich eine tiefe psychologische Kraft an meine Tochter gebunden.

Der Hufschlag der Sectrix hallte mir in den Ohren wider, ein seltsames dreifaches Echo. Ich drehte mich um. Im Mondlicht folgte mir eine zweite Sectrix in gestrecktem Galopp, und der Umhang des Mannes schimmerte im goldenen Licht. Der Mann ritt wie ein Wahnsinniger. Er ritt wie ich.

Ich erkannte Grogor.

Wieder trieb ich mein Reittier an, und es reagierte. Wir rasten auf eine Lichtung mit hohem Gras hinaus und durchquerten einen Bach. Immer weiter – die Stikitches würden meine Tochter zum König im Volgodonts Host bringen. Es stand zu vermuten, daß er mit dem kleinen zweisitzigen Voller dorthin geflogen war. Ich glaubte in diesem Augenblick nicht, daß ich mir die Mühe machen würde, ihn nach Zy mitzunehmen.

Im Rückblick erkenne ich jetzt die Torheit meines Tuns. Mir waren viele schöne Jahre genommen worden, da ein Vater seine Kinder aufwachsen sieht. Velia war dabeigewesen, als die verdammten Herren der Sterne mich zur Erde zurückbrachten, wo ich elende einundzwanzig Jahre lang bleiben mußte. Wie war ihr Leben verlaufen?

Bruchstücke, Eindrücke, das Auf und Ab der Sectrix, der scharfe Wind, der Schmerz in meinen Kaumuskeln, das Mondlicht, die tiefen Schatten. Hell zeigten sich alle Monde am Himmel, und doch war ihr Licht von großer Weichheit. Das Land wirkte wie verzaubert.

Und durch diese magische Mitternachtspracht ritt ich, verfolgt von Teufeln und quälenden Fantasiebildern.

Durch eine Baumkette drängte ich die Sectrix, Äste und Blätter beiseite schlagend, und erreichte die weite Wiese, auf der sich Volgodonts Horst erhob.

Bewehrt von zahlreichen Türmen, erhob sich das Haus vor den Sternen wie die langgezogene Klaue eines Volgodont.

Meine Sectrix wurde langsamer. Grogor begann mich einzuholen. Die beiden Tiere galoppierten Brust an Brust. Ich sagte nichts. Ich brachte kein Wort hervor, ich starrte geradeaus wie ein Leem, zielstrebig, wild, ohne Gnade.

Grogor brüllte: »Wir können sie nicht retten – nur uns beide! Der Lord folgt uns. Gadak, dies ist Wahnsinn!«

Ich antwortete nicht, trieb mein Tier jedoch mit der Breitseite des Schwerts an.

»Der Lord läßt ausrichten, daß er dir verzeiht, Gadak, doch nur, wenn du dich ihm unterwirfst, er folgt uns, Gadak!«

Noch immer antwortete ich nicht. Wir galoppierten weiter. Sie, der Sie dieser Geschichte gefolgt sind, wissen vermutlich längst, wer die Frau der Sterne war, daß sie meine Tochter war. Im Rückblick erscheint mir das ebenfalls logisch. Doch für mich, den einfachen Dray Prescot, der so wenig Erfahrung mit Töchtern hatte, wie hätte ich diese lähmende Wahrheit verdauen können? Ich hatte keine Ahnung gehabt! Wie denn auch?

Sectrixreiter erschienen vor uns auf der Lichtung.

Ich sah die grünen Mäntel, die im Mondlicht seltsam verfärbt waren, und die Schwärze ihrer Anzüge. Rosagolden spiegelte sich das Licht auf den stählernen Gesichtsmasken. Sie trugen Kettenhemden.

Grogor fluchte. Ich zügelte mein Tier nicht. Die Sectrix stürmte keuchend weiter. Der Atem dampfte ihr aus den Nüstern. Die Stikitches zogen die Schwerter. Ich glaube, es waren sechs Kämpfer. Ich zählte sie nicht. Ich weiß noch, daß meine Klinge gegen andere prallte, ich erinnere mich an schnelle tödliche Hiebe und Stiche. Ich schlug um mich, ich stach zu. Die Gesichtsmasken zersplitterten unter den Hieben. Ich ließ die Ghittawrer-Waffe herumwirbeln und vernichtete die Mörder, und wenn auch nur wegen des tobenden Wahnsinns in meinem Kopf.

Die Sechs, wenn es sechs waren, lagen reglos im Gras der Wiese, das schwarzschimmernde Blut strömte aus ihren entstellten Körpern. Ich gönnte ihnen keinen Blick, sondern trieb die Sectrix weiter.

Ich hörte Grogor schreien: »Du bist ein Teufel!«

Das stimmte. Warum dazu etwas sagen?

»Wir kommen zu spät!« brüllte Grogor und zügelte sein Tier. Es wäre dabei beinahe mit mir zusammengestoßen. Die sechsbeinigen Tiere taumelten zur Seite.

»Aus dem Weg, Rast!« sagte ich und zog mein Tier herum.

»Schau doch!« Grogor deutete nach oben.

Ich hob den Kopf. Wenn der König mit dem Voller fortflog, war alles aus.

Eine riesige geflügelte Gestalt löste sich vom obersten Turm von Volgodonts Horst. Vor dem Licht der Monde gewann der Fluttrell an Höhe, die mächtigen weißen Flügel bewegten sich im langen, mühelosen Rhythmus des Sattelvogels.

Grogor stieß einen ungläubigen Schrei aus. Die Wahrheit lag auf der Hand. Neue Argenter waren aus Hamal eingetroffen, die nicht nur Voller, sondern auch Sattelvögel an Bord gehabt hatten. Der Fluttrell war der verbreitetste Reitvogel Havilfars. Thyllis hatte einige Tiere abgezweigt, um König Genod einen Gefallen zu tun, der seinerseits die Flugkünste gemeistert hatte und nun hierhergekommen war, um seiner neuen Eroberung, der Frau der Sterne, sein Können zu beweisen – der Frau, die die Geliebte Gafards, Kämpfer des Königs, gewesen war und die nun dem König gehörte – für eine Weile.

»Ein Teufel aus den Fledermaushöhlen!« brüllte Grogor. Meine Sectrix taumelte vor Erschöpfung. Grogor nahm seinen Bogen nach vorn, spannte, legte einen Pfeil auf und zielte. Ich streckte den Arm in seine Richtung, wobei mir das blutige Ghittawrer-Schwert aus der Hand fiel. Doch seine Finger gaben die Sehne frei, und der Pfeil flog los.

Wenn er Velia traf . . .!

Der Fluttrell flog weiter. Ich sah den Pfeil nicht treffen. Ich sah nur, daß die Flügel plötzlich erschlafften, daß sie aus dem Rhythmus kamen. Der Vogel taumelte zur Seite.

Grogors Pfeil hatte den Fluttrell verwundet; aber er konnte noch fliegen. Ich sah das Tier in einem unsicheren, weiten Bogen herumfliegen und an Höhe verlieren. Die Flügel bewegten sich unregelmäßig. Der Vogel streckte die Füße nach vorn.

Grogor zog sein Schwert. Er brüllte etwas und galoppierte auf die Stelle zu, wo der Vogel landen würde. Auf dem Rücken des Fluttrells machte ich zwei Gestalten aus. Zwei Gestalten, die miteinander rangen. Mir stockte der Atem.

Der König hatte den Umgang mit einem Sattelvogel sicher erst kürzlich gelernt. Meine Velia – meine Velia! Meine Tochter! – mochte dagegen in den Lüften erfahren sein, wenn sie von meinen Djangs auf dem Rücken von Flutduins ausgebildet worden war. Folglich würde sich sich nicht auf einen törichten Kampf einlassen, während das Tier zur Landung ansetzte.

Grogors Schwert schimmerte im Licht der Monde.

Der König erblickte uns in der Tiefe. Ich sah sein Gesicht, einen bleichen Fleck im Licht, sah es hochkommen und an jenem Gesicht vorbeischauen, das seinen verhaßten Zügen so nahe war, sah es an mir vorbeistarren. Ich drehte mich um. Eine Gruppe Reiter kam aus den Schatten der Bäume. Außer den grünen Umhängen und dem Funkeln der Waffen und des Kriegsgeschirrs der Tiere war kaum etwas zu erkennen. Ich nahm nicht an, daß es sich um Gafards Männer handelte. Vielleicht waren sie es aber doch.

Und das glaubte der König.

Ich schaute wieder nach vorn. Grogor setzte seine Attacke fort.

Der Vogel machte eine letzte Anstrengung. Er bewegte die Flügel und versuchte, wieder an Höhe zu gewinnen. Die beiden Gesichter dort oben waren dicht beisammen, als das Tier den verzweifelten Hackentritten Genods zu gehorchen versuchte. Ich sah die beiden Gesichter – dann war nur noch eines auf dem Rücken des Fluttrells zu sehen, und eine weißgekleidete Gestalt, die durch die Luft stürzte.

König Genod, das Genie, hatte meine Tochter vom Fluttrell geworfen, hatte sie in die Tiefe gestoßen.

Von dem zusätzlichen Gewicht befreit, schlug der Fluttrell kräftiger aus und gewann an Höhe. Seine Flügel sirrten durch die Luft. Das Tier entschwebte. Grogors zweiter Pfeil erreichte es nicht mehr. Dies alles sah ich aus den Augenwinkeln, ohne mich darum zu kümmern.

Ich sah Velia, die vom Himmel herabwirbelte, das weiße Kleid wehend. Sie prallte auf.

Ich ritt so schnell das Tier noch konnte.

Wie oft hatte ich die kleine Velia aufgefangen, wenn sie auf ihren rundlichen kleinen Beinen über die Terrassen von Esser Rarioch stolperte!

Ein Pfeil zischte an Grogor vorbei. Er zog sein Tier herum und brüllte: »Oberherren! Wir sind verloren! Wir müssen fliehen!«

Er spornte sein Tier an und war gleich darauf verschwunden.

Die magdagschen Oberherren trotteten über die Wiese auf mich zu. Sie waren mir egal.

Die sechs Beine der Sectrix rutschten über den Boden, als ich das Tier anhielt. Ich sprang zu Boden. Ich kniete nieder.

Sie lag verkrümmt am Boden, das weiße Kleid um sich gebreitet. Blut war nicht zu sehen. Ihre Augen waren geöffnet, die wunderschönen blauen Augen, in denen ich jetzt die vallianische Herkunft erkannte. Das schimmernde braune Haar war schwarz gefärbt und wies künstliche Locken auf, um eine zairische Geburt vorzutäuschen.

»Velia«, sagte ich mit erstickter Stimme.

»Gadak!« antwortete sie leise. »Du kennst ja meinen Namen!« Bei diesen Worten rollte ihr ein Blutstropfen aus dem Mundwinkel. »Das – das gefällt mir, Gadak, denn ich habe dich immer gemocht.«

Ich umfaßte ihre Hand, die sich kalt anfühlte. »Velia – ich bin nicht Gadak. Das ist nicht mein richtiger Name.«

Sie lächelte zu mir empor. Nun erkannte ich meine Delia in ihren Zügen – meine Delia, auf unmerkliche Weise verändert, doch ebenso schön.

»Du wirst dich um mich kümmern, Gadak? Und um meinen Lord? Ihm ist nichts geschehen?«

»Ihm ist nichts geschen. Ich bitte dich – ich habe deine Mutter geliebt, wie noch kein Mann eine Frau geliebt hat. In Esser Rarioch waren wir glücklich, und wir hatten große Freude an unseren Zwillingen Segnik und Velia . . .«

Sie starrte mich verwirrt an. Sie schien keine Schmerzen zu haben.

»Was sagst du da von Esser Rarioch und Valka? Und . . . meine Mutter? Ich habe keinen Vater. Er ist fort, weit weg, seit langer Zeit.«

Die Herren der Sterne! Wenn ich sie in diesem Augenblick in die Finger bekommen hätte . . .

Ja, Velia, du bist meine Tochter. Ich bin dein Vater, und ich habe gesündigt . . . Es ist alles mein Fehler . . . und . . .«

»Vater . . .?«

»Ja.«

Ich wußte nicht, was sie tun würde. Hätte sie mich verflucht, hätte ich es hingenommen.

Sie sagte: »Gadak, das sagst du – doch nicht, um mir nur eine Freude zu machen? Wo ist mein Lord? Hat er dir aufgetragen, dies zu sagen?«

Ich hielt ihre Hand, wischte ihr das Blut von den Lippen, strich ihr übers Haar. Ich erzählte ihr Kleinigkeiten, die für Dray Prescot, den Strom von Valka, wichtig gewesen waren. Sie konnte sich nicht bewegen. Sie lächelte, und ich sah an ihrem Gesicht, daß sie mir verzieh. Ich hatte das nicht verdient, doch sie verzieh mir. Wir unterhielten uns – und ich nahm sie in die Arme und drückte sie an mich. Ihre Blässe verlieh ihr im Licht der kregischen Monde eine ätherische Schönheit.

»Vater?« Sie wußte, daß ich die Wahrheit gesagt hatte. »Ich wünschte, mein Lord wäre hier. Wir sind verheiratet. Nach den Riten Zairs und Opaz'. Er ist ein wilder Mann, stolz und mutig, doch sehr sanft. Er meint es gut mit mir.«

Langsam bewegte sie den Kopf in meinem Arm zur Seite und zurück. »Wir haben auch ein Kind. Meine kleine Didi. Gafard, mein Herr, mein Geliebter, hat sie gut versteckt. Sie wird ihren neuen Großvater mögen.«

Ich brachte kein Wort heraus.

»Ich bin mit Zeg ans Auge der Welt gekommen. Er ist ein großer Krozair, Vater, ein Krozair von Zy. Und – ich wurde gefangen. Ich kämpfte gegen sie mit meinem Dolch . . . doch es war Gafard, mein Lord. Schon damals wußte ich es, und er spürte es auch.« Sie atmete mühsam, und ich blickte auf sie hinab, und sie sprach weiter. »Der König . . . Genod . . . ist ein böser Mann, Vater. Drak und Zeg haben es mir gesagt. Jetzt hat er Voller und Vögel.

Die Oberherren lachten, als der König mit mir abflog. Wenn nur Gafard . . .«

Ihre Augen wurden glasig. Sie starrte mich an, versuchte mich zu erkennen.

»Vater – wo ist Mutter? Wo ist mein Lord?«

»Sie werden bald hier sein, Velia, mein Liebes. Bald wirst du sie sehen. Und die kleine Didi auch.«

Ich hörte den Hufschlag der Sectrixes und das Klappern und Knirschen der Geschirre. Die Oberherren Magdags wollten mich holen. Einige Reiter nahmen die Verfolgung Grogors auf. Sie überließen es ihren Kameraden, mit dem armen Mädchen und dem aufsässigen Helfer Gafards abzurechnen. Sie näherten sich langsam, ihrer Übermacht gewiß. Meine Sectrix stand mit hängendem Kopf in der Nähe.

»Es ist sehr dunkel, Vater«, sagte Velia. »Ist dies die Nacht des Notor Zan?«

»Ja, Velia. Die Monde sind vom Himmel verschwunden, und der dunkle Mantel Notor Zans umgibt uns. Du wirst ein Weilchen schlafen. Dann kommen Mutter und Drak und Lea und Segnik und deine kleine Didi zu dir.«

»Ich möchte sie gern wiedersehen, und Jaidur und Dayra, und . . .« Ihre Stimme gewann an Stärke. »Und mein Lord?« Sie versuchte sich in meinen Armen umzudrehen. »Und mein Lord Gafard? Er wird mich besuchen. Ihm ist nichts geschehen – Vater! Ihm ist nichts geschehen?«

»Nein, Velia, meine Tochter. Gafard ist nichts geschehen.«

»Er wird dir gefallen, Vater. Ich wünschte, du hättest ihn gekannt. Er ist ein sehr guter Mann, und er liebt mich so sehr.« Ihre Augen waren weit geöffnet, doch sie sah mich nicht mehr. »Es ist sehr dunkel. Wann kommt Mutter? Und Gafard . . .«

Die magdagschen Oberherren in ihren Rüstungen kamen näher.

Ich, Dray Prescot, beladen mit einer Unzahl dummer Titel, saß am Boden und hielt meine sterbende Tochter Velia in den Armen.

Schatten schoben sich vor die hellen Gesichter der Monde.

Zuletzt konnte sie doch wieder etwas erkennen. Sie blickte auf in meinen Armen und sah die winzige Valkavoldarstellung, die sie mir geschenkt hatte.

»Der Valkavol!« rief sie, und dunkles Blut lief ihr über das weiße Kinn. »Vater – es wird alles gut . . .«

Von mir aus hätte ganz Kregen ihre Worte hören können. Die Oberherren bedeuteten mir nichts. Das metallische Klirren ihrer Rüstungen wurde lauter, die Hufe dröhnten auf dem harten Boden.

Velias Kräfte ließen schnell nach. Sie erschlaffte in meinen Armen, und auf ihrem winzigen Gesicht spiegelte sich die Schönheit meiner Delia. Ihre Hände und ihr Gesicht waren eiskalt.

»Mein Lord . . .«, flüsterte sie. »Meine Liebe.«

Sie entglitt mir.

»Mutter«, sagte sie. »Hier ist Vater.«

Ihre Blässe, ihre kalte Haut, der grausige rote Strom aus ihrem Mund.

»Vater . . .«, sagte sie noch einmal. Und dann: »Gafard.« Sie flüsterte seinen Namen drei- oder viermal. Und ihre letzten Worte waren: »Oh, nach Vallia zurückzu . . .«

Die Oberherren Magdags umringten mich.

Ich saß am Boden und umarmte den zerschmetterten Körper meiner Tochter – während Velia, meine Tochter, starb.